나는
아버지의
아들입니다

# 나는 아버지의 아들입니다

발행일    2019년 5월 15일

지은이    권대순
펴낸이    손형국
펴낸곳    (주)북랩
편집인    선일영                                    편집    오경진, 강대건, 최예은, 최승헌, 김경무
디자인    이현수, 김민하, 한수희, 김윤주, 허지혜       제작    박기성, 황동현, 구성우, 장홍석
마케팅    김회란, 박진관, 조하라
출판등록  2004. 12. 1(제2012-000051호)
주소      서울시 금천구 가산디지털 1로 168, 우림라이온스밸리 B동 B113, 114호
홈페이지  www.book.co.kr
전화번호  (02)2026-5777                            팩스    (02)2026-5747

ISBN     979-11-6299-648-5 03810 (종이책)          979-11-6299-649-2 05810 (전자책)

이 도서의 국립중앙도서관 출판예정도서목록(CIP)은 서지정보유통지원시스템 홈페이지(http://seoji.nl.go.kr)와
국가자료공동목록시스템(http://www.nl.go.kr/kolisnet)에서 이용하실 수 있습니다.
(CIP제어번호: CIP2019018067)

**(주)북랩** 성공출판의 파트너

북랩 홈페이지와 패밀리 사이트에서 다양한 출판 솔루션을 만나 보세요!

**홈페이지** book.co.kr    •    **블로그** blog.naver.com/essaybook    •    **원고모집** book@book.co.kr

권대순 에세이

# 나는
# 아버지의
# 아들입니다

아버지가
중년의 아들에게
보내는
98가지 삶의 지혜

북랩 book Lab

아버지는 연못에 이는 물결이었다.

연못 가장자리의 창포와 어우러지는 물결이었다.

잔잔한 물결 속에서 윤슬이 되어 우리에게 정감을 주시곤 하셨다.

그러하셨던 분이 2016년 6월 16일 운명殞命하셨다.

1935년 11월 26일에 태어나셨으니, 이 땅에서 80년 7개월 동안 사람들과 어울려 정과 사랑을 주시고 떠나셨다.

대다수 자식은 자신의 부모님이 최고로 훌륭하시고, 희생적이시고, 모범적이시라고 생각한다. 정도의 차이는 있지만 자식들이 생각하는 것 이상으로 모든 부모님이 처한 환경과 능력보다 넘치게 자식들 뒷바라지를 하고, 자식들이 요구하는 것을 위해 본인들이 희생해줬던 것도 사실이다.

우리 사 남매도 남들과 비슷하게 부모님의 과분한 사랑과 희생이 담긴 자양분의 덕분으로 성장했다. 정량적定量的 사랑보다는 아무에게나 덥석 줄 수 없는 아주 진한 소량의 사랑을 끊임없이 넣어 준 것은 말할 나위가 없다.

나는 누님과 형님과 남동생을 뒀다. 부모님이 그렇게 만들어 주셨다.

우리 아버지는 자상하셨고, 섬세한 성품을 지니셨다.

다정다감하셨으니, 큰소리로 고함을 치거나 그로 인해서 온 가정이 불안에 떨 이유가 전혀 없었다. 자식 사 남매는 매 한번 맞지 않고 성장했다. 우리 아버지는 그러하셨다.

대신 악역은 어머니가 하셨다. 우리는 어머니에게 불을 지피다 타다가 만 부지깽이로, 때로는 억센 손바닥으로 인정사정이 없을 정도로 맞았으니 말이다. 자식들이 부모님 두 분 모두에게 두들겨 맞지 않고 성장을 했다면 참 범생이 같았을 텐데, 어머니에게만 많이 맞고 성장했으니 이웃집 또래 아이와 비슷한 모습으로 성장하였다. 나쁜 짓만 하지 않았을 뿐 분명 성가시게 하고, 하지 말 짓을 해서 어머니에게 맞았을 것이다. 동네에서 싸움질 안 하고 도둑질 안 해서 손가락질을 받지 않았을 뿐이지……

그런데도 아버지는 조곤조곤 말로써 훈육했고, 대신 어머니는 매로 때리고 고함을 치시면서 사 남매를 혼내셨다. 아버지의 모든 일 처리는 합리적이었으며 열린 마음과 객관적 사고로 판단하는 현대인이었다. 가정 안의 소수 의견에도 귀 기울이고 해결해 주시는 모범적인 아버지였다. 할아버지와 할머니가 돌아가시고 최고 어른의 자리에서 존위尊位할 때는 그러하셨다. 운명殞命하신 뒤로 아버지가 이 세상에 안 계신다는 슬픔이 더한 것도 온화하신 성품과 정으로 우리를 양육하셨기 때문일 것이다. 잔잔한 파장이 시도 때도 없이 가슴으로, 안구로 몰려와 떠나심에 대한 슬픔이 이어지곤 했다.

　나는 아버지의 아들로서 어떠했을까!

　아버지가 꿈꾸시고 바라시는 대로 유년기에, 청소년기에 나는 성장을 했을까! 결혼해서 가정을 이룬 아들과 며느리로서는, 중년이 된 나이에 불편하게 해드린 게 없었을까?

　지난 시간을 되돌려 고인이 되신 아버지에게 물어보고 아버지의 속마음을 듣고 싶었다. 그러나 이 세상에 계시지 않으니, 직접 여쭈어볼 수 없으니, 참 야속하고, 후회스럽다. 아버지는 당연히 많이 불편하고 속이 상하셨으리라. 자식들을 그렇게 키우지 않았는데 많이 부족하고 성에 차지 않았으리라. 아버지가 가늠했던 기준에 많이 미흡했으리라. 아버지가 생존해 계셨더라면 그렇게 생각하셨으리라.

　그렇지만 기다려 주셨다. 기다리다 보면 더 진전해서 그래도 가까이 와줄 것 같은 차남次男으로, 형제로, 딸로 다가오리라고 생각하셨을 것이다. 묵묵하게 세월을 기다렸으리라. 세월을 낚는 강태공처럼, 아버지는 스스로의 가슴을 넓혔으리라.

　일흔 중반의 시골 할아버지가 컴퓨터를 배우셨다. 그 컴퓨터를 이용해서 자식과 손자, 손녀와 이메일을 주고받으시며 즐거움을 찾으셨던 분이시다. 그 이메일 속에는 지혜와 경험과 인생철학이 녹아 있었다. 30년 넘게 이어온 공직생활이 바탕이 되고, 사고가 개방적이셔서 신 장비에 도전하셨으리라. 그리고 성실히 배우셨으리라 생각이 된다.

어느 날, 아버지가 돌아가신 후의 모습을 떠올려보았을 때 자식들과 교감한 기록은 이메일밖에 없다고 생각했다. 그 추억을 선명한 기록으로 정리해서 보관한 것이 이 책 『나는 아버지의 아들입니다』 집필에 도움이 되었다.

그리고 아버지의 흔적을 되살리는 데 보석이 되었다. 물론 사진이라는 기록물이 있지만 그 속의 이야기가 부족한 것에 비하여 이메일에는 감정과 표현이 녹아 있어 다행이었다. 그래서 늦게나마 아버지가 우리에게 보내준 이메일을 모으고 정리했다. 생전의 자식 사랑과 관심 깊이 고민하시던 생각과 살아오신 흔적이 묻어 있는 메일을 정리했다. 모두 아버지가 선명하게 경험하신 지혜와 자식 사랑을 감정으로 녹여서 소소하게 표현해 주셨던 내용이다. 그 이메일을 풀어 아버지의 가슴 속으로 들어가면서 한 글자씩 한 단어씩 엮어보았다.

그래서 이 세상에 계시지는 않지만 메일을 통해서 아버지와 대화하고 여쭈어보는 시간을 가졌고, 그 독백을 바탕으로 글을 썼고, 책으로 발간이 된 것이다.

별스러운 이야기가 있는 것은 아니다.

이웃처럼 평범하게 살아온 우리 아버지의 이야기다. 아버지가 자식에게 보내준 이메일을 통해서 아버지의 심정을 헤아려 보려고 노력한 글이다.

책으로 출간을 했느냐 못했느냐의 차이일 뿐이다.

"나무는 가만히 있자고 하나 바람이 그치지 않고
자식은 효를 다하고자 하나 부모는 기다려주지 않네."
한씨외전韓氏外傳에 나오는 구절인 '수욕정이풍부지樹欲靜而風不止
요 자욕양이친부대子欲養而親不待다.'라는 글을 인용하고 싶다. 그렇
게 후회의 시간들이 모여 사람은 고개를 숙이게 되고 그 자양분으
로 아버지가 되고, 할아버지가 되어 가는 것처럼 말이다. 성장을
하면서 시간이 지나가고 우여곡절을 이겨내며, 죽음 앞으로 다가
서는 것이다. 삶이라는 것은……

그렇게 아버지와 같이할 좋은 시간을 다 놓치고, 울컥 그리움에
후회하고 애통해하면서 희미해진 아버지의 잔상殘像과 대화를 엮
어가 본다.
이른 새벽 산길에서 문득 찾아오신 아버지, 취중의 퇴근길에서
흥얼거리는 노래 소리 속으로 물어오시는 아버지. 늘 배고픈 듯이
허전하지만 별도리가 없음은, 삶을 알아가는 이치일까!

'사람살이가 다 그런 거지, 뭐!'라고
치부置簿를 하면서 첫 장을 열어 본다.

2019년 5월 어버이날에
연천과 파주 문산을 오며 가며 권대순 쓰다

# 같은 아들의 심정으로 출간을
# 격려激勵하며

**김갑수**

서울교육대학교 교수

책을 출간出刊한다는 것은 쉽지 않은 작업이다.

다르게 표현을 하면 노력과 정성과 끈기가 엄청나게 요구되는 것이다. 보통 사람은 일평생 책 한 권을 출간하지 못하고 이 세상을 떠나는 것이 다반사茶飯事이지 않은가.

출간하기 위해서는 가장 먼저 글쓰기를 즐겨 해야 하고, 또 끊임없이 글을 써야 한다. 그래서 책 한 권 분량의 원고原稿를 쌓아야 함은 분명하다.

밥을 짓기 위해서는 쌀이 있어야 하듯이 책 한 권을 채워야 하는 글자가 있어야 한다.

그렇다고 무작정 글을 쓸 수도 없을뿐더러, 출간할 책의 주제에 맞게 작문作文해야 되는 것은 당연한 것이다.

작고作故하신 아버지에 관한 글이라 글쓴이는 집필에 더 매달려 다른 곳에 시간을 허비하지 않았으리라. 아들로서 아버지를 향한 간절懇切함과 성심誠心으로 한 글자, 한 단어를 써 갔을 것이다. 생존하셨을 때 자식으로서 부족했을 법한 것을 글자에 녹여 넣은 절규絶叫 같은 게 있지 않았나 싶다. 퇴근 후에는 홀가분하게 쉬고도 싶었을 것이며, 마음이 통하는 친구들과 술도 한잔 나누고 싶은 게 이순耳順의 나이 아닌가!

그러함에도 모든 것을 절제해서 아버지의 혼령魂靈과 대화하고 생존해 계실 때 부친父親의 잔상殘像에 다가서는 모습은 각자 부모님의 자식 입장에서도 귀감이 된다.

아버지라는 호칭이 등대燈臺가 된 지 오래되었다.

폭우와 폭설, 엄청스런 혹한까지도 받아들여야 하는 외롭고 고독한 등대. 그게 바로 이 땅의 아버지다. 기다려도 뱃고동 소리조차 들리지 않지만 묵묵히 기다리는 등대가 아버지이다. 자식들의 성장통을 가슴으로 받아들이는 등대가 우리네 아버지이다.

아버지가 되고 보니 아버지를 알 것 같고, 가슴으로 곱씹으면서 아버지의 가슴을 헤아리는 아들의 모습으로 들어선 것이다.

그렇게 아버지의 심정을 헤아려 글을 쓰며 다가서고 기록했구나 싶다. 한 가정에 국한되지 않고 이 땅의 모든 아버지의 가슴을 아우르고 싶었을 것이다.

우리들의 나이도 할아버지 역할을 해야 할 위치에 와 있다.

곧 노쇠老衰해지고 죽음으로 다가서고 있음은 분명하다. 생로병사生老病死의 대원칙을 어떤 인간이 거역할 수 있겠는가! 단지 도래 시점이 조금 빠르냐 늦느냐의 차이일 뿐 먼저 이 땅을 떠나가신 분들의 뒤를 따라가야 함은 명명백백明明白白하다.

우리들의 아버지 세대는 일제강점기와 한국전쟁 등 민족의 큰 격변激變을 두루 거치고, 이겨냈다. 고난苦難 속에서 가족이라는 희망의 울타리를 지탱하기 위해 몸과 마음으로 희생하시고 은은한 자식 사랑을 담은 글이기에 마음에 스며들었다.

이 책『나는 아버지의 아들입니다』를 쓴 권대순 씨를 도서관圖書館에서 만난 것도 아니다. 심신의 안식을 위해서 간 여행지旅行地에서 만난 것도 아니다. 서울에 있는 사우나에서 우연하게 만났다. 그게 벌써 10년이 훌쩍 지났다. 처음은 우연한 기회였지만, 일정하게 매일 새벽 6시만 되면 만나게 되었다. 그리고 꼭 두 사람이 같이 다녔다. 그렇게 10년 넘게 만나다 보니 정이 두터워지고 인연도 깊어졌다. 특이한 것은 두 사람 중의 한 사람은 외발 장애인障碍人이었으며, 그 곁에는 권대순 씨가 있었다. 두 사람은 전우戰友 관계로 장애를 가진 사람은 홍상우 씨였다.

군軍에서 중대장이던 시절, DMZ 대침투 작전 중에 지뢰 사고로 다리를 하나 잃었다고 했다. 장애를 가졌지만 동료와 손을 잡고 도와주면서 사우나를 다니는 모습이 신선新鮮해 보였다.

선뜻 살결을 감춘 의복을 벗어버리고, 외발 장애의 흔적을 드러내기는 어려웠을 것이다. 혼자였다면 뭇 사람들의 시선을 이겨내고 사우나의 문턱 넘기가 쉽지는 않았으리라.

아프리카 속담 중에 '빨리 가려면 혼자 가고, 멀리 가려면 함께 가라.'라는 말과 같이, 사우나라는 제한된 공간이지만 매일 새벽에 두 사람이 천천히 멀리 가는 듯한 모습이 보기 좋았다. 사우나의 김 서림 속에서 아주 서서히 삶을 향해 떠나는 모습을 지켜보았다. 그들은 긴 인생길을 걸어가고 있었다.

전문적인 작가들도 출간을 한다는 게 쉽지만은 않다.

더구나 일반 직장인으로서 책 한 권을 출간한다는 것은 많은 어려움이 따르는 일이었을 것이다. 일반 서적은 대략적으로 250~300페이지 어간이 한 권이 된다. 더 많을 수도 있고, 분량이 적은 페이지도 수두룩하지만 책 한 권을 집필하는 것에 들어가는 글자의 수는 보통 15만 자 정도가 된다. 200자 원고지로 따지면 약 800매 정도이다. 책 한 권을 낸다는 정성이 만만찮음을 말하는 것이다.


이 책 『나는 아버지의 아들입니다』는 틈틈이 자료를 수집하여 소담스러운 가정의 일상을 보여줘서 애착이 가고, 갸륵했다.

어휘력과 기교도 중요하다. 그러나 아버지의 아들로서 아버지의 기록을 소중하게 여기고 이렇게 출간을 실천하는 것을 높이 평가하고 싶다. 비록 저세상으로 가셨지만 아버지의 삶과 생각이 녹아 있는 기록서記錄書『나는 아버지의 아들입니다』를 출간하는 권대순 씨에게 축하하면서, 독자讀者들과 공감共感했으면 하는 바람이다.

2019년 5월에

# 차례

# 아버지의 잔상殘像

분주했던 손과 발걸음으로 어머니가 자식을 키웠다면
아버지는 자식들이 커가는 모습을 가슴속으로 지켜보신 분이다.
어머니의 손과 발
그리고
아버지가 고난을 포용한 가슴으로 우리들이 성장했고, 어른이
되었다.

미국 에이브러햄 링컨 대통령의 아버지는 구두를 만드는 제화공
製靴工이었다.

별 볼 일 없는 신분으로 대통령이 되었다고 의원들은 그의 약점
찾기에 바빴다.

취임 연설을 시작하자 어떤 상원의원이 손을 들고 일어나 링컨을
향해 말했다.

"형편없는 신분으로 대통령이 되다니 놀랍소. 당신의 아버지가
신발 만드는 사람이었다고 들었는데 내가 신고 있는 이 신발도 당
신의 아버지가 만든 것이오."

그러자 여기저기서 웅성대며 조롱 섞인 웃음소리가 새어 나왔다.

갑작스러운 공격에 링컨은 조금도 불쾌한 감정을 나타내지 않으면서 침묵의 시간을 보냈다. 대신에 그의 눈에는 눈물이 고였다. 그것은 수치의 눈물이 아니었다.

잠시 후 링컨은 조용한 목소리로 말했다.

"고맙습니다. 의원님 때문에 한동안 잊고 있었던 나의 아버지의 얼굴을 떠올렸습니다.

나의 아버지는 의원님의 말처럼 신발을 만드셨습니다. 이 자리에 모이신 분들 중엔 내 아버지가 만드신 신발을 신으신 분들이 더 계실 것입니다.

만약 여러분이 신고 있는 그 신발이 불편하다면 제가 최선을 다하여 대신 손봐 드릴 수 있습니다.

물론 제 솜씨는 아버지에 비교할 수 없이 부족합니다만……. 저는 아버지의 아들입니다."라고 했다.

그렇다.

아버지의 아들이 아닌 아들이, 이 지구상에 어디 있겠는가!


아버지가 저세상으로 떠나신 후 마음으로 그리워하며, 애잔한 심정으로 다가서고, 사무치게 보고 싶어 눈물짓는 이유는 무엇일까!

이 세상에 생존해 계실 때 아들로서 막심한 불효를 해서 그 죗값으로 후회의 눈물을 흘리는 것은 아닐 것이다. 그렇다고 지극한 효성이 있어 아버지에게 특출하게 해드린 것도 아니었지만, 덜컥 아버지의 대동맥 확장증이 발견되어 옴짝달싹 못하게 병원 치료에 매달리게 되어 한이 남아 그런 것은 더더욱 아니다.

우리 아버지가 적당한 거리에서 지긋이 지켜봐 주시고, 이해해 주시고, 기다려 주시고, 한참 만에 조곤조곤 자세하게 일러 주셨던, 인내를 녹여 넣은 은근한 사랑 때문이라는 생각이 든다.

곧 자식에 대한 참사랑이었다.

아버지는 혹한의 찬 기운을 밀어내고 사 남매가 성장하고 있는 안방을 따스하게 데워주셨다. 아버지의 심장에서 만들어진 따스한 공기를 입술로, 손길로, 눈짓으로, 마음으로 전해 주셨다. 그러한 것이 아버지를 더 생각나게 하고, 아직도 이 세상에 존재하시는 것 같은 착각을 불러오게 한다. 은은한 잔상이라 할까!

늦은 밤 퇴근하셔서 새근새근 잠자고 있는 우리 사 남매의 이불 밑에 손을 밀어 넣어 어루만져 주시고 아버지의 존재를 일깨워 주신 잔잔한 파장들이 가슴으로 전해와 지금도 그 울림이 남아있는 분이 아버지이시다.

어떻게 보면 아주 당연한 것들이지만…….


아들로서 아버지에게 부족했던 것들로 인한 후회와 늘 생각은 했지만 끝내 못해드린 것에 대한 죄스러움과 조금만 더 생각해서 생전에 즐거움을 드릴 수 있었던 것에 대한 반성 같은 것이 있다.

아버지와 단둘이서 여행도 못 가봤으며, 여행지에서 입에 맞는 음식을 시켜 놓고 소주 한잔 드리면서 밥상을 어지럽히며 이런저런 이야기를 나누지도 못했다. 그 흔한 영화 한 편을 같이 못 봤다. 영화 관람 후 소감을 못 물어봐도 괜찮지만, 그래도 옆자리에 앉아서 대형 화면의 광고도 보고, 상영되는 영화도 기다리고, 영화관을 빠져나와서는 급하게 화장실을 찾아 옆자리에서 같이 소변을 보고 그러한 것을 못한 게 한스러웠고, 후회스러웠다.

여행

삶의 고난을 내려놓고
나의 빈 그림자와 함께
비어있는 가슴의 공간을
이 생각 저 생각으로
아무렇게나 채워 넣는 것.

돈이 많이 드는 게 아니었다. 시간을 엄청나게 투자해야만 되는 일이 아니었기에 더 후회스러움인지도 모른다.

아버지가 작고하신 후, 몇 달이 지나 서울 국립국악원 공연과 EBS 교육방송의 재즈 공연을 본 적이 있었다. 객석이 100석 미만의 소규모이고 무대와 가까워 조금 과장을 하면 연주자의 숨소리까지도 듣고 볼 기회였다. 그때 그곳 객석에서 혼자 조용히 많이 울었다. 옆 관람자에게 피해를 주지 않으려고 소리 없이 눈물을 찍어 손수건으로 스며들게 했던 기억이 난다.

아버지는 작고하시기 몇 개월 전에 서울강남세브란스 병원에 입원해 계셨다.

몸이 불편한 환자였으니 휠체어에 의지를 할지라도 이곳 공연장에 모셔서 재즈와 국악 공연을 보여 드리지 못한 게 슬펐다. 후회스러웠다. 고향 의성에서 서울로 자주 오시는 것도 아닌데, 서울강남세브란스 병원과 인접한 이런 곳에 모셔서 공연을 같이 보면, TV 화면에서만 보던 것과는 다르게 생생한 현장을 보셨을 텐데 하는 후회가 눈물을 부른 적이 있었다.

아주 사소한 것들이 아버지를 떠올리게 하고, 떠오르면 이 세상에 안 계시는 게 그렇게 서러워 눈물이 나도록 만드는 사람이 저세상으로 가버린 아버지이시다.

아버지를 그리워하며 부모님의 성품을 이렇게 썼다.

단풍이 물든
10월 같은
아버지의 잔잔한
감성

8월 같이 뜨거운
어머니의
열정

세상 사람이 둘이면 서로 잘 지내다가 네 사람이 되면 두 사람씩 짝이 되어 패가 갈리고, 세 명이면 두 명은 짝이 되어 한 패거리가 되고 나머지 한 명은 외톨이가 된다고 한다.

집안에서 형제들도 비슷한 집단구조의 틀 속에서 성장한다.

가령 삼 형제라고 하면 장남은 막내를 보호한다는 구실로, 또 막내는 응석과 어리광으로 큰형에게 보호와 불가침영역을 보장받았다. 그러나 차남은 이 색깔도 저 색깔도 아니고 늘 따돌림을 당하고 무엇을 결정하는 데에서 소외를 당했다. 그 틈바구니에서 외톨이가 되어 힘겨워하고 이겨내는 방법을 찾아 고심하는 게 차남이며, 나 또한 외로운 틀 속에서 발버둥 치는 둘째로서의 운명을 안고 태어났다.

형님과 동생은 합세를 해서 나를 골려주곤 했다. 모든 게 열세임을 알고 있는 나는 호시탐탐 기회를 엿보다가 형님이 없는 틈을 타서 얄미운 동생을 쥐어박는다. 형님에게는 당할 수 없기에 체구와 힘으로 만만한 동생만 괴롭힐 계략으로 행동을 옮긴 것이다. 나에게 얻어맞은 동생은 울음을 보일 정도로 세게 얻어맞은 것은 아니지만 형님의 지원을 받기 위해서 더 크게 울어 젖히면서 도와줄 것을 요청한다.

동생의 울음소리에 득달같이 나타난 형님은 이유를 물어보지도 않고 동생을 괴롭힌 나를 쥐어박는다. 나는 서럽기도 하고 아프기도 해서 엉엉 울었던 기억이 난다. 나는 늘 피해자의 악순환 속에서 존재감을 찾는 데 급급해 하며 성장을 했다. 일찍부터 힘의 논리를 알아가며 커 갔다.


늘 합당하지 못한 삼 형제간 힘의 구조를 해결할 수 있는 사람은 아버지밖에 없다고 생각했다. 어머니는 잘잘못을 가리지 않고 가까이에 잡히는 놈만 두들기는 비합리적인 가정교육을 하셨다. 삼 형제가 우당탕거리며 놀다가 갑자기 한 사람이 울더니, 이어서 또 다른 한 사람이 더 크게 엉엉 울면, 참다못한 어머니가 고함을 치며 부지깽이를 들고 오셨다. 그러면 형님과 동생 모두가 도망가고, 나만 어머니께 잡혀 실컷 두들겨 맞곤 했다.

잘못한 것이 없으니 혼이 날 이유가 없다고 판단한 나는 우두커니 그 자리를 지켰을 뿐인데 말이다. 당시 나는 그 자리에 도착한 어머니가 당연히 싸움의 연유를 물어볼 것이라 여겼다. 왜 싸웠으며, 누구의 잘못이었는지를 가려줄 것이라 믿었다. 그러나 어머니는 눈앞에서 붙잡힌 놈만 작살을 내었다. 억울했다.

어머니가 꾸짖으려고 쫓아오게 만드는 첫 번째 울음은 동생의 것이고, 두 번째는 나의 울음이었다. 동생은 형님의 보호를 믿고 형인 나에게 까불다가 맞아서 울고, 막냇동생을 때린 나는 형님으로부터 동생의 기를 살려주는 구실로 맞는 경우가 대다수였다. 울음의 순서도 거의 비슷하였다.

옛말의 '겨 먹은 개는 들켜도 쌀 먹은 개는 안 들킨다.' 격과 비슷하게 차남인 나는 겨만 먹었을 뿐인데 어머니께 실컷 쥐어터졌다. 쌀 먹은 형님과 동생은 도망을 가버리고……

어머니에게 억울하게 얻어맞은 나는 긴 시간을 앙칼지게 울었다. 그러다가 제풀에 지쳐 낮잠을 자기가 일쑤였다. 억울함으로 인해 왈칵 쏟아낸 울음은 많은 체력을 요구했기 때문이다. 눈물과 콧물이 말라서 얼굴에 더덕더덕 붙은 채로 아버지가 퇴근하시기만 기다렸다. 도저히 분을 삭이지 못했다.

아버지가 오시는 소리가 들리면 가장 먼저 뛰어나가 아버지를 맞이하고 그간에 억울한 심정을 울먹이며 토로했다. 그러면 아버지는 우리 삼 형제를 앉히고 전후 사정을 물어보고 경청하셨다. 그리고 마지막으로 판단하시고 차남인 나의 잘못이 아니었다고 인정해 주고 다독여 주시곤 했다. 어린 나이었지만 그때의 후련함이란 이 세상을 모두 얻은 참맛이었다. 그럴 때마다 형님은 고개를 푹 숙이고 동생들을 잘 아우르지 못한 잘못에 어쩔 줄 몰라 했다. 동생은 막내답게 아무 생각 없이 눈만 말똥말똥 뜨고 있었지만 사정이 심상치 않음을 알아차리는 듯했다. 그렇게 삼 형제는 싸우면서 아버지께 꾸중을 들으면서 성장했다.

그때 억울했던 심정을 보상받도록 해주며, 차남次男의 분憤을 풀어주셨던 분이 아버지다. 아버지가 아니면 억울함을 해결해줄 수 있는 사람이 없다고 생각했다. 법원의 재판관보다도 더 명쾌하게 나의 억울함을 해소시켰으며, 그를 통해 나는 힘을 얻었다.


## 나의 형

어릴 때 나는
형 이겨보는 게 소원이었다.

영순네 아버지, 영순네 집으로 불리는 것도
나의 이름을 붙여 대순이네 아버지로 이웃집 어른들이 불러주시는 것이 바람이었다.

동생이 아장아장 걸음마를 배우던 무렵 이웃어른들은 동생의
이름을 붙여
철순이네 집으로 불렀다.
그때서야 차남次男인 나의 한계를 절감하고
체념에 들어갔던 것 같다.


어릴 때 나의 형은
나보다 훤칠한 외모로
나보다 학교에서 많이 상장賞狀을 타오기도 하고
나보다 운동을 잘해 학교 대표선수로 많이 뛰었던 형이다.
또 한편으로 나의 형은 좌절하기도 하고
건강에 어려움이 있어 학교를 1년 쉬기도 하고
군 생활 때는 마산통합병원으로 후송을 가기도 했다.
그러나 멈추지 않고 끊임없이 노력하고
은근과 끈기로 정진하는 형이 자랑스러웠다.


쉰을 넘어서 딴 박사博士학위보다도
더 박사다운 인생을 살아온 형이기에 애착이 갔다.
약관의 나이에 명예를 얻어 장년에 멈춘 인생보다는
촌놈 정신을 보여주는 형이 더 멋이 있다.


목숨이 다하는 날까지 우직스러운 형으로 존재하는 데
믿음을 의심해보지 않는다.

그 이유는

우리 어머니의 열정적인 유전 인자가 핏속에 흐르기 때문이다.

나의 형은!


우리 삼 형제가 싸우면서 성장하던 시절이 훌쩍 오십 년이 넘었다. 그 많은 시간이 지나갔음에도 이 대목을 글자로 옮기면서 몇 번씩 눈물이 나 휴지로 닦아 내고 글을 썼다. 어린 마음이었지만 억울했던 나의 일을 해결해 주서서 더 아버지가 떠올랐을까!

아니면 이 세상에 계시지 않은 아버지라는 것만으로 눈물이 나온 것일까!


서녘에 어둠이 오면 마음은 휑해지고, 고향 안평 치실들판의 넓고 긴 곳 한가운데 혼자 서 있는 것 같다. 노을은 아름답기도 하지만 그 아름다움을 마지막으로 해서 어둠을 부르고 그 순간이 외로움으로 다가오기도 한다.

지는 노을을 보면서 아버지를 떠올려본다.

아버지는 생전에 노을을 즐겼을까? 아니면 춤추는 노을 속에서 외로움을 이겨내려 어떻게든 애쓰셨을까? 그 허전함을 내려놓으려는 다른 방도가 있었을까? 어떠한 마음이었는지 궁금해지고, 어떻게 담담淡淡하게 마음을 추슬렀는지 사뭇 의문이 생긴다.

또한 자식 된 도리로 사소한 일상의 감정 변화를 물어보지 못한 아쉬움이 죄스러움과 슬픔으로 남는다. 저세상에 계신 아버지의 생각을 나의 가슴 속으로 들여다본다는 것이 애잔함이 되며, 찡함으로 다가온다.

또한 아버지는 어머니 이외의 잊지 못하는 여인은 있었을까!

물론 없으리라 생각하지만 또 한편으로는 모를 일이지 않은가!

평생 고향 의성 안평에만 사셨다. 아주 간혹 출장으로 외지에 가시기도 하셨지만, 그 외에는 고향에만 계셨다. 그래도 모를 일인데 여쭈어보지 못한 것이 한으로 다가온다. 부자간에도 물어볼 수 있고, 같은 남자로서도 물어볼 수 있지 않은가. 막역하셨던 아버지인데. 이 아들이 더 섬세했다면, 더 아버지에게 다가섰다면 말이다.

아버지는 엄하신 분이 아니었다. 어른들은 위엄이 있어야 한다는 생각을 하지 않은 분이다. 위엄을 유지하는 윗사람은 외로워진다는 생각을 가지고 계신 분이었다.

편안하게 친구처럼 대화할 수 있는 분, 대화의 격을 구분 짓지 않는 분이었다. 그러하셨으니 병원에 입원하셔서 이 세상에서의 생을 마감하시기 전에 이런저런 정리하는 이야기를 못 물어본 게 한스럽고 애통하다.

이 세상을 종결하는 시점에서 이것저것 모두 다 여쭈어봤을 경우라도 아쉬움은 남을 텐데, 하물며 여쭈어보지 못한 게 있음이 엄청나게 후회가 된다.

막 결혼을 하시고 어머니가 첫 근친覲親으로 친정 안동 와룡을 가셨을 때다.

아버지는 서울의 미군 부대에 직장을 구해 1년 정도 근무하셨다.

좀 더 정확하게 기록을 한다면 1953년 11월에 혼인하시고, 그 이듬해인 1954년 10월에 외가 안동에서 시댁인 의성 안평으로 신행新行 오셨으며, 1955년 음력 1월에 외가인 안동 와룡으로 첫 근친을 가셨다.

어머니가 근친을 가 계시는 동안 아버지가 서울에 취직하셔서 혼자 직장생활을 하실 때를 그려보는 것이다.

기혼자旣婚者였지만 서울이라는 도회지의 세련된 아가씨를 마음에 뒀을 수도 있지 않은가!

옆 사무실에서 토닥토닥 타이핑 소리를 정교하게 내며, 옥구슬 같은 서울 말투로, 심부름 갔던 시골 출신의 아버지에게 따스하게 커피 한 잔을 내다 줘 마음을 앗아간 아가씨.

성과 이름과 근무 부서만 알지 주소와 전화번호를 몰라 연락할 방법이 없어서 늘 궁금했던 그 아가씨 말이다. 충분히 상상해 볼 수 있는 이야기 아닌가!

그렇지 않다면 퇴근길 골목 어귀에서 한두 번 봤지만 다소곳이 시선을 아스팔트에다 내려두고 다녀 말이라도 붙여 보고 싶었지만 그럴 틈을 주지 않았던 아가씨, 말을 못 붙였으니 성도 모르고 이름도 모르는 그냥 갸름한 얼굴과 솔직한 키, 잘록한 허리만 생각나는 아가씨 말이다. 순정 소설에 나오는 진짜 소설 같은 이야기를 해보는 거다.

물론 없었으리라 믿으면서 아버지께 여쭈어보지 못함에 대한 애통함을 표현하는 것이다. 그 사소한 이야기를 나의 입으로 꺼내 보지 못함에 대한 아쉬움을 말하는 거다.

이십 대의 불같은 사랑이 아니라 마음속 한편에 여운이 있고, 마음으로 잊지 못하면서 틈틈이 떠올렸던 어떤 분이 있었는지 궁금해진다.

연세와 가정도 있으시고 성장한 자식들과 손주들도 줄줄이 있으니 어디서 대놓고 말씀은 못하시고 그냥 조용히 마음 한편으로 새기면서도 잊지 못하는, 궁금해하는 분이 계셨을까? 아버지께 여쭈어보지 못함이 죄스럽게 느껴진다. 더 관심만 있었으면, 더 성의만 있었으면 여쭙는 것은 아무것도 아닌데 말이다. 그런 분이 계셨는지조차 말을 못 꺼내 본 것에 대해 아쉬움이 든다. 하루 세끼 밥 먹듯이, 늘 숨 쉬듯 한데 그걸 놓쳤으니 말이다.

아버지의 아들로서, 이 세상에 태어난 남자로서 찬찬히 생각해보니 그러하다.


아버지는 2016년 6월 16일 작고하셨다.

이 세상에 계시지 않으니 더 뵙고 싶고, 물어봐야 할 것이 많이 생긴다.

생존해 계실 때는 그래도 간간이 서울에서 고향 의성 안평까지 찾아뵙고 이야기를 나누었는데, 이제는 사무치게 눈물이 날 정도로 그리워진다. 그렇다고 대놓고 울 수도 없고 후미지고 어두운 곳에서 그리워하면서 혼자 눈물을 닦을 때가 더러 있다.

서울 용산에서 파주 문산을 가는 자유로를 달리면서 점점 흐려지는 시야 때문에 몇 번씩 승용차를 세웠다. 유유히 흐르는 임진강을 보면서 아버지도 같이 흐르고 계심이 눈에 아른거린다. 운전석 등받이에 고개를 젖히고 어둠과 함께 한참을 울다가 가슴이 잔잔해지기를 기다렸다가 출발하곤 했다. 어둠과 함께 아버지는 찬찬히 내 곁을 떠나셨다.

아버지가 씨 뿌려 놓은 배려와 사랑이라는 작물을 어머니가 거두어들인다. 요사이는.

어머니가 알찬 곡식을 바구니에 담아 보관하시는 모양새를 보면 알 수 있다. 이웃 사람이 그렇게 아버지를 칭송하며, 생전에 도와주셨음에 대한 고마움을 전하며 다리가 불편한 어머니를 부축해 주시니 말이다.

아버지가 서울강남세브란스병원에 장기간으로 두 번 입원하셨을 때 일이다. 바쁘지 않고 여유가 있는 자녀들은 우선해서 아버지 곁을 지키며 병간호를 했다. 그러다가 간간이 회진하는 의사와 간호사의 진료에 관해서 대화하면서 암담해 하곤 했다. 여러 가지 합병증으로 병상에서 8개월 동안 몸부림을 치시다 작고하셨다.

그때 병원 도착이 조금 늦은 며느리가 어쩔 줄 몰라서 아버지께 죄송하다며 이렇게 말했다. "아버님 제가 늦어서 많이 서운하셨죠?"라고.

그러나 아버지는 예상할 수 없었던 한 편의 시구詩句를 전해주셨다.

그 내용은 이랬다.

"서운하지 않았다. 그냥 어미를 기다렸다."라고 입 밖으로 흘려보내셨다.

기력도 없었으니 그렇게 짧게 말씀하셨다. 아버지의 그 표현에 주변에 있던 자식들은 모두 놀랐다.

위중하게 병마와 싸우고 있었으니 육체적으로 힘이 드는 것은 당연하며 정신적으로도 피폐하여 날카로워지셨을 텐데 말이다.

그냥 기다렸다는 것은 혹시 말 못 할 불편한 일이라도 생긴 것인지, 아니면 혼잡한 서울 바닥에서 교통사고라도 났던 것인지 골똘히 생각하셨다는 말씀이다.

주변 사람에게 다그치거나 왜 안 오는 것인지 자꾸 물어보셔서 불안하게 한다든지, 모든 사람이 늦은 며느리를 원망하게 만들 일은 더더욱 없었다.

생사귀로의 병상에 누워 계시면서 불평 한마디 없이 묵묵히 누구를 기다린다는 게 쉽지는 않을 것이다.

짜증과 투정을 부리면서 어려운 가운데 너희들을 키웠더니 병상에 있다고 이렇게 홀대하느냐, 빨리 죽으라고 하는 것이냐고 듣는 사람의 가슴을 아프게 하실 수도 있었을 것이다.

'그냥 어미를 기다렸다.'

아직도 그 병상에서 아버지가 입으로 흘려낸 단어를 생각하면 찡해진다. 갑자기 동공이 뻐근해진다.

죽음을 앞에 두고 자제하기 어려운 정신적, 육체적 고통을 추스르면서 며느리를 배려하기란 썩 쉬운 일은 아니기 때문에 더 슬퍼진다.

우리 아버지는 그랬다.

아버지가 돌아가신 후, 이 세상에 살면서 언제 가장 힘이 드셨는지 궁금하였다.

죽도록 힘든 시기가 몇 번 있었는지, 그때가 언제였는지 궁금하였다. 그리고 언제 가장 기뻤는지도 궁금하였다. 어머니에게도 말 못 할 답답한 가슴앓이가 있었는지. 있었다면 누구와 상의했는지.

사소한 것을 물어보지 못한 게 한이 된다.

살아오면서 왜! 답답함이 없었겠는가! 어느 누구에게도 호락호락한 삶은 없지 않던가!

그냥 조용하게 한가한 시골길을 운전할 때면 문득문득 왜! 물어보지 못했지 하면서 자책하게 되고 후회하게 된다. 평생 살아계실 것으로 생각을 하고 사소한 것에 소홀하고, 사소한 것을 못 열어보고, 사소한 것을 못 챙겨드린 한이 생겼다.


아버지는 본인의 죽음을 예견하셨다.

돌아가시기 2년 전부터 어머니에게 같이할 시간이 짧다는 것을 자주 말씀하셨고, 78세 때 시詩를 지어 본인의 운명을 예견하셨다. 그때 지으신 시詩를 이곳으로 옮기려 한다.


강江

권혁근權赫根


길고 험한 강

십리도 먼데

백리강은 더욱 멀고

칠백팔십리는 세일 수도 없네.

백팔십리를 흘렀을 때

같이 흐를 동반자를 만났네.

부축을 받으며 험한 내川를 흘렀네.

혼자였으면 땅속으로 스며들어 못 흐르고 말았을 걸

동반자가 있어 밀고 당기며 흘렀네.

가랑비도 소나기도 서리도 눈도

가릴 것 없이 다 맞았네.

그래서 강이 되었네.

만약에 되돌아가 볼 수 있다면

이백 리를 되돌아가

제2훈련소도 가보고

삼백 리를 돌아가 직장생활도 해 보고

사백 리를 돌아가 아비 같은 아비도 되어보고

오백 리를 돌아가 효행도 실천해 보고

육백 리는 되돌아가기 싫은 정년停年이었네.

험하고 먼 하천이 포장하천이 되었건만

되돌아가기엔 강 팔백 리 하구河口가 눈앞이네.

그런대로 험하고 긴 강

멎지 않고 흘러옴은

동반자의 부축이 지대했고

매달린 열매도 잘 익어갔고

이 모두가 조상님들의

선행음덕先行蔭德인 줄 생각하네.

바다가 저기니 나도 조상 되겠지

음덕을 베풀어 후손에게 전하리.

_ 2011. 12. 27.

먼 하늘나라로 가신 아버지께서 친히 만드신 시詩다. 우리 사 남매에게는 당연히 소중한 정신적인 유물遺物이다.

아버지의 뜻에 맞는지 그른지는 모르겠으나 해석을 해보려 한다. 아버지가 생존하지 않으시니 물어볼 수도 없고, 그냥 가슴이 아프다.

칠백팔십 리의 강줄기란 표현은 아버지가 살아오신 삶이 78년이 되었다는 뜻인 것 같다. 백팔십 리가 흘렀을 때는, 18세에 천상의 배필配匹로 어머니와 혼인婚姻을 하셨음을 밝히는 듯하다.

그리고 삶을 되돌릴 수 있다면 20대에 다시 군인이 되고 싶으며, 30대에는 또 다른 직장생활을 하고 싶으며, 40대에 더 훌륭한 아버지로 자리매김하고 싶으시고, 더불어 효행도 하시고자 했다.

60세가 되어서는 되돌아가기 싫은 공직에서 정년停年을 맞이했으며, 여든을 눈앞에 둔 삶이니, 강江의 물길이 말라버려 강이 아니라 포장이 된 하천이 되어 버렸고, 하구河口가 눈앞이라는 우회적인 표현으로, 삶의 종착지에 거의 와 있다고 표현하셨다.

멎지 않고 78세까지 살아오는 데까지 아내와 우리 사 남매의 자식들이 건강하게 성장해 든든하다며 고마워하셨다.

마지막으로 자식들도 건강하게 성장을 했고, 결혼해서 가정을 이뤄 살고 있으니 이 또한 조상의 보살핌이지 본인이 아버지로서 노력한 결과가 아니었다는 겸손함을 녹여서 표현하셨다. 이승을 떠나 저승으로 가더라도 먼저 가신 조상들처럼 후손들이 잘되는 데 힘쓸 것이라 하고 글을 마치셨다.

어떻게 보면 이 땅에서 80년 7개월 동안의 삶을 결산하여 쓴 자서시自敍詩이다.


그냥 쉬이 이루는 게 어디 있으랴.

부모님의 땀방울 없이, 희생 없이 어찌 우리 자식들이 존재할 수가 있으며, 농부의 잦은 발걸음과 정성이 없었던들 저 들판이 황금으로 변할 리 만무할 것이다.

봄은 너무 화려해서 사람을 들뜨게 하고

가을은 차분하면서 사람을 절제하고 겸손하게 하는 빛이 있다. 그 절제된 빛으로 황금의 들판을 만든 것이다, 가을은.

가을과 같이 절제의 지혜를 몸소 실천하여 가정교육으로 우리를 키워 주신 분이 아버지다.


사람들은 나이가 들면 외로워진다.

누구에게도 내 속을 보여줄 수가 없고, 또 내 속을 받아줄 수 있는 사람도 없다. 아니, 나의 목구멍을 닫아버렸다는 것이 더 정확할 수도 있겠다. 아내도, 자식도, 친구에게도 마음속으로 그려만 보았지 조곤조곤 마음을 뒤집어서 보여주지 못한다. 혼자 감내하면서 하루하루를 지탱한다.

아버지도 그러하셨겠지.

어머니는 더 하셨겠지만 그래도 화풀이를 해댈 수 있는 아버지가 곁에 계시지 않았던가!

참 딱하기도 하다, 남자들의 삶이란!

나이가 들어가니 아버지가 더 그려지고 이해가 되어간다.

> 살아가는 가슴에는
> 문득
> 외로움이라는 점을 키워가고
> 부대끼는 사람 속에서는
> 흐르는 세월과 함께
> 애잔한 그리움이 익어가다.

아버지의 삶을 생각하면 가슴이 미어지고, 눈물이 난다.

흘려보고 싶은 눈물을 순간순간 참으면서 이 세상의 삶을 마감해오지 않았나 하는 생각이 든다. 내가 예순을 바라보는 나이가 되니 뒤늦게 그런 생각이 든다. 아버지가 작고하셔서 이 세상에 안 계시니 더 간절하게 그런 생각이 든다.

아버지도 눈물을 많이 참으셨으리라 생각이 된다.

아버지의 초등학교 동창 중에 생존해 계시는 분이 몇 안 되신다.

그래도 생전에 자주 교류하시고 의견을 주고받았던 친구가 의성 봉양도리원의 경화당 한의원 이충교 님이다. 벌초를 끝내고 서울로 올라가면서 삼 형제가 찾아뵙고 인사를 했다. 그 자리에서 우리 삼 형제에게 들려주신 이야기다.

이충교 님은 예순둘에 아내와 사별死別을 하셨다. 그리고 얼마 지나지 않아 아버지께서 직접 자전거를 타고 30리 길을 오셔서 조용하게 충고를 하셨다고 한다.

"친구, 혼자 적적하겠지만 재혼은 안 했으면 좋겠네."

아버지의 말씀을 받아 이충교 님이 따졌다.

"자네는 아내와 같이 오순도순 살면서 상처喪妻해서 외롭게 혼자 살고 있는 친구에게는 재혼을 하지 말라는 경우境遇가 어디 있는가?"

그때 아버지께서 친구 이충교 님께 이렇게 말씀하셨다.

"내가 안평면민面民의 집집 사정을 많이 아는데 상처喪妻 후 재혼해서 행복한 사람과 화목한 집을 보지 못했네. 그래서 재혼을 안 했으면 좋겠네."라고……

그러면서 이충교 님은 우리 삼 형제에게 말씀을 이어가셨다.

"이십 년이 훌쩍 지난 시간이지만 속 깊은 자네들 아버지의 판단이 정확했다네. 그 이유는 아내하고 살 때는 100만 원 달라고 하면 물어보지 않고 줬겠지만, 재혼을 하면 단돈 1만 원을 달라고 해도 돈의 사용 출처를 물을 것이기 때문이다.

그랬을 때 재혼한 아내가 기분이 좋을 리가 있겠는가! 그런 불편함이 쌓이면 부부관계도 불협화음이 잦아지고 그렇게 되면 행복과 화목은 멀어지겠지."라고 설명을 하셨다.

그러면서 아버지와 마음을 나누었던 교우였음을 설명하시며, 말씀을 이어갔다.

"친구 간이라도 재혼하지 말라고 이야기하기는 참 어렵다. 그러나 우리는 막역한 관계였고, 서로의 마음을 이해하는 친구였네."라고……:

책을 발간한다는 것은 본인이 생각한 바를 정리해서 활자로 전환하고 인쇄해서 남에게 읽게 하는 것이다. 큰 도서관이나 대형서점에 무수한 책들이 보관되고 있고 또한 읽히고 있다. 뿐만 아니라 대도시 곳곳의 중고서점에는 책들이 산더미처럼 쌓여있다. 어느 책들은 누구에게도 관심받지 않고 구석에 처박혀 있는 경우도 허다하다. 외진 곳에서 사람들에게 시선을 받지 못하는 책이라도 필요에 의해서 탄생한 것은 자명自明하다. 구석에 박혀버린 책이라도 사람들에게 잘 읽히는 책과 동일한 과정과 저자의 열정과 정성으로 이 땅에 태어난 것은 말할 나위가 없다. 한구석 모퉁이에서 먼지가 쌓여 외면을 당하는 전문 서적일수록 깊이가 있고, 더 많은 열정과 시간을 투자하여 책으로 태어났을 수도 있다. 단지 대중성이 떨어질 뿐이지.

인기가 있든, 없든 간에 같은 책이라는 것을 이야기하고 싶다.

오래전, 틈틈이 써 놓았던 글을 모아 시집詩集을 내었다.

책 제목은 '삶과 추억을 고백하다'로 부모님의 자식 사랑과 가족들의 애환哀歡 등이 주된 내용이었다. 그 시집을 읽으시고 아버지께서 나에게 보내준 이메일이다.

　기분 좋다. 오늘 너 통장에 책값으로 몇 푼 넣었다.
　나는 외상 인생이 싫거든…….
　그래서 책값을 지불했으니 그리 알아라.
　나는 외상없이 살고 싶다.
　외상없는 인생이 되길 바라며.
　칭찬할 줄 알고, 감사할 줄 알며, 즐겁게 건강하게 살자, 아비가.

　그때 아버지께서 책값으로 거금 백만 원을 나의 통장에 입금을 해주셨다.
　물론 책값으로는 과분過分한 금액임은 당연했다.
　아버지의 책값을 받고 고마운 심정을 담아 써서 보관했던 글을 옮겨본다.

　책값

　소박한 책을 냈다.
　혼자 생각에 시집詩集이라는 이름으로.

　고향 부모님께도 몇 권 보내드렸다.
　팔천 원짜리 책값으로 백배가 넘는 책값을 보내주셨다.

수지가 맞는 장사다.

밥상머리 잔소리를 가슴에 담았다가 몇 줄 쓴 값으로

거금을 받았으니.

그러나 마음은 영 불편해 온다.

여든 줄에 계시는 부모님으로부터 책값을 받는다는 게.


부모님이 주신 책값으로

형님 영순과, 동생 철순이를 불러 식사를 곁들인

송년 형제 모임을 하고

그 소식을 전화로 듣는 즐거움을 드려야겠다.


아버지가 주신 책값을 생각하며 눈을 감고 떠올려 본다.

아버지로서의 삶!

윗사람으로서 헤아림이 찡하게 다가온다.


나도 언젠가는 그렇게 해봐야지!


결국은 생각을 활자로 전환해서 한 권의 분량만큼 되었을 때 몇 차례의 교정을 하고 표지를 디자인하고 출판사와 상의를 해서 인쇄가 되어야 책으로 나오는 것이다. 어떠한 것이든 이 세상에 나온 다는 것은 고충이 있고, 땀이 있고, 노력이 있고, 흔적이 있음을 뜻한다.

인간이 이 세상에 탄생하는 것도 성스러운 부부간의 관계로 시작해서 어머니의 태교와 온갖 정성, 주변 분의 관심과 염원으로 탄생하듯이 말이다. 책을 한 권 출간한다는 것은 순간순간 혼신을 다해서 책 쓰는 데만 전념해야 이 세상에 내어놓을 수 있는 업적이다. 인간이 이 세상에 태어나는 것과 같이.

이 책을 쓰는 동안 저세상에 계시는 아버지만 떠올렸다.

그리고 간간이 기록해뒀던 아버지에 관한 글과 시와 여타의 글들이 많은 도움이 되었다.

아버지가 생존해 계셨을 때 아버지에 관한 책을 쓸 생각을 하고 자식 된 도리의 기록을 해놓았으면 금상첨화이겠지만, 그렇게 준비하는 자식들이 몇이나 될까?

모두 살아가기가 바쁘기도 하거니와, 여러 가지 핑계로 간과하기에 십상이다. 준비를 해 놓았다면 힘을 덜 들이고 아버지의 이야기를 써 내려갈 수가 있을 텐데 말이다.

그러나 사후死後일지라도 아버지 일생의 미미한 부분이나마 책으로 인쇄가 되면 자식으로서 아버지의 가슴에 한 발짝 더 다가선다는 자부심을 갖게 된다. 그것이 효행의 길인지 아닌지는 모르겠지만 마음 한편으로는 뿌듯해진다. 그러한 나의 소박한 뜻이 이 글을 읽는 이들에게 전해졌으면 하는 바람이다.

'책은 강물처럼 바다처럼 깊이를 가지고 있습니다. 어떤 차이이든 그 깊이는 놀랍게도 읽는 자의 깊이와 정비례합니다.'라는 작가 이외수 님의 글을 빌려서 공감의 시너지synergy를 바라본다.

글을 쓸 때의 심정은 돈을 모으는 것과 비슷하다.

주머니에 보관하던 돈을 잊어버려 후회를 하듯이, 생각했던 글을 메모할 여건이 되지 않아 내버려 뒀더니, 막상 컴퓨터 앞에서는 글을 쓸 때 생각이 나지 않는 경우가 허다하다. 이때는 어렵게 이룬 재산을 잃어버린 것 같이 큰 후회를 한다. 뚜렷하게 떠오르지 않는 생각을 억지로 글로 썼을 때는 첫 번째 떠올렸던 생각과 의미가 달라져서 굴절되기도 하고, 방향을 잃기도 한다. 더 큰 아쉬움은 아예 생각조차 나지 않아 스쳤던 생각을 기록하지 못한 자신을 탓하게 되는 것이다.

순간순간 메모의 중요성과 컴퓨터 한글 파일의 저장 기능의 생활화를 뼈저리게 느끼면서 글을 써 모았다. 몇 줄 안 되는 글이더라도 저장을 소홀히 하여 잃어버리면 더 아쉽고 공허해진다. 또한 스마트폰의 음성 녹음이 요긴했다. 운전을 하거나 조용하게 산책을 하면서 떠오르는 생각들을 간단하게 녹음했다. 그리고는 책상에 앉아 녹음한 것을 들으면서 차근히 써 내려갔다.

### 시상詩想

상큼하게 머리에 앉은 짧은 한 줄의 언어를 잡고
도망가기 전에 여기저기 기록을 한다.
연필이 없을 때는 핸드폰 문자에 입력도 하고
맑은 정신으로 활자체의 결정에 미소 지어보기도 하지만
참 좋은 인연을 잃어버려 꿰지 못함이 더러 있어
많은 후회를 하곤 한다.

계절이 지난 허름한 안주머니에
꼬깃꼬깃 접혀서 달랑 한 줄이지만
여기저기 향기의 입김을 불어 에이포지紙 한 장을 메우기도 한다.
한 줄의 시구도 인연이 있어야 기록이 되고
나만의 억지를 부리며 미간의 고난이 없이는
시상詩想의 인연을 만들 수 없다.

우연찮은 기회에 횡재의 인연도 있고
많이 다듬어도 결국은 버려지는 아픔도 있고
삶이 그러하듯이
짧은 단어 단어가 다 인연이고
미로처럼 빠져나가 조합하기도 하고
활주로를 한참 떠난 비행기처럼
구름 위에 올려놓고 싶은 한 줄 한 줄이어라.


언젠가 동생 철순이가 전해준 이야기다.

초등학생 때 기억이니 사십 년이 훌쩍 넘었다. 경북 안동에 중조부 명의로 된 토지를 무단으로 점유하여 농사를 지으신 분이 계셨다. 그 사실을 알게 된 아버지가 확인 차 다녀오셔서 들려줬던 이야기이다. 아버지는 그 토지 경작자에게 그냥 농사를 지으시라고 했다고 하셨다. 그 가족들은 몸꼴이 남루하여 도저히 우리 땅을 벗어나면 목숨을 연명하기가 어려울 것이란 생각이 들어 나가라고 하지 못하고 오셨다. 물론 땅의 위치도 안동 시내를 벗어나 있고, 하천과 붙어 있어 값어치도 떨어져 있었다.

그렇지만 계속 우리 땅에서 농사를 지어 어떻게든 가족들이 먹고살며 견디라고 말하기는 쉽지 않은 것이다. 그렇듯 아버지는 남과 더불어 살아가는 데 익숙하셨던 분이셨다.

아버지는 자식들의 향기를 좋아하셨다.

그래서 그 향기를 곁에 두고 음미하고 사용하면서 더 친근하도록 애쓰셨다. 그 대표적인 것이 내가 사용하던 국방색의 군용 양말과 3사교 사관생도 시절 단화와 파자마를 줄기차게 애용하신 것이다. 몇십 년이 지나 목이 힘없이 늘어지고 잔털이 뽑혀 허성해진 양말을 신으셨고, 파자마 역시 여름철이면 영락없이 꺼내 입으시곤 하셨다. 작고하시기 얼마 전까지 그러하셨으니 말이다. 그만하시라고 엄마와 많이 다투면서도, 여분의 양말과 잠옷이 있는데도 고집하신 것을 보면 절약하시는 게 아니라 자식들과 교감하고 향기를 맡아보고 싶었던 게 분명했다.

아버지는 고향을 지키시는 수호신 같았다.

세월이 흘러도 변화하지 않는 산천 수목 같은 분으로, 오래오래 고향 집을 지키셨다.

집 앞의 넓은 사급들처럼 변함없이 농수를 흘러보내 벼를 키우게 했으며, 그 농수로 마을을 키워 고향 의성의 특산물로 우뚝하게 만드는 산과 들판 같으셨다. 그렇게 쭉 변함이 없이 살고 싶어

하셨다.

북한 금강산 여행이 한창일 때 자식들이 여행을 추천했지만, 핵무기를 만드는 북한에 달러dollar를 갖다 줘서 북한을 이롭게 할 이유가 없다고 끝까지 반대하고, 가지 않으셨다.

외국 여행도 마찬가지다.

우리나라도 볼 곳이 많고, 갈 곳이 많지만 다 못 가지 않았느냐며 굳이 외면하시고 작고하실 때까지 바다를 건너는 것은 제주도와 울릉도만 다녀오셨다.

아버지의 큰 손자 용배가 일본의 대학에 합격했다.

입학식이며, 몇 년이 지나 졸업식 때 일본에 가서서 할아버지가 축하를 해주는 게 성장하는 손자에게 큰 힘이 되겠다고 설득했으나 사양하셨다. 모든 가족이 온갖 구실을 대며 손자가 서운해할 수 있다고 설득했으나 꿋꿋이 가지 않으셨다.

금강산 관광은 1998년 11월 18일부터 2008년 7월 11일까지 약 10년간 진행되었다. 2008년 말 기준으로 남한의 국민이 195만 명 다녀왔다. 2008년 7월 11일 금강산 내에서 남한의 관광객이 새벽에 해변 산책을 하다가 금지된 구역에 접근하여 북한 군인의 총격을 받아 사망하는 사고가 있었다. 이에 따라 대한민국은 그 이튿날부터 금강산 관광을 중단하였다.

가을이 되면 울긋불긋 온 산에 단풍이 든다.

도심의 아파트 곳곳에도 은행나무가 황금의 색으로 만추에 눈감게 만든다. 그 단풍도 7, 8월의 무성함을 지닌 적이 있었을 것이다. 그러나 자연의 이치를 거부하지 못하고 단풍으로 물들어 이 땅에 떨어지는 절박함을 맞이한다. 다른 한편으로는 씨앗이 되고, 거름이 되어 혹한의 겨울을 이겨내 따스한 봄과 함께 움이 트고, 그 움에서 가지를 뻗게 하고, 그늘을 만들고, 바람을 일으키는 게 자연이다.

　아버지는 저세상으로 가셨지만 아버지께서 뿌려놓은 정신과 희생과 배려는 그것을 알아주는 속 깊은 분들에 의해서 미력하게나마 이 세상으로 다시 오실 수도 있다고 생각한다. 그렇게 믿고 싶다.

　저 단풍이 영영 이 땅에서 소멸하지 않듯이, 아버지 역시 잔잔한 감성과 인정으로 고향 동네 분들의 가슴속에 녹아 있다고 믿고 싶으며, 그러한 믿음에 자랑스러움과 다행스러움이 녹아있다.


　겨울은 겨울대로 심오한 삶이 있다.

　눈雪에 덮여, 눈雪에 가려져 있지만 정지된 것이 아니다. 눈 속에서도 생명력은 유지되고, 생명력은 진행이 되는 것이다. 아주 조용하게 냉엄함 속에서 끈질기게 봄을 맞이하는 준비를 하는 것이다.

　봄의 정규 리그가 시작되기 전에 운동 경기를 준비하는 스프링 캠프도 혹한의 겨울에 준비를 해서 봄, 여름, 가을까지 버텨내고 실적을 내고 있지 않은가!

　우리는 '겨울을 난다'는 표현을 한다. 계절이나 기간을 보낼 때 표현하는 단어다. 또 겨울을 두고 '겨우살이'라는 말을 하는데, 곧 겨울을 넘긴다는 뜻과 겨울 동안 먹고 입고 지낼 옷가지나 양식 따위를 통틀어 이르는 말이다. 겨울을 버티어낸다, 견뎌낸다는 뜻이 내포되어 있다. 겨울은 한 해 동안 봄, 여름, 가을의 외적인 성장을 거친 뒤 추운 겨울을 견뎌내면서 내적인 성장을 하고, 그 한 해를 매듭짓는 의미가 있다. 결실을 주워 담는 그런 의미이다.

아버지의 신체는 화장火葬을 하여 재가 땅속에 묻혔지만 욕심내지 않고 내려놓은 삶이었기에 냉엄함 속에서도 정신은 곳곳에서 숨 쉴 것이다. 겨울같이 매듭을 짓고, 결실을 주워 담아 군불을 지핀 아랫목에서 이런저런 이야기로 꽃을 피우는 그런 겨울 같은 계절 속에서 떠돌며 빙긋이 웃고 계시리라.

한 해를 결산하는 겨울과 같이 우리의 주변에서 맴돌고 계시리라 믿는다.

우리 아버지는!


아버지의 아들이지만 나도 자식을 키우는 아버지다.

아버지의 위치에서 자식을 키우고, 뒷바라지 해주면서 부모와 자식 간의 관계를 스스로 배우게 되고 되돌아보는 시간이 생긴다.

일례로 자식들이 무심코 뱉어내는 말로 '잘 키워주셔서 고맙습니다. 따뜻한 가정환경을 만들어줘서 고맙습니다.'라고 할 때 진한 감동이 온다. 가슴이 뭉클해진다. 형언할 수 없는 보람에 온 천지를 얻은 듯하다. 내가 자식들을 잘 가르쳤구나 하는 생각이 든다.

그러면서 다른 한편으로 생각해 본다.

나는 아버지, 어머니의 아들로서 빈말이라도 키워주신 고마움을 표시해 본 적이 있었는지를 생각해본다. 내가 자식들에게 들어서 기분이 좋았던 말이라면 부모님 역시 그 이야기를 들어서 기분이 나쁠 이유가 없을 것이다. 내가 가슴 벅찬 기분을 가졌다면 부모님 역시 마찬가지일 것이다. 아버지가 생존해 계실 때 허튼소리지만 '아버지 잘 키워주셔서 고맙습니다. 어려운 살림이지만 그래도 풍족하게 키워주심에 고맙습니다. 애쓰셨습니다.'라는 말을 해보았던가!

그래서 아버지를 속으로나마 흐뭇하게 해드린 적이 있었는지 궁금하기도 하고, 그러한 말을 못한 것 같아서 죄스럽고, 후회스럽기도 하다. 이 세상에 계시지 않으니 더 그러하다.

지금 곁에 계시면 입에 발린 소리지만 하루 종일 해드릴 텐데 사정이 그렇지 않아서 통탄하게 된다.


인도의 타미르tamil족의 격언이 더 절실하게 허공에 맴돈다.

'아비의 가치는 아비가 죽어야 안다. 소금의 가치는 없어진 뒤에 안다.'

참 가슴에 사무치는 글귀로 나의 마음을 천 번 만 번 헤아려주는 것 같다.

# 이런저런 가르침

'어머니는 우리 마음속의 얼을 주고, 아버지는 빛을 준다.'라고 독일의 소설가 장파울이 글로 표현하였다.

어머니는 자식들이 성장하는 데 좌절하지 않는 강인한 정신력을 심어 주었고, 아버지는 커나가는 데 목표가 되는 희망과 미래를 가슴으로 불어넣어 줬다.

### 지식知識

지식이 뭔가? 어떤 대상에 대하여 명확한 인식이나 이해로 단순하게 알고 있는 단계이다. 옛말에 의하면 흉년이 들면 지식인은 굶는다고 했다. 알고만 있지 대처할 수 있는 행동을 모르기 때문이란다. 요사이는 그러하지 않지만 갓 쓴 시대에 살았던 양반들 말이다.

지혜智慧는 사물의 이치를 빨리 깨닫고 사물을 정확하게 처리하는 정신적 능력으로 재주나 꾀를 말한다. 옛말에 '흉년이 와도 지혜인은 살아남는다.'라고 했다. 초근목피草根木皮로 연명할 꾀가 있으니까. 지식과 차이 나는 것으로 행동으로 처리할 수 있는 죄가 있는 것이다.

이런 말들은 새겨들어야 할 무서운 말들이지, '배워서 남 주나?'라는 말이 있지만 배운 것을 이용할 줄 아는 죄, 즉 지혜가 있어야 되는 거야.

그러려면 건강이 우선이라고 생각한다. 제때 먹고 제때 자고 해야지!

시골 노인들의 유행어인 '3잘'이란 말을 소개하면, 1잘은 '잘 먹고', 2잘은 '잘 자고', 3잘은 '잘 싸고'라는 뜻이 있다.

다가오는 다음 5일장 날에 한 번 더 얼굴 볼 수 있으려만 하는 게 촌로村老들의 대화이고 욕심이지!

5일장 2회만 얼굴이 보이지 않아 궁금해서 안부를 물으면 유명遺命을 달리했다는군.

이게 내 주변의 실정이야. 건강에 특히 유념하기 바란다. 아비가.


아버지는 작고하시기 2년 전부터 본인의 죽음을 예측하셨던 것 같다.

어머니에게 "당신 볼 날이 많이 남지 않았다."라고 하셨다. 물론 주변 이웃의 동년배가 작고를 하시니 그러한 생각도 들었겠지만, 스스로 건강이 나빠짐을 자주 화두로 내세웠다.

집안 대소가에서 모여 이야기하실 때도 "우리 면面에서 고령자로 따지자면 내가 두 번째인데 나도 곧 하늘나라에서 불러 가겠지?"라고 하셨다.

그때 서울에 살고 있는 재종숙이 얼른 그 말씀을 제지하며, "형님도 별말씀을 다 하십니다. 이렇게 정정하신데, 앞으로 백수는 끄떡없습니다."라고 흔들리는 마음을 잡아 줬던 일이 또렷하다. 그러나 백수에 훨씬 못 미쳐 80년 7개월을 이 땅에 사시다가 저세상으로 가셨다.

한 10여 년 전 아버지의 휴대전화로 전화를 했다.

오전 어간이었다. 전화를 받은 목소리에 힘이 들어가 있었고, 호쾌하게 웃으시면서 "이 시간에 어찌 전화를 하느냐?"라시며 전화를 받으셨다.

그냥 안부 전화를 했다고 하면서 뭐 하시냐고 여쭈니, 아버지는 더 밝은 목소리로 답을 해 주셨다.

"오늘 안평면의 5일 장날인데 친구들과 만나서 막걸리 한잔하고 있는데 전화를 했네?"라고 하시면서 며느리와 손자, 손녀의 안부를 물으셨다.

이런저런 안부를 묻고는, 술을 드셨으니 오토바이 조심해서 타시라고 하고 전화를 끊었다. 전화를 끊고 난 뒤에 왜 아버지가 기분이 더 좋았을까를 추측해 봤다.

친구들과 막걸리 한잔하셨으면 취기도 올랐을 것이고, 이런저런 자식들 자랑을 하는 친구들도 있었을 텐데, 그 시점에 아들이 전화를 했으니, 그냥 우쭐해 하셨던 것 같다.

기분이 최고로 좋으셨을 거란 생각이 든다. 그리고 자식 자랑했던 옆 친구에게 전화 한 통으로 말미암아 아버지를 걱정해 주는 자식, 아버지를 챙겨 주는 아들, 아버지의 희생하심을 알아주는 자식이 있음을 증명해 보였으니 두말할 나위가 없었다. 코를 납작하게 했겠다는 생각이 든다. 전화 한 통이 그랬을 것 같다.

그래서 최상의 기분으로 같이 자리한 친구들에게 뽐내며 날아갈 듯한 목소리로 전화를 받으셨지 않나 하는 생각이 든다.

지금도 종종 그때 아버지의 목소리가 귓전을 울린다.

아버지의 그 목소리를 다시 들어 봤으면 소원이 없겠다.

## 족보族譜

가문마다 족보는 거의 다 있는 걸로 알고 있다.

그러나 내가 생각하기에는 그렇게 정확한 책이 아닌 듯하다. 작성하여 원고를 누구에게 검사받는 것도 아니기에 작성자가 자기 가문을 빛내기 위하여 조상들을 최대한 미화하여 기록을 한들 누가 말할 사람이 없고 벌줄 사람이 없지. 내가 아는 어느 집도 경찰에서 순경하다가 파면된 사람을 경찰서장 정년으로 등재되었다고 하더군. 그래서 몇 대를 내려가면 어느 할아버지는 경찰서장 역임했다고 전해지겠지. 그래서 족보는 정확성이 미약하다는 거야.

내가 알고 있는 해주오씨海州吳氏는 서기 984년 중국 송나라에서 귀화한 오인유吳仁裕라는 사람이 황해도 해주에 정착하여 시조가 되고 관향貫鄕을 해주海州로 하여 지금에 이르렀다고 알고 있다.

우리 권가에 대해서 알아보자.

서기 930년 고창지금의 안동 고을을 관리하던 김행金幸이라는 분이 계셨는데, 후백제의 견훤이 난을 일으켜 신라왕을 죽이고 난리를 칠 때 왕건을 도와 견훤의 난을 평정하는 데 큰 공을 세웠다고 고려 태조 왕건이 김金을 안동 권權으로 바꿔주었다.

권가 가문에는 우리나라 어느 가문보다 먼저 시행한 것이 있으니 이를 권문權門의 사시四始라고 하며 유학자들은 다 아는 사실이다. 네 가지를 최초로 시행했다는 뜻이다. 첫째는 최초의 족보인 '성화보'가 안동 권씨 족보라는 것. 둘째는 나이 많은 문신이 임금과 함께 들어가는 1394년 기로소耆老所라는 경로의 기구에 권희와 권중화가 처음 입소했다는 것. 셋째는 태조 때 권근이 초대문형홍문관, 예문관의 정2품 대제학에 올랐다는 것. 마지막은 유망한 문관에게 휴가를 주어 학문에만 전념하게 하는 호당독서당에 권채가 뽑혔다는 것이다.

1476년의 성화보 족보가 발간되어 현재 서울 규장각에 보관되어 있고, 너의 5촌인 성혁이도 복사본 1부를 보관하고 있다. 위 내용은 한국사 대사전을 참고한 것이다.

옛말에 예禮는 가가례家家禮라 하였는데 그 뜻은 관혼상제의 예가 집집마다 하는 방식이 다르다는 말이다. 이 말에 이어 사돈의 참외를 얻어먹기 쉬울 수도 있고 어려울 수도 있다는 말도 있지. 아비가.

아버지?

작고하셔서 이 세상에 계시지 않으시지만, 그래도 생존해 계실 때 아버지의 생각과 살아오신 경험을 토대土臺로 후손들이 이렇게 살아가는 것이 옳겠다는 기록을 남겨주셔서 고맙습니다.

여든의 연세에 대사전을 찾아서 객관성 있는 자료를 기록했다는 것도 배울 점이 있습니다.

가가례家家禮라는 해석도 참 편한 마음으로 다가옵니다.

결국은 남의 눈치 보지 말고 능력껏 가족 모두가 잘 되는 방향으로 행사를 치르면 되겠다는 뜻으로 이해를 했습니다.

사돈의 참외를 얻어먹기 쉬울 수도 있고 어려울 수도 있다는 말의 뜻을 이해하려고 연세가 있는 분에게 물어도 보고 검색도 해보았지만 답을 못 얻었습니다. 저 나름대로 해석을 해본다면, 사돈이라는 관계는 서로 어려운 위치에 있음에도 내가 어떻게 하느냐에 따라서 어려운 관계로 쭉 갈 수도 있고, 편한 이웃 같은 관계로 지낼 수도 있다는 뜻으로 해석을 해봅니다. 편한 관계로 유지했다면 땀 흘려 어렵게 농사지은 참외를 쉽게 얻어먹을 수도 있겠다고 생각해 봤습니다.

반대로 좋지 않은 말이 빙빙 돌아 사돈의 귀에 들어갔다면 평생 사돈이 농사지은 참외는 못 얻어먹겠지요. 저는 그렇게 풀이를 했습니다만, 제가 해석한 것이 맞는지 틀린지 아버지가 계시지 않으셔서 물어볼 수도 없으니 답답하고 슬퍼집니다.

## 자연

자연에게 고마움을 느끼는 오늘이다.

2009년 5월 21일 새벽 2시부터 내린 비가 오후 16시까지 내리니 메말라 건조가 되어 기능이 상실되었던 앞 냇가도 물이 흘러서 연결이 되고, 가뭄에 고생하던 마늘도 생기를 찾았네.

만물에 오늘 비가 이렇게 고마울 수가 있나. 그러나 인간은 고마움을 순간만 느끼는 것 같아! 물을 아낄 줄 모르는 것 보면. 아마도 멀지 않아 우리도 마실 물을 구하기 힘들 거야!

항상 자연에 고마움을 느끼며, 만약에 대비하며 살아야 할 것 같아.

지나간 후에 애달프다고 후회하면 어이하리. 아비가.

아버지는, 순수한 인간 본연의 모습으로 자연을 예찬禮讚하시고, 자연에 감사할 줄 알면서, 눈앞에 놓인 이익에만 안달하는 인간들을 꾸짖으며 안타까워하셨다. 물론 본인도 그 분류에 포함되셨다고 생각하셨으리라.

비록 촌로村老이지만 만일을 대비하고 미래를 예상해서 유비무환의 정신으로 살아야 한다고 말씀하셨다. 그리고 끝맺음으로 인간의 사악邪惡한 심정을 안타까워하면서 후회하지 않았으면 하셨다. 우리 아버지는!

## 자손子孫

조선 500년의 역사 속에 사육신死六臣, 생육신生六臣이란 말이 엄청 중요하게 다루어졌지!

그런데 요사이 사육신이 사칠신死七臣으로, 생육신이 생칠신生七臣으로 인원이 추가되어야 한다는 의견이 있는가 봐.

자손子孫이 잘나야 자기 조상을 제자리에 뫼시지!

김영 김씨의 김문기金文起 씨라고 조선왕조 세조 때 살았는데 그 후손들이 지금 '한국역사 편찬위원회'에 자기 조상의 업적을 재조사하여 사육신에 넣어줄 것을 요구하고 있는가 봐? 그분의 업적은 단종 복위 사건에 군사軍士의 직책을 맡았다가 사전에 발각되어 아들과 함께 순절하였고, 특히 김문기는 모진 고문에도 뜻을 굽히지 않다가 군기감 앞에서 능지처참을 당하였다 하네.

그리고 생육신生七臣에는 우리 권가의 권절이라는 분이 있었는데 그분도 모든 벼슬을 버리시고 속세를 벗어나 사셨다고 하여 생칠신에 해당된다고 후손들이 요구하고 있는가 봐.

자세한 것은 너나 나나 공부를 더 깊게 해봐야 알 것 같다.

그럼 건강이 제일이니 건강하고, 세상을 긍정적으로 보고 사는 것이 중요하고, 부모 걱정 안 시키고 사는 것이 효자지 뭐가 효자냐! 안녕. 아비가.


사육신死六臣과 생육신生六臣은 세종대왕의 둘째 아들인 수양대군首陽大君, 조선의 7대 왕, 세조이 조카인 단종의 왕 자리를 빼앗으면서 시작이 되었다.

세종대왕이 죽으면서 자신의 장남 향문종, 조선의 5대 왕, 재위 1450년 ~1452년도 오래 못 살 것이라 판단하고 집현전 학사들을 불러 어린 손자 홍위단종, 조선의 6대 왕, 재위 1452년~1455년를 부탁하는 유언을 하였다. 그러나 세조조선의 7대 왕, 재위 1455년~1468년는 단종을 강제로 폐위시키고, 왕세자를 거치지 않고 즉위한 조선의 최초 임금이 되었다. 그것이 계유정난이었다.

이에 세종에게 유언을 들었던 성삼문, 하위지, 박팽년, 유응부, 이개, 유성원 등 여섯의 사육신과 윤영손, 김문기와 성승, 김질, 권자신 등이 가담하여 세조 암살을 통해 단종의 복위를 꾀하였으나, 밀고자에 의해 적발이 되었다.

사육신 등이 세조와 덕종, 예종 삼부자를 연회장에서 척살하기 위해 성승, 박쟁을 별운검으로 목을 벨 계획을 세웠으나, 거사 동조자 중 김질이 장인 정창손의 설득으로 거사를 폭로함으로써 실패로 돌아간다.

이들은 혹독한 고문 끝에 일가족과 함께 새남터에서 참수형으로 처형당했다. 잡혀서 죽은 여섯 명의 충신이다. 당시 시체는 처형장인 새남터에 그대로 버려졌으나, 생육신 중 하나인 김시습에 의해 몰래 매장되었다. 현재 서울시 노량진에 사육신을 기념하는 묘지가 있다. 사육신 집안의 여성들은 난신亂臣에 관계된 부녀자라 하여 노비가 되거나 관노, 기생 등으로 끌려갔다가 뒤에 일부 석방되었다.

1976년 어떤 신문에서 조선시대의 남효온이 쓴 '육신전' 기록을 근거로 사육신에서 김문기의 누락은 잘못이며, 사육신은 유응부가 아니라 김문기라고 주장했다.

이에 국사편찬위원회는 특별위원회를 구성해서 1977년 '김문기를 사육신의 한 사람으로 현창顯彰하는 것이 마땅하다.'라는 것을 만장일치로 결의했고, 이 내용이 언론에 보도되어 국민들의 관심과 혼란을 일으켰다. 그리고 반대의 여론도 일어났다.

이러자 국사편찬위원회는 '노량진 사육신 묘역에 김문기 허장虛葬을 봉안하고 유응부의 묘도 존치存置한다.'라고 결정했다. 그래서 사육신 묘소가 사칠신 묘소로 바뀌었다.

단종의 복위를 도모하다가 죽은 사육신死六臣에 대칭하여 생육신이 있다. 그들은 살아있었으나 세조 즉위 후 관직을 그만두거나 아예 관직에 나아가지 않고 세조의 즉위를 부도덕한 찬탈 행위로 규정하고 비난하며 지내다 죽었다. 김시습金時習, 원호元昊, 이맹전李孟專, 조려趙旅, 성담수成聃壽, 남효온南孝溫을 말한다. 시간이 흘러 사육신에 대한 새로운 평가가 나오게 되면서 이들의 절의가 재조명되었다.

권절權節, 1422년~1494년은 조선시대의 문신으로 세종 29년 문과 시험에 급제하여 집현전 교리에 이르렀으나 수양대군의 단종 폐위 음모에 불참하였고, 단종이 폐위당하자 벼슬을 버리고 낙향하였으며, 세조가 그에게 여러 차례 벼슬을 내렸으나 거짓으로 미친 사람 행세를 하며 일생을 보냈다. 그 권절이 생칠신에 포함되어야 한다고 후손들이 요구하고 있다.

수양대군은 계유정난으로 친동생 안평대군과 김종서를 죽이고 스스로 영의정 부사에 올라 전권을 장악했다. 그 뒤 1455년 조카 단종으로부터 명목으로는 선위禪位의 형식으로 즉위하였으나, 훈신勳臣들의 압력이 대단했다. 결국은 단종 복위 운동을 알게 되어 진압하면서 사육신과 그 일족을 대량 숙청하였으나 후일 죄를 뉘우치고 불교에 귀의하였다.

사육신 등의 대량 학살로 공신 세력이 강성해지자 재위 말년에는 김종직 등의 사림파士林派를 등용하여 균형을 유지하려 했다.

생애 후반에 그는 악몽과 피부질환에 시달리다 나병한센병 Hansen's disease으로 죽었다. 왕위는 둘째 아들 예종조선의 8대 왕, 재위 1468년~1469년에게 물려줬으나 그 아들 역시 1년 만에 병사했다. 예종의 첫째 아들 의경세자덕종는 세자로 책봉되었으나 20세에 병사했다.

자식은 2남 1녀로 딸 의숙공주懿淑公主, 1442년~1477년는 정현조와 혼인하였으나 30대에 병사하고 자식은 없다는 기록이다.

권력에 눈이 멀어 친동생을 죽이고 조카를 유배 보내서 죽게 한 세조수양대군가 인간으로서 최악인 말로末路를 맞이했다는 것은 혼령이 있다는 생각이 들게끔 한다. 결국 왕권은 20세에 병사한 장남 의경세자의 차남인 자을산군이 조선의 제 9대 왕인 성종으로 즉위하는 것으로 이어진다.

## 의무義務

국민의 4대 의무는? 첫째, 납세의 의무. 둘째, 병역의 의무. 셋째, 근로의 의무. 넷째, 교육의 의무로 알고 있다.

그런데 부모의 의무는?

내가 아버지로서 다하지 못했지만 부모의 의무는 재산을 많이 남겨 주는 것도 아니요, 공부를 많이 가르쳐 주는 것도 아니요, 일찍이 그 자식의 소질을 발견하여 어릴 때부터 그 길로 매진할 수 있도록 인도하는 것, 이것이 부모의 의무란다. 사람마다 개개인의 성격과 소질이 다르므로 그 분야에 눈을 일찍 뜨게 하는 것이 부모의 의무라네.

어떤 교육학자의 말을 듣고 생각해보니 맞는 것 같아 옮겨본다.

아비가.

## 욕심2

욕심慾心이라는 단어를 사전에 찾아보면?

자기에게만 이롭게 하려는 마음, 지나치게 탐내는 마음이라고 되어 있네.

그런데 나는 좀 다르게 풀이를 하고 싶다. 욕심은 행복을 얻는 데 적敵이 되는 것 같아, 욕심을 갖는 순간부터 불행해지니까.

인생살이에 욕심은 딱 한군데만 부려야 될 것 같다. 건강하기 위해서만……

눈이 약 3㎝ 정도 왔는데 아직 오고 있네. 정말 귀한 눈이야!

그런데 이 방은 추워서 그만 안방으로 간다. 안녕. 아비가.

## 오늘

오늘 아침에 잠에서 깨어나자마자 동시에 메주를 떼내어 포장을 했다.

부산에, 대구 황실네, 대구 경순네, 각 5장씩 포장하여 택배로 부치고 나니 점심시간이네.

점심밥은 라면 하나 끓여서 밥 말아 먹고, 점심시간을 이용하여 오토바이 엔진오일 교환하고 약방에 들렀다가 필요한 약을 샀지. 그 후 집에 와서는 저 건너 긴사리 밭에 배추 25포기 한 리어카 집으로 실어서 왔지. 배추 농사가 잘되어서 배추 25포기가 고봉을 이루며 풍족하게 해주네.

중참으로 막걸리 반병을 먹고 또 한 리어카로 배추를 실어 오니 해가 지는군. 아직도 50포기는 밭에 남아있으니 두 리어카 분량으로 그건 내일 해야 할 일거리지. 너의 엄마는 어제 실어온 배추 50포기 다듬어 소금으로 다 죽여 놓았네, 그 사이에.

그래서 내일부터 김장 준비하려나 봐! 남아있는 막걸리 반병을 마저 먹고 자야지.

생각나는 옛말이 있어 전할게?

착한 사람도 내 선생이요, 악한 사람도 내 선생이라는 내용이다.

한자로는 선자善者도 오사吾師요, 악자惡者도 오사吾師니라.

즉 착한 것은 배워서 더 착하게 살고, 악한 짓은 보고 배우지 말
지어다.

그러니 다 나에게는 선생이란다. 아비가.

## 염치廉恥

옛 어른들의 글이 그럴듯한 게 있어 소개한다.

'봉황이 천 길 낭떠러지를 나르지만, 아무리 굶주려도 참새처럼
좁쌀은 쪼아 먹지 않는다.' 한자로는 봉비천인 기불탁속鳳飛千仞
飢不啄粟이니라. 그래야 대장부의 염치가 되니라 하고 옛 어른들
은 말씀하시고 지켜 오셨지.

아무리 궁핍해도, 아무리 절박해도 해서는 안 될 일을 하지 말
며, 사람으로 언행에서 책임질 수 있는 것만 하라는 뜻이라고
알고 있다.

오늘이 영양 남씨 할머니의 제사라서 사랑방에 군불을 넣었는
데 방구들이 감각이 없네. 그만 가련다. 칭찬해가며, 감사해가
며, 건강하게 흐르자. 아비가.

## 열대야

어제는 광녕이 어미가 감자 가지러 친정에 다녀갔지.

09시 30분에 와서 오후 15시 정각에 대구로 출발하였지. 그런데
17시 30분에 도착했다고 전화 왔거든. 기현상이지? 65㎞를 가는

데 2시간 반이나 걸리다니. 그래서 전화로 너희 누나에게 물었더니 승용차가 많아서 무척 밀리더라나? 기름값 상승은 별로 염두에 없나 봐. 15시 정각에 우리 집 기둥에 걸려있는 온도계 2개 모두가 섭씨 38도이었거든. 바람 한 점 없는 날 생각만 해도 끔찍하다.

그래서 서울은 어떠한가 싶어 용현이에게 전화하니, 아빠는 결혼식, 엄마는 운동, 누나는 학원, 저 혼자 TV 보고 있다고 하더군. 결혼식이 연일 있어 부조금이 만만치 않겠구나?

19시에 저녁 먹고 하도 더워 감나무 밑에 의자 갖고 가서 앉으니 중앙고속도로의 교통량이 일요일치고 현저히 떨어졌네. 기름값이 비싸기는 비싼가 봐!

그래도 더워서 방에 들어와서 에어컨에 의지하고 TV를 봐도 신통치 않아 TV는 끄고 에어컨만 켜도 신통치 않아 또 감나무 밑에 나갔지. 그때가 22시, 중앙고속도로가 조용해졌더군!

상황을 이해 못하겠지? 약 30초 간격으로 1대씩 지나가데, 이때가 섭씨 32도였지. 방으로 몇 차례 들락날락 후 새벽 3시쯤 자다가 더워서 일어나서 4시 30분에 나가보니, 고속도로에 차량이 약 40초 간격으로 1대꼴이 통과하더군.

평소와는 완전히 다르군. 모든 것은 사전에 준비하고 아껴야지! 가람이 이모부 매실 몇 개 보냈더니 전화가 왔는데 음성이 전과 다르더라. 전날 한잔했거나, 어디 아픈 것은 아닌지?

**옛말에**

흉사는 부고計告 없어도 알면 찾아 문상하고, 길사는 청첩이 없으면 못 간다고 하던데…….

그 이유는 흉사는 분망奔忙 중 잊을 수도 있고 잘못될 수도 있고, 길사는 내 신분에 결점이 있어 혼주 쪽에서 싫어할 수도 있으니 참석을 않는 것이 예의라고 하네.

하기야 세월이 바뀌어서 사고思考들도 많이 바뀌었겠지? 그만하련다. 안녕. 아비가.


'천하의 모든 물건 중에는 내 몸보다 더 소중한 것이 없다. 그런데 이 몸은 부모님이 주신 것이다.'라고 율곡 이이가 말했다.

아버지께서는 몸만 주신 게 아니라 이 세상을 지혜롭게 살아가는 방법도 가르쳐 주셨다.

# 아버지의 애향심

아버지는 애향심이 대단하셨다.

소소한 내용의 많은 이메일에서 고향 의성 안평의 이곳저곳을 많이 소개하셨다. 특히 우리나라를 대표하는 의성마늘을 제목으로 여러 번 편지를 쓰셨다. 발송한 연도가 다르기 때문에 이해하는 것에 혼란을 줄 수가 있는데, 특히 마늘 가격이 여러 번 차이를 보이는 것은 그러한 이유 때문이다.

손수 자료를 찾기도 하셨고, 이웃에서 마늘 농사를 수십 년 지은 사람들의 의견을 듣고 객관적인 내용을 전달하려고 부단하게 애쓰신 흔적이 보였다.

### 마늘1

내가 아는 마늘을 소개하면 한문으론 산蒜이라 하지.

초두 밑에 보일시 두 개 하는 글자인데, 옥편에서 초두변의 10획에 있다. 마늘은 크게 두 가지로 나누는데 첫째는 올마늘로 외래종이며 스페인종, 대만종, 중국종이 주를 이루고 있으며, 특징은 병충해에 강하고 쪽수가 많으며 원산지 기후에 맞게 우리 나라에서도 일찍이 수확을 하고 그 후 그 땅에서 이모작 하는 벼를 모내기하기가 적기란다.

그러나 맛이 없고 덜 매워서 오이보다 조금 맵다고 이곳에서는 표현한다.

두 번째는 늦마늘로 우리나라 토종이며 한지마늘寒地蒜이라고 한다. 특징은 병충해에 약하고 쪽수가 적으며 올마늘보다 약 20 일에서 30일가량 늦게 수확한다. 그래서 이모작 해야 하는 논에 심으면 무척 바쁘다. 그러나 맛이 좋고 쪽수가 적어 까기가 쉽다. 그리고 마늘 판매 값이 좋아서 농사하는 분들이 많이들 짓는다. 올해 올마늘 200평 판매 가격이 120만 원 하면, 늦마늘은 200평에 210만 원 정도가 시세였다.

늦마늘 중에 단양종, 구호종, 서산종, 남해종, 제주종과 섬마늘, 강원종, 의성종 등은 그 지방 토양에 3년 이상 계속 경작하면 토양에 맞게 변질되므로 그 지방의 이름을 붙여서 ○○종이라 이름을 붙이지. 씨앗을 연거푸 3년을 경작하면 고유의 특성이 퇴화되어 그 지방에 맞는 종자가 된다네. 청양고추가 충남 청양군이 고향이듯 의성에서 청양고추 씨로 3년만 심으면 그렇게 맵지 않다네. 직접 실험은 안 해봤다.

모든 마늘은 늦게 캐면 늦게 캘수록 저장성이 좋아진다네. 그래서 의성군청 농산물생산과에서 양력 6월 20일 지나서 캐도록 지도하지만 시골 사정이 70세~80세 노인 인력이 전부인데 마늘 캐기를 늦추면 모내기가 늦어지고, 대응하는 노동의 순발력은 떨어지니 마늘을 일찍 수확하게 되지.

소비자는 일찍 수확한 마늘의 장기 보관에 애를 먹고, 장기간 보관된 마늘이 껍질 속에서 말라버려 분통을 터뜨리지. 이런 원인은 일찍 수확했기 때문이라고 한다.

밭 마늘은 향도 높고 보관도 오래가기 때문에 선호를 한단다. 그리고 마늘 수확 15일 전에 농약을 한 번 치면 마늘이 굵고 장기 보관이 된다던데 실험은 해보지 않았으며 이웃 사람의 말을 인용한다.

햇마늘과 매실을 택배로 보냈다. 매실을 수확할 때 대나무로 매실 가지를 마구 쳐 상처 난 게 많을 거야. 그래도 괜찮으니 씻어서 속히 요리화하기 바란다. 오래 두면 상하기 쉬우니까. 허리가 아파서 그만 쓰련다. 안녕. 아비가.

## 마늘2

오늘 앞마당 텃밭의 마늘을 완전히 수확한 결과 모두 합하여 800개 정도였다.

오늘은 할아버지 제사일이고 해서 다음날 조용히 잘라 말려서 마늘장아찌도 담고 해서 보낼게.

그리고 매실도 오늘 완전히 땄는데 개화기에 서리 피해로 얼마 되지 않아서, 금년부터는 집에서 매실주 담그는 것은 그만두고 매실즙만 내어서 나중에 필요하면 보낼게. 그리고 산山 복숭아 즙도 조금 담아 두었는데 나중에 필요하면 연락하기 바란다.

마늘을 평소에 조금씩 먹으면 건강에 좋다고 하니 실천해라.

남에게 냄새는 좀 나지만 요령껏 먹으면 되겠지. 평소에 잘 섭취하기 바란다. 혁근.

## 마늘3

오늘 의성읍 5일장이어서 마늘 사러 갔었지.

값이 약간 오른 시세더군. 상품上品은 너무 비싸고 하여 가정에서 사용하기 적당한 것으로……

너의 엄마가 골랐는데 내가 봐도 가정용으로는 적당할 것 같아. 3접 보냈는데 값은 송달료 포함하여 55,000원이야. 마늘의 크기는 전번 것보다 작은데 가정에서 사용하기는 더 좋을 것이다. 건조도 잘되었고.

그럼 잘 지내기 바란다. 건강에 유의하고……. 혁근.

## 마늘4

우리 고향 의성에서 재배하는 마늘의 종류는 다음과 같다.

조생종早生種은 다른 품종보다 일찍 수확하는 품종으로 올마늘이라 한다. 스페인종, 대만종 등 온열대 지방에서 재배하던 마늘 종자를 수입해서 의성 지방에서 심는 것이다. 일찍 알이 차며 일찍 뽑아야 하고 수확이 늦으면 덧니같이 쪽이 모두 벌어져 상품 가치가 없다.

마늘과 마늘종을 장아찌 담가먹지만, 결점은 향이 없고 오래 보관하지 못하며 맵지 않다. 마늘의 기본인 6쪽 이상으로 쪽이 많아서 까먹기 힘들고, 잘 썩는다.

한지마늘은 옛날 우리가 심어서 먹던 토종 마늘로 쪽수는 2쪽에서부터 많으면 9쪽이 있고 한 쪽으로 된 통마늘도 있다. 조생종과 같이 심어도 약 20일 정도 늦게 수확한다. 향이 탁월하며 생마늘을 입에 넣어 씹으면 찢어들 듯이 맵고 아프다. 오래 보관되며 요리용으로 적합하다. 비슷한 종류로는 충청도 서산마늘, 충북의 제천마늘, 경북의 예천마늘, 경북의 의성마늘 등이 있다. 제주도와 경남의 남해, 그리고 전라남북도의 섬 마늘, 울릉도 마늘은 보기에는 굵고 색깔은 희고 좋으나 향도 적고 이용 가치가 적다고 이곳의 마늘 전문 농사꾼들이 이야기를 하네.

그래서 모두들 의성마늘을 찾고 있지! 어제 고향 의성 안평의 5일 장날 시세로 의성종은 한 접 100개에 가격이 3만 원부터 6만 5천 원까지 갔다. 시세는 항상 변하니, 의성마늘을 부탁받아 심부름 잘못하면 오해받기 쉬우니 알아서 처리하기 바란다.

그리고 오죽하면 제주도나 경남 남해, 전라도 마늘을 트럭으로 대량 구매해서 의성 안평에 그늘진 창고에 걸어 말렸다가 의성마늘이라 속여 팔아먹는 실정이다. 도회지 사람들 전부 의성마늘만 사 먹는다고 생각하지만 가짜 마늘이 지천이다.

감사할 줄 알고, 칭찬을 아끼지 말며, 즐겁고 건강하게 살자. 아비가.

아버지가 보내주신 긴 이메일을 읽고, 책『나는 아버지의 아들입니다』를 엮으면서 이 세상에 계시지 않은 아버지이지만 참 대단하셨던 분임을 다시 한 번 실감을 한다.

글쓰기를 즐겨하는 젊은이도 글을 써서 A4지 한 장을 채우기 위해서는 한 시간은 족히 걸릴 텐데, 여든을 바라보는 아버지가 문장을 만들어가며 독수리타법으로 긴 글을 채웠다는 게 실감이 나지 않는다.

글쓰기를 마친 뒤 오탈자를 살피고 교정을 해야 함은 당연하기 때문이다. 침작하건대 한 건의 긴 이메일은 거의 두 시간이 걸리지 않았을까 생각이 든다.

이렇게 긴 시간을 인내하며 이메일을 쓰게 한 원동력은 자식 사랑에서부터 시작이 되었을 것이다. 알고 있는 지식과 고향 동네의 농사일까지 소개를 하시고, 그뿐만 아니라 소소한 것이지만 자식들의 삶에 도움이 된다는 확신 속에서 글을 썼을 것이다.

특히 고향 의성의 특산물인 마늘의 가치를 누구보다 더 귀하게 생각하시고 홍보하는 데 앞장서신 것은 자식들이 알고 고향의 존귀함을 느끼라는 뜻도 내포되었으리라.

그리고 이메일에서 확인되듯이 객관적인 사실관계를 분명히 표현하셨다. 옮겨 쓴 글은 옮겨 왔다고 표현을 하고, 동네 사람들에게 들은 것은 구전口傳되었다고 그대로 기록하셨다.

'이곳에서는 표현한다.', '직접 실험은 안 해 봤다.', '지역 사람의 말을 인용한다.', '이곳의 마늘 전문 농사꾼들이 이야기를 하네.' 등으로…….

## 건강1

글 잘 보았다.

일본에 있는 용배가 건강하다는 소식은 듣던 중에 반갑다. 할아비도 뱃살을 좀 빼야 되지만 나의 생각은 다르다. 왜냐면 대한민국 남자의 평균 연령이 얼마인지 아니?

2005년 기준으로 남자는 74세이다. 여자는 81세이고. 그래서 평균 연령 이상만큼을 살았으면 되었으니 체중을 줄이는 데 연연하지 않으련다.

배가 좀 나오면 어떠냐? 평균 연령 이상으로 살았는데…….

너나 살을 빼서 조금 더 날씬해져야 되잖니?

적당히 먹고 운동도 적당히 해서 미스코리아와 버금가길 바란다. 그때까지 할아비도 건강히 살게! 그럼 안녕 할아비가.

## 건강 걱정

너와 용현이가 장腸이 약하다고 어미가 한걱정을 하는구나.

우선 급한 대답으로 병원에 가서 진단받아보라고 했는데 계속 그런 게 아니고 간혹 그런 거라면 약방에 가서 약사와 이야기해서 '정로환征露丸'을 한번 이용해 보는 것이 어떠냐?

이용할 때는 반드시 설명서를 잘 읽어보고 약사와 상의해서 사용해야 한다.

그 약은 설사가 날 때 균을 죽여서 설사를 멎게 하는 정장제이니까.

그리고 너는 맥주는 절대로 마시면 손해다.

장이 약한 사람에게 맥주는 아주 왈개이니까. 맥주만 먹으면 배가 아프고 설사할 거야. 그럼 너의 부자가 빨리 치료하여 건강해지기 바란다.

용현이 아침밥이 싫어도 한술이라도 먹고 가도록 습관을 만들어야 한다.

그렇게 하려면 어미가 수고를 많이 해야 할 거야. 억지로라도 한술 먹여 학교에 보내야 하니까.

처음에는 싸움하듯 해서 습관이 되어야 쉬워질 거다.

그럼 꼭 노력해서 성공하기 바란다. 안녕. 아비가.


## 건강2


의료보험공단에서 실시하는 암 일체 검사가 안평면사무소에서 있었다.

그래서 너희 엄마와 우리 둘 다 참석하여 검사받았다. 아침 굶고 가서 시력, 신장, 청력, 혈액, 흉부, 위장 검사받고 대변 검사용 통 한 개씩 가지고 집에 와서 대변 채집하여 제출하였지.

검사 결과는 아마도 한 달 정도 걸려야 우편으로 올 거야. 검사 기관은 의성읍 공생병원 검사반이었어. 의료 기술의 전문성을 의심하지는 않지만 우리나라 유명한 종합병원도 오진율 30%가 넘는다는데 오죽하겠나?

의료보험공단에서 시행하는 지역 의료기관 살리기 정책의 일환인가 보더군.

건강은 건강할 때 지키는 것이 최선책이고 차선책은 평소에 염두에 두고 항상 조심하는 것이지. 잃은 뒤에 되찾기란 하늘의 별따기야! 젊었을 때 항상 건강을 염두에 두고 생활했으면 하네.

내가 육군병장 시절에 신장 172㎝ 체중 62㎏이었는데, 2년 전에 면사무소에서 신체검사 할 때는 171㎝에 68㎏이었고, 금년에는 170㎝에 69㎏이군. 신장이 점차 줄어드는 수치는 건강을 잃은 거야.

참고해서 열심히 운동하고 소식小食하여 건강하기 바란다.

건강하면 모든 게 다 해결되는 거야. 혁근.


## 건강3

너의 또래 나이면 거의가 그렇게 건강에 소홀하겠지만……

새집 할머니, 즉 분동 할머니가 17세에 시집오셔서 딸 하나 낳고 혼자 되셔서 새집 아재오운 씨, 한계어른 양자養子하셔서 78세에 돌아가실 때까지 평생을 지켜 오신 건강 챙기기를 소개할게.

첫째, 세숫물을 코에 넣어 입으로 뱉어내기를 하루에 한 번 내지 두 번하기, 둘째, 음식을 한 숟가락 더 먹고 싶을 때 숟가락 놓아서 한 술 아끼기를 하셨다.

위 두 가지 방법으로 평생 건강을 지키신 분이란다. 우리도 건강 지키기가 우선이다.

73안중회 홈페이지에서 속리산 산행 사진을 구경했는데 여러 사람이 배가 문제이더군!

비만의 외형이 배로 표현이 되더구나. 규화, 용석, 강군, 오군 등은 건강하던데.

배가 많이 나온 사람들은 신경 좀 쓰면 좋겠더라. 실행하는 방법은? 음식 한 숟가락 덜 먹기, 취침할 때 담요 위에서 이불을 등에 지고 팔굽혀 펴기 20번 하기, 아침에 눈 뜨면 담요 위에서 팔굽혀 펴기 20번 하기. 보통 삽으로 흙이나 모래를 가득 퍼서 던지기를 하루에 100번 하든지, 아니면 아침과 저녁에 나누어서 각각 50번 하기도 괜찮고?

삽으로 하는 운동은 도회지에서는 여건상 실천하기가 힘들 거야? 쉬운 것 중에 하나라도 실천해보면 어떨까?

노력의 대가는 반드시 올 것이니! 혁근.

## 건강식

내가 아는 건강 5식은?

첫째 자연식自然食으로 오래된 캔류, 빵류, 냉동된 지 오래된 음식, 피자 등은 되도록 피해라.

둘째는 균형식均形食으로 자연식을 골고루 섭취해라.

셋째는 계절식季節食으로 사계절 제때 생산되는 식품을 먹는다. 겨울에 수박, 참외 등은 계절식이 아니다.

넷째는 향토식鄕土食으로 고향에서 나는 것을 먹어라. 바나나, 파인애플, 오렌지, 칠레산 포도 등은 제외해야 된다.

마지막으로 피과식避過食은 한 숟가락 더 먹고 싶을 때 숟가락을 놓아 과식을 피하는 것이다. 술 한 잔도 마찬가지…….

그러고 보니 먹을 것이 없네! 이상의 건강 5식은 우리 조상 대대로 내려와 우리들의 신체에 길들여진 음식이니까. 참고해라.

혁근.


아버지는 자식 사랑이 남달랐다.

그 사랑을 실천하려고 팔십 평생을 살아오면서 중요하다고 생각나는 것을 이메일로 써서 자식들에게 보내주고, 삶을 살아가면서 아버지의 경험을 참고하고 필요하다면 적극적으로 실천해 보라는 뜻을 담으셨다.

사람이 살아가면서 최고로 중요한 것으론 당연히 건강으로 꼽으셨고, 건강을 지키는 데 게으르지 않도록 신신당부申申當付를 하셨다.

손녀에게는 공부보다 더 중요한 것이 건강을 지키는 것이니 잘 먹고, 잘 자고, 운동 많이 하고 그 이후에 남은 시간에 공부하기 바란다고 하셨다. 맞는 말씀을 하셨다.

적당히 먹고 운동도 적당히 해서 미스코리아와 버금가길 바라면서 할아비도 그때까지 건강히 살겠다고 약속을 하셨다.

미스코리아가 되는 나이가 이십 대 초반이라고 했을 때 손녀가 그 나이를 훌쩍 넘기고 나서 손녀와의 약속을 지키고 이 세상에서 영영 떠나가셨다. 아버지는.

아버지는 나와 손자 용현이가 장腸이 약하다고 정로환征露丸을 추천하셨다.

이 글을 쓰면서 약藥 정로환에 대하여 자료를 찾아봤더니 일본이 전쟁에서 승리하기 위하여 개발한 약이었다.

정로환征露丸은 1904~1905년 일본 군인이 만주에서 설사로 많이 죽게 되자 그것을 예방하려고 개발된 약이다. 만주와 한국의 지배권을 두고 러시아와 일본이 벌인 러·일전쟁이 한창일 무렵, 만주로 출정한 일본군들이 이유 없이 많이 죽었다.

일본에서 건강한 병사들을 선병選兵해 보냈지만 마찬가지여서 분석 결과 만주의 수질이 나빠 설사가 원인이었다는 사실을 밝혀냈다.

그래서 하루빨리 배탈과 설사를 멈추게 하는 좋은 약을 개발했고, 그 효능이 매우 우수해 일본 병사들도 더 이상 탈이 없었다고 한다.

일본이 러시아를 물리치는 데 공로功勞가 큰 약이라 해서 한자로 칠 정征과 러시아를 의미하는 이슬 로露자를 사용해 정로환征露丸이라 지었다. 러시아를 물리쳐서 이기는 데 공로를 기여한 약이라고……

정로환征露丸의 베르베린berberine이라는 성분은 황련 뿌리, 황벽나무 수피, 매발톱나무의 뿌리 등 식물에서 추출한다. 베르베린berberine 물질은 설사뿐만 아니라 지방을 분해하는 것에 관여하는 유전자를 늘리며, 그 결과로는 당뇨병을 억제하고 체중을 줄이는 효과도 있다고 한다.

또 아버지는 건강은 건강할 때 지키는 것이 최선책이고, 늘 건강을 염두에 두고 조심하는 것이 중요하다고 하셨다. 건강을 잃은 뒤에 되찾기란 하늘의 별 따기처럼 어렵다고 하셨다. 모두가 맞는 이야기다.

아버지 본인이 20대에는 키가 172㎝, 70대 후반에는 171㎝에서 170㎝로 점점 줄어들었는데, 그것은 건강을 잃어서 나타나는 현상이라고 하셨다. 건강식은 곧 자연의 이치대로 순응하면서 먹는 것으로, 또한 자연의 이치대로 하는 것이 최선의 방법이라고 편지로써 주셨다.

우리나라 속담 중에 '정승을 부러워하지 말고 네 몸이나 건강하게 하라.'라고 했다.

명예나 재산보다도 건강이 최고이고, 건강을 먼저 지켜야 그다음에 바라는 것을 이룰 수 있다는 뜻이다.

# 장인을 존경하시다. 사위를 신뢰하시다

아버지는 본인의 장인과 많은 이야기를 하셨다고 했다.

아버지의 장인이니 우리에게는 외할아버지이시다. 담배 피우는 것까지도 참아가면서 대화를 나누었다고 하셨다. 그 정도로 대화가 재미가 있고, 배움이 많았다는 뜻으로 풀이가 된다.

외할아버지의 휘자諱字는 명걸命杰 님으로 1987년 작고作故하셨다. 호號는 석파石坡이다. 석파라는 호를 풀이하면 돌의 언덕이라는 꽤 서정적抒情的인 냄새를 풍기는 뜻이 된다. 어릴 때 뵈어오던 그분의 성품과도 잘 어울린다고 생각한다.

석파의 내력은 외가 동네 안동 와룡의 뒷골과 신부골 사이에 돌 곳이라는 곳이 있는데 그곳 위쪽의 언덕에 있는 동네, 즉 뒷골이라는 곳에서 시작되었다고 한다. 석파 돌의 언덕이라고.

### 진보이씨 안동파

너의 어머니는 진보이씨 시조로부터 23세손이다. 지금 존재하는 진보이씨 족보 중에 파보派譜는 너의 외할아버지이신 이명걸

李命杰 님이 위원장으로 재임하시며 주도하셔서 만드신 거다.

그것을 만드실 때 대전에 있는 족보인쇄소에 자주 내왕하시며 의성 안평 우리 집에 자주 들르셨는데 그 족보에는 외할아버지만의 선견지명이 내포되어 있다.

우리나라 족보에 본부인에서 나오지 않은 자식을 서자庶子로 표시해서 인쇄할 시대였지만, 그 어른만은 서자라는 문구를 빼고 족보를 만들자고 의견을 제시하시고 설득하셔서 성사를 했다. 안동파 중 일부 편집위원의 항의도 많이 받았지만, 끝까지 서자라는 문구를 제외하여 인쇄하였다. 족보 인쇄가 끝나고 나서 나에게 전하시길 후세 중에 서자들은 고맙다고 이야기할 것이라고 말씀하셨지.

인쇄가 완료되고 족보가 배부된 후, 옛 족보에 서자로 표기가 되어 피해를 보았다든지 아니면 적자嫡子가 아니어서 늘 위축이 되어있던 서자 중 일부가 외가에 찾아와 음식을 대접하거나 선물을 보내와도 인사만 받았지 재물에는 관심이 없었던 훌륭하신 어른이었다. 안동 와룡 가야의 늪실에서 택시로 외할아버지를 모셔가서 음식을 대접해 드리고 집으로 돌아올 때 감사의 징표로 복숭아 접붙인 묘목을 여러 포기를 선물로 드리려 했지만, 굳이 두 포기만 받아 가셔서 지금도 외가 뒤뜰에 잘 자라고 있다.

족보 첫 장에 위원장의 인사 말씀이 있는데 그 글 역시 청렴 겸손이 뼈에 사무치게 표현이 되어있다. 나는 그분의 사위 자식이지만 일 년에 한두 번 만나면 담배 피우는 것도 참으면서 긴 시간을 대화했다. 그래서 그 어른의 뜻을 조금은 알고 있다. 진보이씨 이야기하다가 너무 글이 길어졌고 장황해졌다. 결론적으로 너의 어머니는 진보이씨 시조 석碩자 어른의 23세손이고 퇴계 이황李滉 선생 조부의 백씨 후손이며 파는 안동파 또는 주촌파라 한다. 안동파 또는 주촌파의 시조가 낙금헌이라는 분인데 이조 말엽의 무인武人인가 봐. 그만 쓰고 밥 먹으러 가련다. 아비가.

외할아버지이신 이명걸李命杰 님은 1912년에 출생하시고 75년을 이 땅에서 사시다가 1987년에 작고하신 안동지방의 한학자다. 일제강점기와 광복의 시대, 6.25 한국전쟁 등 우리나라 근대사와 현대사를 두루 경험하셨다. 역사의 소용돌이 속에서도 주경야독으로 한문학을 꾸준히 연구했던 학자였다.

아버지는 외할아버지 호를 따서 모임의 명칭을 사용하는 서울의 후손들에 관해서 궁금해하시며, 모임의 결과가 어떠했는지 물었다.

### 석파회石破會

석파회는 성대히 잘 치렀겠지?

첫째는 모두의 건강이고, 둘째는 모두 다 화목이니라. 모두가 모여서 많이 웃었으리라 믿는다.

우리 막내 손자 용제도 신나게 놀았으리라 생각이 되고? 눈에

선하구나, 용제 놀았던 모습이! 계속 번창을 빌면서 시골 영감.

혁근.


외할아버지는 성품이 온화했으며 정이 많으셨다. 욕심이 없었으며 학문에만 정진했던 전형적인 선비였다.

외할아버지의 작시作詩에서 인품을 엿볼 수 있는 대목이다.


천지의 영욕 한갓 부평초처럼 가벼워라

시 지으며 놀다 해 져서 돌아갈제

지저귀는 새 역시 진심을 다하네.

환중영욕일평경寰中榮辱一萍輕

시성일모인귀처詩成日暮人歸處

야유명금갱진정也有鳴禽更盡情


생존에 썼던 붓글씨書體는 안동시 와룡면 주하동 두루마을의 존덕사尊德祠 현판에 현존하고 있다. 반듯하고 정갈스러운 서체에서 외할아버지를 보는 듯했다.

1983년 진보이씨眞寶李氏 안동파보 종사편宗史編 족보발행 위원장을 역임하셨다.

아버지는 생전에 본인의 장인이신 이명걸 님을 자주 칭송하셨다.

특히 진보이씨 안동파보 족보발간 위원장으로 애써주셨고, 완성된 족보의 위원장 간행사는 "청렴 겸손이 뼈에 사무치게 표현이 되어있다."라고 하셔서 궁금증을 자아냈다. 늘 관심을 가지고 그 족보를 찾았고 외할아버지의 간행사를 유심히 읽어봤다. 더러 모르는 한자는 옥편에서 찾아 이해를 도왔다. 간행사를 이곳으로 옮겨 왔다.

진보이씨眞寶李氏 안동파보 종사편宗史編 간행사

우리 이성李姓이 대동보를 닦은 것은 지금부터 380년 전인 경자년庚子年에 도산서원에서 선생문집을 간행한 것에 이어서 출판된 것이 시초이다. 그 뒤에 무진보戊辰譜가 있었고, 무오보경戊午譜庚신보申譜를 거쳐 72년 전인 임자보任子譜까지에 5차에 걸치어서 대동보가 판출版出 되었다. 그 이후로는 파波도 더 늘었고 자손의 수효數爻도 더 번다繁多하여졌으므로 대보는 이룩되지 못하였고 각파에서 파보가 다소 출판이 되었지마는 대개 단파에 한하여 편집編輯되었고 각파를 합하여 넓은 범위로 출판하지는 못하였다.

우리는 득성한 지가 불과 이십 여대라 멀어야 40여 촌에 지나지 않으니 백 대도 지친至親이라 하는데 어느 누구가 근친이 아니랴. 파보만으로는 만족할 수가 없고 당연히 대동보를 하여야 될 일이지만 지금은 남북이 나누어져 있기 때문에 대동보를 한다 할지라도 완전한 대보가 될 수 없는 일이라 부득이 파보로 할 수밖에 없었으나 대보를 못하는 대신에 대수代數를 올려서 제5대 인동현감부군仁同縣監府君 이후로 하여 안동파보를 엮기로 한 것이다.

보규譜規에 있어서는 대원칙을 임자보규任子譜規에 의하기로 하고 현대에 참작하여 다소의 변경을 가해서 더 세밀하게 또는 고람考覽하기에 편의便宜를 취하게 하였을 뿐이다.

그리고 자손으로서는 대수와 파계만을 알아야 할 것이 아니라 조선組先의 전래와 역대의 변천變遷과 사자祠字의 이건移建과 추원보본追遠報本의 실적을 다 알아야 할 일이기 때문에 종사편宗史編을 따로 엮기로 한 것이다.

여기에 있어서는 많은 문헌이 너무 복잡하여서 다 실을 수가 없었으며 또는 역해譯解를 붙이는 데 어려움이 너무 많았다. 고문을 그대로 의역意譯하여서는 독자가 이해하지 못할 구절도 많기 때문에 알기 쉬운 말로 바꾸어 쓰다가 보니 본문과 달라지는 경우도 없지 않다.

그러나 이것은 부득이한 일이라 폭넓게 보아야 할 것이다.

보사譜事를 착수한 지가 벌써 3년, 그동안에는 단자單子를 모으느니, 단금單金을 감출歛出하느니, 문헌을 찾아내느니, 역해譯解를 하느니, 교정을 보느니, 하는 데 있어서 자손으로서 누가 관심이 없었으리오마는 그중에도 교정을 맡아 본 부위원장 진영 씨, 역해를 담당한 창섭 군, 문헌을 수집蒐集한 계환 군, 간사를 맡아본 주락 씨, 총무 재무를 맡아본 창섭, 재선, 원식, 복수, 재양, 재균 제군의 가장 매두몰신埋頭沒身한 공로는 잊을 수 없는 일이다.

내가 총괄적인 책임을 맡고 있었으나 역량이 없는 사람이라 아무 도움도 주지 못한 것이 부끄러움을 스스로 금할 수 없는 바이다.

모든 소루疎漏한 점을 너그러이 보아주기를 빌고 간행사에 대하는 바이다.

계해癸亥 납월臘月 일日 후손 명걸命杰 삼가 씀.


계해癸亥 납월臘月은 1983년 음력 12월로 풀이가 된다.

아버지가 외할아버지의 족보 발간 위원장 간행사에 대해 "청렴 겸손이 뼈에 사무치게 표현하셨다."라고 말씀하신 이유는 일하신 분 한 분 한 분을 소개하여 고마움을 표하신 것과 달리 정작 총괄 책임을 맡은 외할아버지 본인은 "역량이 부족해서 아무 도움도 주지 못한 것이 부끄럽다."라고 표현하셨기 때문인 것 같다.


낙금헌樂琴軒은 이정백李庭柏 1553~1600년의 호이다.

임진왜란이 일어나자 왜적과는 함께 살 수 없다면서 분연히 일어났다. 동지를 규합하고 의병을 모집하면서 여러 읍에 글로 전파를 하자 모두 응하였다. 안동 예안면 기사리에서 회의에 의해서 의병 대장으로 추대된 이정백이 앞장서서 의병을 독려할 때 항상 눈물을 흩뿌리면서 말하기를, "우리들은 오늘 왜적을 없애버려야 한다. 그러나 군세가 약해 성패를 알 수 없지만, 나라를 위해 목숨을 바칠 각오이다."라고 하였다. 류성룡이 이정백을 높이 평가하여 조정에 공직을 추천하였으나, 그는 받아들이지 않으면서, "임진왜란이 일어나 구차하게 살아남고 또 관직까지 받으니, 이는 신하로서 수

치다. 내가 죽은 뒤에도 관직명을 쓰지 마라."라고 하였다. 그리고 산에 들어가 음풍농월吟風弄月하면서 독서와 거문고로 소일하였다. 집 앞에 작은 헌軒을 짓고 낙금헌이라 이름 짓고 거처하였다.

외할아버지는 우리 사 남매가 어릴 때 종종 고향집 의성 안평을 들르셨다. 둘째 사위며 딸이 어떻게 살아가는지 궁금하셨겠지! 중 절모에 두루마기를 입으시고, 요사이 같으면 서류가방 같은 걸 휴대하셨다. 그 가방 속에는 뭐가 들었는지 알 수도 없었고, 알려고 노력도 하지 않았다. 오시면 아버지와 이런저런 이야기를 나누다가 붓글씨도 쓰셨다. 종이가 흔하던 시절이 아니었기에 지난 신문이나, 달력의 뒷부분에다 먹을 갈아 쓰시곤 하셨다.

그때 외할아버지가 쓰신 글 중에 동생 철순이 늘 기억하고, 좋아하는 문구를 옮겨왔다.

> 달빛과 꽃빛이 아무리 아름다워도 나의 아내의 웃는 얼굴만 못하고,
> 간월색간화색看月色看花色도 불여일가화안색不如一家和顏色,
>
> 선비의 글 읽는 소리와 가야금 소리가 아무리 아름다워도 우리 집 아이들의 울음소리만 못하리라.
> 독서성탄금성讀書聲彈琴聲도 불여일가아제성不如一家兒啼聲이라.

아버지는 장인을 존경하시면서도 본인 사위 또한 신뢰하고 정을

주셨다.

아버지가 자필로 국한문혼용國漢文混用하여 사위에게 쓴 편지 중에 유일하게 남아있는 것을 이곳으로 옮겼다. 그 내용 중에서 아버지는 사위를 "부모 다음으로 믿는다."라고 평가하셨으니, 자형姊兄 허규許圭는 얼마나 부담이 되었을까. 정말 사위에 대한 아버지의 믿음이 그 정도이었으리라 생각을 해본다.

> 허 서방 보게.
> 요사이 바쁜 가운데 잘 지내겠지.
> 오늘 약제가 완성이 되었기에 동봉하며 몇 자 적네.
> 본제는 해독解毒, 이뇨利尿 작용이 탁월하여 술, 담배 하는 사람이 복용을 하면 간장보호에 좋다기에 일부만 보내네.
> 내가 부모 다음으로 믿는 허 서방인데 제발 술 좀 절약하고 음주 운전은 절대 삼갈 것이며, 건강에 유의하기 바라네.
> 그럼 온 가족의 건강을 빌면서 난필亂筆을 그치네.
> 용법은 후면을 참조하게.
>
> 용법用法
> 1회 20~30알, 1일 3회, 식 전후 관계없음.
> 남녀 공용임.
>
> 건강십측健康十則 자료가 있어 보내니 참고하세나.
> 소식다작少食多嚼 식사는 적게 먹고, 많이 씹어라.

소염다초少鹽多醋 소금은 적게 먹고, 신 것을 많이 먹어라.

소육다채少肉多菜 고기는 적게 먹고, 채소를 많이 먹어라.

소당다과少糖多果 설탕을 적게 먹고, 과일을 많이 먹어라.

소언다행少言多行 말은 적게 하고, 행동을 많이 하라.

소노다소少怒多笑 화를 적게 내고, 많이 웃어라.

소번다면少煩多眠 근심을 줄이고, 잠을 많이 자라.

소의다욕少衣多浴 옷은 적게 껴입고, 목욕을 많이 하라.

소승다보少乘多步 승용차 타는 것은 적게 하고, 많이 걸어라.

소욕다시少慾多施 욕심을 줄이고, 많이 베풀며 살라.


## 옛말


옛말인데 기억했다가 한번 쓴다.

회갑回甲은 생일의 해 육십갑자六十甲子가 다시 되돌아온다는 뜻
이고, 회방回榜은 과거시험科擧試驗에 합격이 된 날로부터 60년이
되는 해에 하는 잔치로, 이 행사는 임금이 베풀며 가마는 4인교
로 통상 제자 4명이 멘다나? 당사자는 가마를 타고……?

요사이로 말하면 공무원에 처음 임용된 날로부터 60년이 되는
날에 대통령이 주관하는 행사쯤 되겠지?

그런데 20세에 공무원이 되었다고 해도 81세에 회방 잔치를 해
야 되니, 요사이는 가능할 평균 수명이지만, 옛 조선시대에는 생
존자가 별로 없었으리라 생각이 되네. 과거 등과를 이십 대 후
반에 하면 팔십 대 후반까지 살아야 회방 잔치를 받을 텐데, 그

렇게 장수한 어른이 있었을까? 회방을 받은 기록을 못 찾겠네. 그냥 제도만 있었던 것 아닌지? 심심할 때 애들에게 이야기해라. 아비가.

회갑 잔치를 하지 않는 시대가 된 지 오래되었다. 요즘은 회갑 나이에 들어선 이를 청년으로 취급한다. 1960~1970년대의 회갑은 부모님이 장수하셨음을 축하하고 기리기 위해서 자식들이 온 동네 어른들과 친지들을 모셔놓고 잔치를 벌인 것이지만 지금은 하려고 들지 않는다. 회갑이 우습게 되었다. 칠십 세까지 직장생활을 해야 하는 시대로 변해가고 있는 요즘에는 그만큼 수명이 연장되었고 사회의 구조도 변했다.

회방은 당사자가 80~90세까지 장수해야만 맞이할 수 있는 존귀한 영예였다. 1669년현종 10 생원진사시 회방을 맞이한 홍헌洪憲, 이민구李敏求, 윤정지尹挺之는 함께 회방연을 열고 이를 기념하는 『만력기유사마방도첩萬曆己酉司馬榜會圖帖』이라는 그림책을 제작하였다. 1579년선조 12 문과 회방回榜을 맞이한 송순宋純의 가족들이 회방연을 열자 왕이 특별히 꽃과 선온宣醞 임금이 신하에게 주는 술과 음식을 내렸다는 기록도 있었다.

그 후 1716년숙종 42 이광적李光迪이 문과 급제 회방을 맞이하자 숙종이 조화와 선온을 내려 회방을 축하하였으며, 이후로 국가에서 회방을 축하하는 것이 관행화되었다.

정원용鄭元容, 1783~1873이 과거 급제 60주년을 맞은 회방回榜에 관해 전하는 기록을 친척 여성이 한글 가사로 남겨 좋은 기록이 되었다. 그 책은 '영상공 회방기록'으로서 '경산일기'로 통용이 된다.

영조대에는 조화와 선온의 하사에 더하여 회방인들에게 왕이 친견을 베풀었다. 이어 1786년정조 10에는 문무과와 생원진사시 합격자로 회방을 맞이한 자에게는 직급을 올려주는 가자加資를 정식으로 삼았다. 1794년정조 18에는 과거 합격증인 홍패紅牌나 백패白牌를 다시 수여하는 행사를 하였다.

특히 1795년정조 19에는 영의정 홍낙성과 능은군 구윤명 등이 회방을 맞이하자 정조는 특지로 문무과와 사마시 회방의 의식 행사인 방방의放榜儀를 거행하도록 하고, 합격자 명단인 방목榜目에도 회방 사실을 수록하게 하였다. 홍낙성에게는 궤장机杖 팔걸이와 지팡이도 하사하였는데, 이후에는 회방을 맞이한 대신에게 궤장을 하사하는 것도 관행이 되었다.

건강이 여의치 못하여 회방인이 서울에 올라오지 못하는 경우도 있었다.

그럴 때에는 어사화와 회방홍패, 회방백패를 회방인의 집으로 보내주었다. 1796년정조 20에 평안도 덕천에 사는 정채룡은 회방이 되었지만, 노병으로 서울에 올라오지 못했다. 이에 정조는 정채룡의 어사화와 회방홍패를 평안도 덕천으로 보냈다. 제주 지역에 거주하는 회방인은 연로하여 바다를 건너 넘어오는 것에 어려움이 있기 때문에, 조정에서 어사화와 회방홍패, 회방백패를 내려보내고, 제주 목사가 대신 전달하였다는 기록도 있다.

조선 후기의 학자 신대우는 『완구유집』에서 회방의 의미를 이렇게 정리했다.

> 사람의 상수上壽가 100세이고, 중수中壽가 80세이며, 하수下壽가
> 60세이니…. 생년이 61이 되어 회갑의 칭호가 있고, 혼년이 61이
> 되어 회근의 예를 베풀었으니, 인가에서 경사라 칭하는 것 중에
> 진실로 이보다 더한 것이 없었다. 비록 그러하나 회갑은 하수에
> 서 항상 있는 것이고, 회근은 중수에서 할 수 있는 것이다. 선비
> 의 진신과 같은 것은 과거에 급제하는 것을 영광으로 여기지만,
> 사람마다 얻을 수 있는 것이 아니며, 설령 얻더라도 60년이 지난
> 사람은 대개 또 상수에 많이 있으니 이 회방의 예는 노인을 우
> 대하는 것이다.

정원용의 회방 기록 '뎡상공 회방긔록'에 근거하면 임금이 내려주
는 가무악인 사악賜樂의 구성은 사악 일등 악사 1인, 전악 2인, 악
공 20명, 무동 10명, 처용무 5명, 색리 1인 등 40여 명이 되었다. 회
방연 의례의 절차는 1862년 1월 1일에 철종이 내린 전교부터 준비
가 시작되었다. 회방과 관련된 궁궐 행차와 집안 잔치, 묘소에까지
회방 관련 의례가 이어졌고, 준비부터 회방 행사가 마무리되는 시
점까지는 세 달이 걸릴 정도였다.

1등 사악으로 보내진 공연단은 예행연습을 시작으로, 두 차례에
걸친 대궐 행차와 팔순 생일잔치, 마을에 음식 나눔과 묘소의 연회
에서도 공연 활동을 수행하였다. 1등 사악의 공연 활동 기간은 두
달에 이르렀다.

개인의 회방 잔치를 3개월 동안 했으니 농사 등의 생업은 언제 했으며, 초대받은 사람의 접대를 위하여 음식이나 술은 얼마나 많이 준비했겠는가? 행사를 준비하는 양반들은 입으로 했을 것이고, 행동으로 손님을 맞아 궂은일을 했던 사람은 누군지 뻔하지 않는가?

회방은 유교를 통치 이념으로 하는 조선시대의 왕권 정치에서 시행했던 제도이다.

연장자를 우대하는 정책과 과거 시험 제도가 결합된 것이라고 볼 수 있다. 과거에 급제하여 국가에 기여하고, 그 공을 기념하는 회방 행사는 개인적인 가족의 경사로 시작이 되었으나 이후 국가에서 직접 주관하는 행사로 제도화되었다.

국가나 사회를 위해 평생을 바친 연장자에게 그의 공을 기리는 제도를 만들어 국가에서 직접 대우하였다는 긍정적인 면도 있으나, 지금 시대에는 도저히 상상할 수 없는 국가적 낭비이다. 개인적 명예에 너무 치중하여 국가가 예산을 지원했다는 것 또한 지금은 상상할 수가 없다.

아버지가 작고하시기 전에 회방回榜 제도에 대하여 손녀와 손자와 함께 이야기를 해보라고 하셨다. 아버지는 나에게 회방 제도를 공부하여 본인에게 들려주었으면 하고 빙 돌려서 이야기하셨으나, 나는 차일피일 미루었다. 아무렇게나 해도 이해해주실 것으로 믿었다.

저세상의 혼魂으로 가신 지 몇 년이 지났지만 아버지 관련 책을 쓰면서 자료를 찾아 정리를 하게 되어서 그나마 다행이다. 아버지가 생존하실 때에는 아들로서 회방과 관련해서 일언반구를 하지 않았다. 바쁘다고도 말씀드리지 않았다. 묵묵부답이었으니 아버지 스스로 제풀에 죽어 포기하시도록 내버려 두었다.

그래서 지금이라도 자료를 찾아 정리했다는 사실에 홀가분해진다.

한편으로는 씁쓸함도 같이 다가온다.

격언 중에 '아버지는 되기 쉽다. 그러나 아버지답기는 어렵다.'라는 글이 떠오른다.

# 아버지 어릴 적엔

아버지는 기록의 중요함을 알고 실천하셨다.

그러한 생각이 아버지로 하여금 이메일을 쓰게 만들었고, 또 자식들에게 보내는 이유가 되었으리라. 기록이 존재하고 있으나 사람들이 관심이 없어 펼쳐 보지 않은 것과 기록 자체가 없어서 찾아볼 대상이 없다는 것 사이에는 확연한 차이가 있다.

지금 우리는 정보의 홍수 속에서 살고 있다. 스마트폰의 검색창에 궁금한 단어만 입력하면 수많은 자료가 나오지만 정보가 없는 것보다야 있는 것이 몇백 배, 몇천 배 나은 것은 당연한 것이다.

### 안평초등학교 공덕비

원허 김병두 선생이 안평면장을 재직하면서 안평초등학교를 창립하셨다.

그래서 김병두 선생의 공덕을 기리는 비를 안평초등학교 운동장에 세웠다. 김병두 선생 공덕비의 입지立地는 일제강점기 때 일본 놈들의 신사神社가 세워져 있던 자리다.

신사는 일본 귀신을 모셔놓고 학생과 선생 그리고 누구든 나가서 절하던 곳이지. 해방과 동시에 안평면 청년에 의해서 괭이와 농기구로 때려 부숴졌지. 그 자리에 축 돌은 그냥 있었는데 거기다가 비석만 세웠지.

글은 모산 심재완 선생이 지으시고 글씨는 계원 박병철 선생이 쓰셨지. 심재완 선생은 잘 모르고 박병철 선생은 내가 조금 아는 사람이다.

박병철 선생은 박정희 전 대통령의 사범학교 시절 은사였으며 글을 쓸 때 안평중학교 교장이었다. 안평중학교 산 쪽의 강당을 지으신 분이 그분이다. 그것도 박 대통령의 힘으로 강당을 건축하게 되었지.

옛날 우체국에 전화 한 대 있을 때니 우리 면面에 유일하게 그 전화밖에 없을 때다. 내가 숙직할 때 오셔서 전화하는데 대통령과 서로 존칭어를 쓰면서 통화를 하시더구나.

대통령이 "선생님 어려운 것 없습니까?"라고 물으면

박 교장님은 "아무 어려움도 없으니 나라일이나 잘 보살피시오."라고 답을 하셨지.

대통령께서 "학교에 필요한 것 없나요?" 하니 그때서야 박 교장님이 답을 하셨지.

"중학교에 아직 강당이 없어서 조금 불편하지요."라고.

대통령께서 "아직도 강당이 없는 곳이 있군요?" 하면서 "잘 알았습니다." 하고 건강하시라며 전화를 끊었지.

그러한 연유로 안평중학교에 강당이 완성되었지.

그 강당 완성 후 선생님은 영양중고등학교로 영전하셨으나, 뇌출혈로 세상을 떠나셨지. 바로 그분의 글씨란다. 그분의 처가가 안동 와룡의 마창골이며, 영천 이씨로 고위 관료가 많이 배출된 집이지.

사모님과 너희 할머니와 아주 친해서 우리 집에도 자주 놀러 오셨지.

비석은 안평초등학교 개교 40주년 기념행사 추진 위원회에서 건립했으며, 위원장이 괴촌의 장문환 씨였다.

공덕비 40주년 행사를 당년 2008년 5월 7일 제막식과 함께 크게 했단다.

학교 본관 앞 화단에 80주년 기념탑을 하나 세웠고, 개교 100주년이 되는 2028년에 헐어서 다시 묻도록 타임캡슐이 만들어져, 그 속에 학교의 모든 자료와 80년사 기념 책자가 한 권 들어있는데 23회 졸업생인 나의 부족한 글도 포함이 되어 있다. 힘들어 그만 쓴다. 안녕. 아비가.


타임캡슐time capsule은 후세에 전하기 위해 그 시대를 대표 또는 기념하는 기록이나 물건을 넣어서 땅속에 묻어 보관하는 용기이다.

세계 최초의 타임캡슐은 1938년 뉴욕 만국박람회 때 웨스팅하우스 전기회사에서 만든 것으로 특수합금 용기에 만년필, 시계, 담배, 각종 곡물, 책, 마이크로필름 등을 넣었다.

우리나라는 중앙일보사에서 1985년 제작한 타임캡슐이 남산 정상의 지하에 묻혀 있으며 2485년이 개봉 예정이라고 한다. 그와 유사하게 고향의 안평초등학교에서 개교 100주년인 2028년에 개봉 예정인 타임캡슐 내용물로 아버지께서 쓴 글이 있다는 걸 이메일로 소식을 알게 되었다.

아버지가 운명하시고 유품을 정리하다가 그 글이 발견이 되어 약 10여 년을 앞당겨 이곳으로 옮겨서 기록하려 한다.


## 옛날 우리 학교

권혁근(제23회 졸업생)


1948년도의 우리 학교는 의성군 안평초등학교라 불렸다. 1회로 졸업하신 김학원 교장 선생님을 비롯하여 교감 선생님 한 분과 열 분 정도의 선생님, 학교의 곳곳을 지원하는 아저씨 한 분이 전부였다.

학생 수는 1,300여 명 학급 수는 20개였다. 학교 전체의 윤곽은 운동장 한가운데 서서 의성읍 방향인 동쪽을 보면 교재원이 있었고, 교재원 한복판에는 일본사람들이 기도했던 신단神壇을 헐고 지금의 원허 김병두 선생의 공덕비가 서 있다. 신단 터 주변은 몇 그루의 벚꽃나무가 있었으며 그 벚꽃나무 주변에는 아름드리나무 여남 그루가 서 있었다. 그 나무의 이름은 기억나지 않으니 흔히 잡목으로 생각이 된다.

현재의 배구장과 휴지소각장은 논이었는데 6.25 사변 후 매입을 하여 운동장으로 만든 것으로 알고 있다. 현재의 등나무 근처에는 우물이 있었는데 먹는 물로 불가했다.

남쪽으로 지금의 우체국 방향에는 철봉이 높이 순서대로 6, 7칸서 있고 회전 그네도 있었다. 그 인근에 동서로 흐르는 좁다란 도랑이 있었고, 그 옆에는 4, 5, 6학년의 각 반의 실습지田가 있었다. 반별로 표찰을 붙여 4학년 3개 반, 5학년 3개 반, 6학년 2개 반, 팔등분 해서 각 반이 다른 채소를 심어 열심히 가꾸어 경쟁했다. 다음은 서쪽으로 현재의 시장 방향이다.

그곳에도 교재원이 있었는데 제일 남쪽이니 지금의 관사 자리에는 아주 높은 버드나무가 총총히 열댓 그루가 서 있었고 내가 5학년 때 심은 플라타너스가 한 그루 자랐다. 지금은 관사를 지으며 베었다.

그다음은 아름드리 떡버들과 느티나무 몇 그루가 서 있었고 한복판에는 운동장과, 즉 학교와 시장을 연결시키는 폭 4m 정도의 자갈길이 있었고 길 마지막에는 인조 화강암으로 된 커다란 문주가 두 개 서 있고, 연해서 학교와 시장 사이에 나지막한 담장이 설치되었다.

문주 양쪽에는 아름드리 수양버들이 서 있었다. 정문에서 북쪽 교재원엔 몇 그루의 벚꽃나무가 띄엄띄엄 서 있었고, 살구나무와 매실나무가 사이사이 몇 그루 있었다.

서쪽 교재원 맨 북쪽에는 교장 사택이 있었는데 교재원에서 북쪽으로 바로 들어가는 검은 대문이 있었고 그 안에는 서쪽과 남쪽에 채마밭이 넓게 있었고, 검은 일본식 목조건물이었으며, 현관 앞에는 살구나무가 큰 것이 한 그루 있었다. 집 동쪽에는 조그마한 창고가 한 채 있었으며 창고 옆에는 사택 우물이 있었는데 두레박으로 떠먹을 정도로 얕았다. 우물 동쪽으로 학교로 통하는 작은 문이 있었다.

다음은 학교 본관을 얘기해 보자. 운동장 복판에 서서 북쪽의 매봉산 방향에 있다. 본관 한복판 현관 앞에 지름이 약 6~7m 되는 둥그런 화단이 있었고, 그 화단에는 늙은 소나무가 보기 좋게 굽어 두 나무가 있었고, 무궁화 몇 그루, 난초 몇 포기가 있었고, 약간의 빈자리에는 모란꽃을 심었다.

그 화단 동서로 폭이 약 5m 되는 화단이 본관과 나란히 교실 하나마다 있었는데 그 화단에는 여러 가지 일년생 꽃도 심었고 늙은 벚나무가 한 그루씩 서 있었다.

본관의 건물은 일본식 목조건물에 기와를 이었으며 동쪽에서 첫째 교실은 특별 교실이라 불렀고, 복도를 터서 넓은 교실이었다. 둘째 칸은 보통 교실이었고 셋째 칸은 현관인데 바닥은 시멘트이고 양쪽 벽은 학생 키 높이의 네모난 신발장이 벽을 메우고 있고, 앞에서 바로 들어가면 눈비가 와도 맞지 않고 갈 수 있는 지붕이 연결된 동쪽 화장실이 있었고, 넷째, 다섯째는 보통 교실이었으며, 여섯째 칸은 시멘트 계단이 2단으로 된 현관인데 교실이 부족하여 칸막이를 해서 교장실로 쓰고 안쪽으로 들어가면 일곱째 칸인 교무실로 들어갔다.

교무실 앞에는 반지하 반지상에 지붕은 유리로 된 온실이 있었고, 온실 속에는 화분에 꽃들이 피어있었으며, 큰 파초도 두 포기 있었다. 여덟째, 아홉째, 열째 칸도 보통 교실인데 교실 칸막이를 열 수 있게 만들어서 학예회나 졸업식 같은 행사 때는 책걸상을 복도로 치우고 강당으로 겸용했다.

열한 번째 칸은 현관인데 바닥은 시멘트이고 양 벽에는 어린이 눈높이의 신발장이 네모반듯하게 가득했다. 앞에서 바로 들어가면 눈, 비를 맞지 않고 갈 수 있는 서쪽 화장실이 있었고, 화장실을 지나면 비를 맞지 않고 뒤 교실로 갈 수 있는 길이 있었다.

본관 마지막 칸 서쪽으로 마당을 약 10㎙ 정도 지나면 매실나무가 세 그루 있었고 이어서 해방 이후에 지은 농구실 두 칸이 교장 사택 동쪽 담에 기대어 있었으며, 주로 겨울 난로용 장작 창고로 많이 썼다. 관사 뒷문에서 나오면 서쪽 변소와 뒷문 사이에 본관 지을 때 함께 지은 일본식 농구실이 있었는데 교실 부족으로 교실로 개조했다.

국기봉은 교무실 앞 운동장에 서 있었으며 국기봉 앞 약 10㎙ 서남쪽에 나무로 된 조회단이 놓여 있었다. 그리고 뒤 교사는 해방 후에 지었는데 서쪽에서부터 순차적으로 지은 것으로 알고 있다. 첫째 교실 서쪽에서 약 7㎙ 떨어져서 조그만 연못이 있었으며, 물고기도 살고 있었다. 첫째 교실은 보통 교실이었으며, 둘째 칸은 서쪽 화장실과 연결되어 있는 현관이었다. 바닥은 자갈로 되어 있으며 부족한 교실로 개조했다.

셋째, 넷째, 다섯째 칸은 보통 교실이며 창문도 유리로 되어 있었고, 뒤 교사는 여기까지 두 번에 걸쳐 나누어 지었다. 여섯째, 일곱째, 여덟째, 아홉째 교실은 다음에 지었는데 창문은 문종이로 1년에 한 번씩 교체해서 발랐고, 복도는 자갈을 깔았으며 천

장의 마감을 하지 않아서 삼각형 나무 기둥과 쇠못이 다 보였다. 비가 오거나 구름 낀 날이면 문종이 창 때문에 어두워서 학업 진행이 힘이 들었다. 일곱째 칸은 현관이었으며 자갈로 바닥을 깔아서 드나들기 힘겨웠다. 현관문이 아예 없었다. 뒤 교사 뒤에는 논이었고, 학교 실습지였다.

본관의 칸막이 한 교장실에서 바로 뒤로 나오면 숙직실이 있었는데 비를 맞지 않고 숙직실에 올 수 있도록 지붕으로 연결되어 있었으며, 밑바닥은 시멘트였고, 중앙에는 취사를 할 수 있게 만들어져 있었고, 동쪽 방은 학교 아저씨가 거처했고 서쪽 방은 선생님들이 거처했으며 방은 온돌로 매일 군불을 때어 무척 따스했다. 서쪽 방 뒤에는 화장실과 둥그런 쇠솥으로 된 목욕탕이 있었다. 숙직실과 서쪽 화장실 사이에 아름드리 수양버들이 한 그루 있었으며, 그 밑에 시멘트로 만들어진 두 평가량의 연못이 있었는데 깊이는 약 1ｍ 정도였는데 물은 매일 말라 있었다.

그리고 동쪽 화장실 동편에 어그러져 가는 운동기구 넣는 창고가 하나 있었는데 지붕은 함석이었고 그 동쪽에 아름드리 수양버들이 한 그루 있었고 수양버들 동북쪽에 약 10평가량의 연못이 하나 있었는데 물이 항상 고여 있어 물고기가 살았다.

이것이 내가 아는 옛날 우리 안평초등학교의 전모이다. 50여 년전 일이라 모든 것을 더 상세히 기록 못하여 죄송할 따름이다. 이만 마친다.

23회 졸업생 권혁근 씀.

이 글은 아버지가 생전에 모교인 의성군 안평초등학교 개교 80년을 기념하는 타임캡슐 행사에 투고한 글로 추정이 된다. 타임캡슐은 안평초등학교 건물 앞 중앙 꽃밭에 묻은 것으로 알고 있으며, 이 안평초등학교에서 아버지와 자식 네 명도 졸업을 했으니 모두 같은 동문이다.

안평초등학교는 1923년 안평공립보통학교로 4년제로 개교하였다.

4년을 수학한 1회는 1927년 졸업이 되었고, 아버지가 23회 졸업생이니 1950년에 졸업을 하셔야 될 텐데, 이 글 서두에 1948년을 기록하신 이유가 궁금하다. 그렇지만 글을 쓴 아버지도 이 세상에 안 계시고, 생존해 계시는 동창을 알 수도 없으니 의문으로 남겼다.

분명한 것은 개교 80주년 행사의 일환으로 '옛날 우리학교'라는 제목의 글은 대략 2003년쯤 작성이 된 것 같다.

참 세세하게 50여 년 전의 학교 기억을 더듬어 현장에서 보는 것처럼 표현해주셨다.

아버지의 인품이 묻어있고 정감이 있으며, 평소 편안하게 곁에서 이야기해 주듯이 기록하셨다. 우리 아버지는!


로마의 시인 호라티우스는 말했다.

'말은 무상하게 지나가며, 쓰인 글은 남는다.'라고……

아버지가 직접 쓴 글이고 우리들 곁에 남아있는 글이다.

앞으로 관심이 있는 사람에 의해서 읽히겠지!

# 연천 출근길에 아버지를 만나다

2018년부터 경기도 연천 백학면 소재지 직장으로 옮겼다.

롯데지주 자회사 임원이 되었다. 회사가 있는 연천군 백학면과 회사의 아파트가 있는 파주 문산읍으로 승용차로 출근과 퇴근을 반복하였다. 퇴근 후 개인 생활은 주로 파주 문산에서 했다.

이 길에서 아버지를 만나고, 만나서 대화도 하고, 빙그레 웃기도 하고 울기도 했다. 물론 저세상으로 가셨지만 혼령魂靈과 대화를 했던 곳이었다. 지난 세월 아버지와 아들의 인연으로 맺어져 살아가면서 겪었던 희로애락喜怒哀樂을 교감하며 아버지가 먼저 살아오신 삶의 바탕을 전해 듣기도 했던 길이다.

공부하는 학생들이 선생님과 함께하는 교실과 같은 곳이었다. 삶의 경험을 주고받는 사랑방 같은 곳, 부자간 차 한 잔 앞에 놓고 대화를 이어가는 카페 같은 곳이었다.

출퇴근길은 황금의 시간이었다.

비록 승용차 안이지만 30분간은 상상의 시간을 보낼 수 있었다. 추억을 뽑아내는 시간이었다. 이 생각 저 생각으로 머리를 맑게 하는 시간이었다. 참 좋은 곳에서, 참 좋은 인연이 된 출퇴근길이었다.

이 책 『나는 아버지의 아들입니다』를 집필할 때 생각의 기초가
된 시간이었다. 생각을 글씨로 전환할 수 있도록 기회를 마련해 준
시간, 에너지를 제공받는 시간이었다. 참 귀한 시간이었고 소중한
장소였다. 그 도로 편도거리 26㎞ 길은……

파주 문산과 연천을 연하는 37번 국도는 생각의 거동길擧動이었
다. 거동길이 뭔가? 임금이 나들이 가는 길이 아닌가. 이 길에서 지
난 시간과 상상의 나래를 펼치며 머릿속의 생각을 활자로 고쳐 옮
기게 된 곳이다. 내 생각의 보고寶庫 같은 길이었다.

2018년 4월에 첫 출근길은 추위가 채 가시지 않은 겨울이었다.
이곳은 서울보다 북쪽이니 더욱 그랬다. 황량한 벌판이며, 이 산
저 산에는 듬성듬성 녹지 않은 눈도 있었다.

조금 지나니 5월의 기운을 받아 파릇파릇 움이 터 살아있음을
표현해줬다. 존재함은 새싹으로 고개를 내밀었다.

그리고 곧 여름이 왔다. 그 여름은 밀폐된 공간에 더운 공기가
들어오는 기분이었다. 숨 쉬기가 어려운 폭염이었다. 그래도 우리
는 더욱 인내했고 서로 격려하며 더위를 이겨냈다. 모든 것을 감수
한 보람으로 황금의 풍성한 들판을 만들어 주었고, 해바라기가 영
글어 고개 숙이게 만들어 주었고, 대추는 주렁주렁 달려 가지가 찢
어지게 만들어주는 것의 바탕이 되었다. 연천의 옥수수 맛을 보며,
파근파근하게 삶은 감자며, 연천의 찐 고구마와 사과 맛을 보며 출
퇴근 시간은 쌓여갔다.

개인적으로 연천과 파주 문산은 지리적으로 익숙한 곳은 못 되

었다. 관광으로 와본 임진각이 전부이고, 군 장교 생활 중 간간이 회의나 군 시범 관람 참석을 위하여 와 보았기 때문에 잠시 스쳐 지나가는 곳이라 눈에 설지 않을 정도였다.

강원도 철원이나 양구는 살아본 경험이 있어 그래도 도로와 동네의 모습들이 익숙한 것에 비해서 말이다.

출근할 때는 파주시 문산읍을 출발해서 경유하는 곳은 파주시 파평면, 파주시 적성면, 연천군 장남면을 경유해서 연천군 백학면에 있는 ㈜백학음료 회사에 도착을 한다. 퇴근길은 당연히 역순이다. 5개의 읍, 면을 경유하며, 파주시와 연천군을 연결하는 출퇴근길이다.

파주 문산과 연천을 오가는 길은 어떠했던가!

임진강의 물길을 따라, 사계절의 변화를 눈으로 익혔던 호사스러운 나날이다. 곳곳의 산야와 농촌의 풍경과 심지어는 훈련하는 군 궤도 차량의 이동과 교차로에서 붉은 깃대를 들고 교통 통제를 하는 장병들까지도 구경거리로 제공되는 평화로우면서 군 생활을 떠올리기 좋은 곳이다.

출근길 방향은 우리나라 지도의 서쪽에서 동쪽으로 가는 모습이다.

임진강을 왼쪽에 두고 오른쪽에는 파평산을 바라보면서 37번 국도를 운행하다 적성면 두지리에서 북쪽으로 임진강을 건너 지방도 367번과 372번을 이용하여 신라 경순왕릉 진입로 삼거리와 인접하여 사미천교沙彌川橋가 있고, 조금 더 연천 방향으로 진행하면 직장이 있었다. ㈜백학음료였다.

출퇴근길의 편도 거리는 26㎞로 승용차를 운전해서 30분 정도 걸린다. 이용했던 도로는 우리나라 지도를 봤을 때 사선斜線으로 설계된 국도 37번이다. 서저동고西底東高 형태로 동해안 방향으로 갈수록 북쪽 방향으로 올라가는 모양새의 도로다. 경남 거창군에서 경기도 파주시를 연결해서 연천 전곡 및 포천까지 연장된 도로이다.

시멘트로 포장된 편도 2차로의 양호한 상태이고, 차량제한속도 80㎞/h의 꽤 괜찮은 속도감이 있지만 거리에 비하여 소요 시간이 길어지는 이유는 잦은 교차로와 신호등이 6개 정도 있고, 과속 카메라가 곳곳에 설치되어 있어 출퇴근길에 시간을 단축하기 어렵기 때문이다.


㈜백학음료는 롯데의 아이시스ICIS 먹는샘물을 생산하며, 주문자상표부착생산OEM, 注文者商標附着生産도 하고 있다. 또한 탄산수 트레비trevi를 생산하고 있으며, 탄산수란 이름 그대로 탄산가스가 든 먹는 물이다.

1988년부터 먹는샘물의 수요가 확산이 되었다. 서울올림픽 이후 국내에서 대형 사무실과 중산층 가정을 중심으로 먹는샘물이 늘어나기 시작했으며, 우리나라 대기업들도 앞다투어 먹는샘물 개발에 박차를 가했다. 탄산수 트레비는 2007년에 이탈리아 로마의 트레비 분수에서 이름을 딴 제품이다. 처음 출시가 되어 소비자들에게 인정을 받지 못했으나 한참이 지난 2014년부터 소비자들에게 널리 알려져 고진감래苦盡甘來의 교훈을 심어준 상품이다.

백학음료 공장개발의 시작은 군인공제회가 했다.

그 후 군인공제회에서 개발을 완료하여 롯데그룹에 매각한 회사였다. 군인공제회에서 수익 사업과 함께 깨끗하고 몸에 유익한 생수를 장병들에게 공급하기 위하여 개발하기 시작하였다.

개발의 기초 자료는 북한의 남침용 땅굴을 찾으려는 군부대의 시추 공사에서 시작되었다.

북한의 남침용 땅굴을 찾으려고 휴전선 155마일을 전 구간에 땅굴탐지부대에서 시추공試錐孔을 판 뒤 토양분석 코아core로 암질巖質의 상태를 파악하고 시추공에 전자파, 청음장비 등의 설치로 땅굴을 탐지했다.

이때가 1970~1990년대인데 시추공 탐지 시 지하수층 보유지역의 축척된 자료를 근거로 경기도 연천군 백학면 전등리에서 먹는샘물 개발을 시작하였다.

2004년 10월에 먹는샘물을 찾기 시작해서 2009년 8월에 '롯데 아이시스 DMZ 2㎞' 먹는샘물을 출시했으니 약 5년의 시간이 소요되었다. 전 세계적인 최첨단 자동화 시설을 갖춘 샘물 생산 선행국, 프랑스의 시델사社 Sidel/France와 독일의 크로네스사社 Krones/Germany 등의 장비를 도입하고, 공장 건물과 사무동 시설과 자동화 창고, 내방하는 관람자의 견학동 분리 시설을 설치하는 등 특화되고 선진화된 공장을 설계해서 준공했다.

그러나 우리나라 중소도시까지 판매할 수 있는 조직이 없는 군인공제회는 판매실적 부진으로 투자비 회수에 어려움이 있었다.

해를 거듭할수록 먹는샘물 판매가 부진해서 만회할 수 있는 방도를 찾다가 궁여지책으로 2014년에 롯데그룹에게 지분매각을 시행했다. 백학음료공장 지분을 인수한 롯데는 페트병을 만드는 사출기와 생수 포장pet line 시설을 확대하여 우리나라 최대의 최첨단 먹는샘물 공장으로 탈바꿈시켰다.

롯데에서 백학음료공장을 인수한 시점에는 국민들의 생수 소비도 대중화되었고, 백학음료공장 외 3개의 먹는샘물 공장에서 제품을 생산해서 전국망의 판매 조직을 이용하여 소비자에게 쉼 없이 공급이 되었다. 먹는샘물은 시대가 요구하는 최적의 상품으로 우뚝 자리하고 롯데칠성음료의 판매 주력 제품으로 자리매김하면서, 백학음료는 효자 공장으로 우뚝 서게 되었다.

롯데칠성음료 먹는샘물 브랜드 '아이시스Icis'는 사내공모 절차로 선정이 되었다. 'Ice Oasis'의 합성어 상표 이름으로 결정을 했으며 먹는샘물 시장의 2위로 약진하였다. 백학음료는 제품 생산의 중심에 있었으며, 나는 항상 자긍심을 가지고 그곳에서 임원으로 근무했다.


책 『권력의 조건Team of Rivals』은 성공한 미국의 대통령을 분석한 내용이다. 에이브러햄 링컨의 힘은 보수주의자부터 급진주의자까지 모두를 아우르는 포용력에 있다고 기록했다.

리더십의 조건을 유연성과 겸손, 경청, 부정적 본능 억제력 등으로 요약했다. 유연성으로 정치적 입장이 다른 이들의 의견을 경청하고 포용하면서 정책에 반영했다는 것이다.

기업은 이윤창출이 최우선이며 목표이다.

그러하지 않으면 존재할 수 없기 때문이다. 돈을 벌지 못하면 당장 직원들의 급여와 재료비, 운송비와 전기세 등을 내지 못하니 문을 닫아야 한다.

이러한 냉혹한 기업의 경영 논리 속에서 현장의 목소리에 귀 기울이고 존중을 해주기에는 어려움이 있다. 기업에서 현장의 비용적인 측면을 감당해야 할 경우도 더러 있고, 애로사항에 대한 건의들이 많기 때문이다.

모기업의 경영 틀에 어긋나더라도 현장 환경을 끝까지 헤아리고 경청하려는 성의를 보인다는 게 쉽지는 않은 것이다. 직원 존중의 마음을 갖추고, 먼저 열린 마음으로 다가서지 않으면 힘이 드는 것은 분명하다. 그러나 나와 같이 근무했던 백학음료의 대표이사는 달랐다.

그렇게 자신이 성찰한 결과를 공장 경영에 적용했으며, 그러한 것이 반영되었는지 몰라도 롯데그룹 임원승진심사 결과 상무에서 전무로 발탁이 되었다. 개인적으로는 경청과 직무수행의 유연성, 직원에 대한 배려가 승진되는 요소가 되었으리라 생각했다. 성공한 미국 대통령을 분석한 책『권력의 조건』의 내용처럼 말이다.

먹는샘물 공장의 규모는 일일 취수량으로 정한다. 그 기준으로 볼 때 단일 공장 규모로는 2018년 6월 기준으로 제주도 삼다수 브랜드의 제주특별시자치도 개발공사가 1위이며, 2위는 산청군 사천면의 ㈜화인바이오가, 그리고 백학음료가 3위가 된다.

그러나 생산 시설의 자동화, 판매량 등을 종합하면 당연히 백학음료가 우리나라 최고의 먹는샘물 공장이라는 것은 말할 나위가 없다.

백학음료의 취수정은 민간인 통제선 북쪽에 자리 잡고 있기 때문에 군작전 지역에 포함이 되어있다. 최고의 청정지역에서 원수原水를 보존하고 그 원수로 최고의 먹는샘물을 제품화하는 것이다.

북한이 남침을 위해 팠던 땅굴은 총 4개가 발견이 되었다.

느닷없이 남침용 땅굴을 언급하는 것은, 그 땅굴을 찾으려고 군 땅굴탐지부대가 전 휴전선을 대상으로 시추공試錐孔을 뚫게 되었고, 그때 지하층의 샘물 함량 자료 축적이 시판용 먹는샘물 공장 개발의 시작점이기 때문이다.

제1 땅굴은 1974년 11월 경기도 연천군 장남면에서 발견되었으며 육군 제25사단 지역이다. 땅굴을 탐지하던 중 북한군이 매설한 부비트랩을 건드려 폭발사고가 일어났으며 우리 군 해병대 김학철 소령과 미 해군 중령 로버트 맥퀸 벨린저Robert MacQueen Ballinger가 사망했고, 한국군 및 미군 6명이 부상당했다. 내가 근무하고 있는 백학음료와는 10㎞ 이내의 가까운 거리에 있다.

제2 땅굴은 육군 제6사단 지역으로 1975년 3월 강원도 철원군 근동면에서 발견되었다. 땅굴 내부에서 북한군이 철수하면서 시간을 끌기 위해 쌓아놓은 돌벽 3개를 철거하던 도중 북한군이 매설한 부비트랩을 건드려 국군장병 7명이 전사하는 희생이 있었다.

제3 땅굴은 1978년 10월 경기도 파주시 장단면에서 발견되었으며, 그 위치가 서울에서 겨우 44km 이격된 곳에서 발견이 되어 전 국민에게 충격을 주었다. 1974년 남한에 간첩으로 침투하였다가 자수한 김부성이 북한에서 땅굴 파는 일을 했었다는 증언에서 수색을 시작해서 발견한 것이다. 육군 제1사단 지역이다.

제4 땅굴은 1990년 3월 강원도 양구군 해안면에서 발견되었다. 군사분계선에서 무려 1,502m나 남쪽으로 침범한 위치에서 발견되었다. 월남한 인민군 육군 대위 신중철의 증언으로 찾은 땅굴이다.

이 땅굴을 폭로해서 유명해진 신중철은 한국 육군 장교로 특별임관, 국군정보사령부에서 복무하여 대령까지 진급했으나 교통사고 조처 미숙으로 예편당한 후 2001년 중국으로 잠적했다.

그 후 다시 북한으로 돌아간 것이 아니냐는 주장이 있지만 밝혀진 바는 없다. 다만 이중간첩은 아니지만 특수정보부대에서 12년간 복무한 만큼 이용 가치는 있으니 북한이 포섭했을 것이라는 게 대체적인 평가이다.

땅굴 탐지 시 육군 제21보병사단 소속 군견軍犬 헌트는 수색팀의 선두에서 폭발물 탐지 중 화약 냄새를 맡고 북한군이 설치해둔 목함지뢰로 달려가 폭사暴死했다. 헌트 견犬의 희생으로 군인 1개 분대원이 생명을 구할 수 있었다. 이 공로를 인정받아 군견軍犬으로 인헌무공훈장을 수여받고 소위 계급으로 추서되었다.


출근 시 출발하는 파주 문산은 조선시대에 홍수가 날 때면 임진강으로 흙탕물이 내려가다 조수에 밀려 더러운 흙탕물이 산더미처럼 밀려왔다 하여 문산汶山이라 하였다.

조선 현종 9년에 문산의 한자 표기를 『조선왕조실록』과 『대동여지도』의 표기에 따라 汶山문산에서 삼수획이 빠진 文山문산으로 변경했다.

汶문이라는 한자는 수문을 뜻할 때 쓰이는 내川 이름이라는 의미 외에도 '더럽다, 불결하다.' 등의 의미가 있는데, 이는 예로부터 문산에서 강이 자주 범람하여 침수가 잦아 수질 상태, 위생 상태가 좋지 않았기에 붙여진 이름이다. 이와 같은 이유로 파주 문산의 '汶문을 文문'으로 변경하였다.

연천은 어떤 곳인가?

연천漣川은 물水과 돌石의 고을이다. 물과 돌이 연천의 시작이고 역사가 되었다는 생각이다. 약 1만 년 전신생대 4기 조산 활동이 활발하여 철원鐵原에서 평강平康에 이르는 한반도 중부는 현무암질의 용암을 분출하며 새로운 땅을 만들었다. 이후 하천에 의해 침식되면서 추가령에서 연천漣川의 전곡全谷에 이르는 120㎞의 주상절리柱狀節理대가 형성됐다. 연천의 임진강과 한탄강, 차탄천의 주상절리도 이렇게 만들어졌다. 풍화작용으로 서서히 변화된 땅이 아니라 자연의 섭리로 급변하게 이루어진 땅이 연천이다. 곧 하늘神이 내린 고을이 연천인 것이다.

본래 백제의 영토였으나 고구려의 남진정책으로 고구려의 영토가 되었다. 고구려는 한탄강과 임진강이 만나는 이 지역을 요새로 삼았는데, 현무암 절벽이 있고 좌우로 긴 지형이라 요새가 들어설 좋은 조건이 되었다. 미산면에 있는 당포성堂浦城, 전곡읍의 은대리

성은보里城, 장남면에 있는 호로고루성瓠蘆古壘城이 그러한데 남한에서 잘 볼 수 없는 고구려 유적으로 역사적 가치가 크다. 특히 호로고루성은 8월 말에 해바라기 축제가 열려 문화재에서 결실의 잔치가 어우러지는 명소가 되었다. 이후 진흥왕이 한강 유역으로 영토 확장을 하면서 신라로 주인이 바뀐 연천이다.

1309년 고려 충선왕의 이름과 지명의 발음이 같다고 연천漣川이라 변경했다는 기록이다. 연천의 한자를 풀이하면 漣연자는 물놀이를 뜻하고, 川천자는 강이나 하천을 뜻한다. 두 글자 모두 물水과 밀접한 관계가 많은 고장이라는 지명으로 오늘에 이르고 있다.

왕징면의 징파나루가 있던 임진강 상류가 과거에 '징파강'으로 불렸다면, 임진왜란 전까지 임진강 하류는 '신지강'이라고 불렸다. 고려 말 공양왕이 폐위되어 도망하면서 왕조의 신주神主를 군남면의 도감포 아래 묻었다 해서 붙은 이름이다. 그 전에는 '표로하瓢蘆河'라고 했다.

추가령지구대는 서울과 원산을 연결하는 좁고 길며 낮은 골짜기다.

북한 원산 쪽에서 한강 하류로 연결되는 교통로를 제공하는데, 예로부터 북쪽의 문화가 남하하는 통로이자 한강 하류의 문화가 임진강을 역류하여 올라오는 지역이기도 했다. 과거 임진강 뱃길이나 경원선 철도도 이 추가령지구대를 따라 길을 냈다.

조선 후기에서 일제강점기까지 발달했던 뱃길이 쇠퇴하고, 전쟁으로 경원선이 단절되면서 연천은 전형적인 농촌의 모습을 띠게 되었다. 해방 이후 38선이 그어지고 일부 지역은 북측에 속했다가 한국전쟁으로 다시 남한으로 속하는 파란을 겪었다. 오늘은 인민군과 내일은 국군과 대치하는 아픔을 겪고 고향과 가족을 잃은 사람도 생겨났다. 전쟁 후에는 갈 곳을 잃은 피난민 등이 정착하기도 했다.

이 오랜 시간 속에서 연천은 묵묵히 자신만의 역사를 만들어왔다. 어디에도 있는 그만그만한 인생사이기도 하고, 어디에도 없는 기막히고 드라마 같은 이야기이기도 하다. 그렇기 때문에 연천만의 존귀한 역사가 만들어졌고, 또 묵묵하게 걸어가고 있는 곳이 연천이다.

1978년 봄, 동두천 미 2사단 공군부대에 근무한 그렉 보웬Greg Bowen 1950~2009은 한국 여성과 한탄강 강변을 거닐다 주먹도끼를 발견한다. 그는 대학에서 고고학을 전공했기 때문에 유물이라는 확신이 섰다. 이 소식은 국내외 고고학자들을 포함해서 김원용 서울대 교수에게 알려져 세계적으로 주목받는 유적지로 부상했다.

이 주먹도끼는 미국 고고학자 모비우스 교수의 '구석기 이원론'을 뒤집었다. 모비우스 교수는 "구석기 문화는 인도를 경계로 발달한 형태의 석기인 '아슐리안 주먹도끼'를 사용한 유럽-아프리카 지역과 단순한 형태의 '찍개'를 사용한 동아시아지역으로 나뉜다."고 규정했다. 말 그대로 구석기시대부터 서구 문명이 아시아 문명보다 우수했다는 것이다. 이를 뒤집은 게 바로 연천 전곡리 주먹도끼다.

시와 그림에서 임진강이 선비들의 풍류를 표현했다면, 민초들에게는 삶의 장소였다. 경원선 철도가 놓이기 전까지 임진강은 물자와 사람을 나르는 수상교통로의 중심지였으며, 물자를 부리고 사람이 오르내리면서 나루에는 큰 시장도 형성됐고 인근 마을도 번성했다. 하지만 경원선이 놓이면서 철도에게 자리를 내주었고, 한국전쟁 이후 군사분계선이 놓이면서는 사람들은 멀찍이 물러섰다.

연천은 아주 오랫동안 '전쟁의 땅'이었다. 삼국시대부터 6.25전쟁까지 연천을 얻기 위해 피를 흘렸다. 사람들에게 연천은 꼭 필요한 땅이었다. 피를 흘려서라도 영토로 만들어야 할 가치가 있는 곳이었다. 거듭된 전쟁의 상흔은 연천만의 특별한 생활상을 만들어내기도 했다. 전쟁에 쓰였던 각종 고철을 땅에서 캐서 팔아 돈을 만들어 먹고 사는 사람이 있었는가 하면, 떨어진 포탄을 장난감으로 삼아 노는 아이들도 많았다. 하지만 창과 칼이 부딪치고 포가 터지는 동안에도 연천은 끝까지 버텨주었고 아름다움을 간직했다.

개발과 도시화로부터 자유로울 수 있었던 탓에 연천은 청정의 자연을 지켜냈다. 그 정점에 DMZDemilitarized Zone 비무장지대와 민간인통제선이 있었다.

비무장지대와 민간인통제선에는 지난 60년간 사람들의 출입이 제한되어왔다. 이 구역 안에 있던 과거의 경작지나 취락지역은 자연 스스로의 힘으로 생태적 복원이 진행되었다. 이 점이 비무장지대의 가치가 되었다. 멸종위기 종까지 포함하여 2,000종이 넘는 야생동식물들이 서식하는 자연의 보고가 되었다. 그곳이 연천이다.


출퇴근길에 통과하는 파평면坡平面의 지명은 삼국통일 시대의 파평현에서 시작이 되었고, 적성면積城面은 고려 때 적성현으로 개칭되면서 시작되었고, 장남면長南面은 1914년 일제의 행정구역 폐합에 따라 장현내면의 '장長'자와 고남면의 '남南'자를 따서 장남면이라 하였으며, 백학면百鶴面 역시 행정구역 폐합에 따라 백령리의 '백百'자와 학곡리의 '학鶴'자를 따서 백학면이라 하였다.

파주 문산이라고 하면 판문점을 향할 수 있는 관문이다. 남북으로 분단된 상황에서 문산을 경유하지 않고는 판문점을 갈 수가 없다. 문산이 휴전 상태에서 최북단의 도시인 셈이다.

우리나라에는 문산읍이 두 곳 있다.

그래서 파주 문산이라고 표기를 해 구분을 도왔다. 진주시 문산읍이 같이 존재하고 있기 때문이다. 아이러니하게 진주시 문산읍은 아주 남쪽에 있고, 파주 문산읍은 분단된 우리나라에서 최북단 도시로 확연하게 위치적으로 구분이 된다.

판문점이라는 명칭은 판문板門이라는 지명에서 시작이 되었다. 『고려사』와 『조선왕조실록』에는 개성부開城府 판문평板門坪으로 기록되어 있는데, 이 부근에 널문다리板門橋가 있었기 때문이었다는 설과 이 마을에 널판지로 만든 대문널문이 많았기 때문에 '널문리'라는 이름이 붙여졌다는 설이 있다. 결론적으로 판문板門이라는 지명은 조선시대 때부터 사용하고 있었다는 게 정설이다.

또 다른 기록에서는 경기도 장단군 진서면 선적리 인근 '널문리'의 지명에서 시작이 되었다는 설이다. 정전협상국의 하나인 중국을 위해 번역하는 가운데 한글 '널문리'를 한자 판문리로 변경하고, 주막집이 있어 점店을 붙여서 판문점板門店으로 사용하게 되었다는 주장이다.

널문리板門店에서 최초로 회담이 제안된 것은 1951년 10월 7일이었다. 당초 휴전 회담의 예비회담은 1951년 7월 8일 개성 북쪽에 위치한 내봉장來鳳莊에서 개최되었다.

새로운 회담 장소로 널문리 주막 마을을 제의하자 국제연합측이 그 다음날 이에 동의함으로써 회담 장소가 개성에서 널문리 마을로 옮겨지게 된 것이다.

이처럼 널문리 판문점을 유명하게 만든 휴전 회담을 통해 한국전 참전국은 우여곡절 끝에 휴전 회담 본회의 160여 회를 비롯해 총 800여 회의 회의를 거쳤다.

남침전쟁을 사주한 소련 공산당 서기장 스탈린이 1953년 3월 5일 73세로 급사하자 전쟁 배후조종 및 지원세력을 잃은 김일성이 휴전을 서둘러, 1953년 7월 27일 오전 10시 판문점板門店에서 국제연합군 사령관과 조선인민군 총사령관 및 중국인민지원군 사령원은 「한국(조선)군사정전 협정」에 서명하기 위해 조인하게 되었다. 그래서 한반도의 판문점板門店이 유명하게 알려지기 시작했다.

임진강은 우리나라 파주시와 연천군의 경계를 이루기도 하지만, 남한과 북한의 영토경계선을 나타내기도 한다. 저 강을 중심으로 한 뼘이라도 더 차지하려고 얼마나 많은 선열들이 피로 희생하였을까를 생각하면 참 아련하다. 그 속내를 임진강은 알면서도 모르는 척하며 묵묵히 흐르기만 한다.

강과 들녘과 산을 바라보고 그것들과 대화를 나누었던 상상의 놀이터인 출퇴근길은 자유롭고 상쾌하기도 했고 때로는 마음을 무겁게 만들기도 했다. 그 길에서 아버지를 만나기도 했다.

임진강臨津江의 길이는 약 600리, 250여㎞이고 유역의 면적은 여의도의 2,800배로 8,118㎢의 크기이다. 전체 유역 중에 남한 지역은 약 37%, 북한 지역은 63%를 차지하여 남한에서 홍수 피해 예방을 위해서는 북한 강수량에 더 관심을 기울여야 될 부분이다.

함경남도 마식령에서 발원하여 강원도 북부를 흐르면서 고미탄천古味呑川과 평안천平安川을 합류하고, 경기도 연천에서 철원, 평강 등을 흘러온 한탄강漢灘江과 합류한다. 북한의 장단면을 지나 연천군 장남면에서 사미천沙彌川과 합류하고, 문산 일대의 저평지를 흐르는 문산천과 합치고 하구에서 한강과 합류하여 황해로 나아가는 강이 임진강이다.

옛날에는 더덜나루라 하였는데, 한자로 표기하면서 임진강이라 하였다. 임진강의 '임臨'은 목적하는 곳에 이른다는 뜻으로 북한 사투리로 '더덜' 즉 '다다르다.'라는 뜻이며 '진津'은 '나루'라는 뜻이다. 그밖에 '더덜매' 즉 언덕 밑으로 흐르는 강이라고도 하였다.

굽이굽이 600리를 세월과 함께, 일제강점기와 한국전쟁을 이겨내고 쉼 없이 흐르고 있다.

남과 북의 지역을 나누는 경계선이 된 한 많은 물줄기이지만 소리 없이 묵묵히 흐르고 있다. 그 강변을 매일 오르락내리락하고 있다.

사미천沙彌川은 임진강 수계에 속한다. 북한의 장풍군에서 시작하여 월양산578m 자라봉622m 등과 가곡천과 자하천이 사미천으로 흘러든다. 사미천이 임진강과 합수되는 지역은 서쪽은 연천군 장남면 원당리며, 동쪽은 연천군 백학면 전동리이다.

사미천沙彌川은 개울 구역에 모래가 많이 밀려들어 사미천이라 하였다. 하천의 길이는 약 150리 62.4㎞이다. 사미천을 별도로 기록하는 이유는 백학음료와 가까이 있기 때문이다.

출퇴근길에 통과하는 마을은 모두 11개였다. 파주시 문산읍에서 출발하는 순서대로 나열하면, 당동리, 임진리, 율곡리, 두포리, 금파리, 장파리, 답곡리, 장자리, 두지리, 원당리, 전동리이다.

당동리堂洞里는 1914년 행정구역 폐합으로 창내동과 운천면 상리 일부와 마정면의 사목리 일부를 병합하여 당골, 당동, 당굴이라고 했다.

조선시대에는 파주시 칠정면 지역이었다. 문산리에서 굿을 하기 위해 먼저 사목리 고목에서 마을의 수호신을 맞이하여 이곳에서 제사를 지내고 갔다고 하여 붙인 이름이다.

당동리는 문산역을 중심으로 북쪽에 위치하고 신개발된 지역이다. 읍의 단위 규모가 작아 별반 차이는 없지만 다른 동네에 비하여 자유로自由路와 37번 국도에 인접하여 서울과 경기 연천 및 동두천으로 접근하기가 쉬운 곳이다. 2004년에 일반산업단지로 지정되어 2005년에 착공이 되었고 2011년에 완공이 되었다. 대형공장 6개사가 입주해 있으며, 산업단지와 연계하여 인근에 힐스테이트 1차 및 2차와 7백 세대 규모의 대단지 아파트가 조성되어 있다. 병원과 의원, 상가들이 즐비하며, 대형마트 홈플러스는 2008년 9월에 입점했고, 영화관 CGV는 2014년 7월에 개관했다.

임진리臨津里는 1914년 행정구역 폐합 때 신속면新屬面 임진리 일부와 운천면의 상리 일부 지역을 병합하여 임진리라 하였다. 임진 골이라고도 하며 윗대부터 살았던 주민들과 여러 곳의 매운탕 집과 귀촌한 전원주택이 어우러져 있다. 문산체육공원은 동두천 방향으로 여우고개를 막 벗어나 37번 국도 우측에 있으며 축구, 탁구, 농구, 배구, 배드민턴 등 다양한 종목의 운동을 할 수 있는 곳이다. 2006년에는 인조구장인 축구장이 신축되었고 2014년 10월에는 농구와 배구, 배드민턴이 가능한 문산국민체육센터가 개관했다.

율곡리栗谷里는 조선시대 파평면 지역으로, 밤나무가 많아 붙여진 이름이다. 밤실, 밤실골, 밤골이라고도 한다. 이이 율곡의 가문 덕수 이씨의 세거지이며 호 율곡도 이곳에서 유래가 되었다. 화석정化石亭은 율곡리 37번 국도 바로 곁에 있다. 임진강의 강가 벼랑에 위치하고 있다. 율곡 이이가 자주 들러 시를 짓고 학문을 연구하던 정자이다. 율곡의 15대 조부인 이명신이 처음 지었고, 성종9년1478년 이숙함이 화석정이라고 이름을 지었다고 한다. 임진왜란 때 불타 없어진 후 80여 년 동안 터만 남아 있다가 현종14년1673년 율곡 후손들이 다시 지었으나 한국전쟁 때 불에 타 없어졌다. 1966년 파주 유림이 다시 짓고 1973년 정부의 유적정화사업 때 색을 다시 칠했다.

임진강변의 율곡습지공원과 율곡수목원도 율곡리에 있으며, 율곡수목원 인근 산 중턱에는 전원주택 10여 채가 임진강의 낙조落照를 바라보도록 들어섰다. 특히 율곡수목원에서 운영하는 산림치유 프로그램은 현대인들이 잠시 일상을 내려놓고 산림과 함께하여 조용하게 생각할 수 있는 시간으로 꾸며져 있다. 구절초 숲을 대단지화로 꾸며 명상과 걷기, 족욕, 숲 체조 등을 진행한다.

두포리斗浦里는 조선시대 파평면 지역으로, 1914년 행정구역 폐합 때 두문리, 신사리, 장포리, 마사리의 각 일부 지역을 편입하여 두문斗文의 '두'자와 장포長浦의 '포'자를 따서 지은 이름이다. 두포나루에는 오래된 민물매운탕집과 카페가 임진강의 풍경과 어우러지게 운영이 되고 있다.

금파리金坡里는 조선시대 파평면 지역으로, 1914년 행정구역 폐합 때 장포리, 금곡리, 늘노리의 각 일부 지역을 병합하여 금곡金谷의 '금'자와 장파長坡의 '파'자를 따서 붙인 이름이다. 1960, 1970년에는 아래장마루라고 불렀다. 마루를 사전에 찾아보면 '등성이를 이루는 지붕이나 산 따위의 꼭대기'라고 기록되어 있다. 금파리, 장파리의 지형이 파평에서 바라보면 긴 마루 같아서 장마루라 불렀다. 장파리에서 장풍떡 방앗간을 운영하는 박씨 성을 가진 사장님이 동네 이름의 내력을 가르쳐줬다. 방앗간과 같은 터에서 장단콩 두부집을 운영하는 사람은 형제로 고향이 이곳에서 가까운 장단이나 휴전 후 실향민이 되어 아버지 때부터 이곳에 정착했다. 방앗간은 1980년대에 콩두부집은 1998년에 개업했다고 한다.

장파리長坡里는 조선시대 적성군 서면 지역으로, 금파리와 같이 긴 마루 같아서 장마루라는 이름으로 시작이 되었다. 이 긴 능선은 금파리에서 고랑포 쪽으로 약 2㎞ 정도를 말한다. 1리 지역을 아래장마루라 하고 2리 지역을 윗장마루라 하며 긴등마루, 장마루, 장파라 한다는 기록이다. 장풍떡 방앗간을 운영하는 박 사장님의 구술은 금파리를 아래장마루로 장파리를 윗장마루라 불렀으며, 명씨, 한씨, 곽씨 집성촌을 이루었다고 가르쳐주었다.

답곡리畓谷里는 조선시대 적성면 동면 지역으로 1914년 행정구역 폐합 때 답곡리의 핸들, 무송골, 갈울, 오리골에 도장리 일부 지역을 편입하였다.

이곳에는 '북한군·중공군 묘역'이 있다. 묘역의 주소는 경기 파주시 적성면 답곡리 산55번지다. 휴전선으로부터 약 5㎞ 떨어진 곳이다. 묘역의 크기는 1,800여 평 6099㎡이다. 6.25 전쟁에서 전사한 북한군과 6.25 전쟁 이후 수습된 북한군과 남파공작원 등의 유해 824구가 안장되어 있다. 중공군 유해 362구는 2014년 중국으로 송환되었다.

묘역은 국방부가 1996년 6월 제네바 협약과 인도주의 정신에 따라 강원도 인제군 원통 광치령 고개 등 전국에 흩어져 있던 '적군 묘지'를 한데 모아 체계적으로 관리하기로 하면서 조성되었으며, 2018년 12월부터 국방부에서 관리하던 것을 경기도로 이관했다.

자장리紫長里는 국사봉國師峯 밑이 되므로 자핫골이라 불렀다. 임진강변에 붉은 찰흙이 분포되어 있어 붙은 이름이라고도 한다. 자핫골, 자자기, 자장이, 재재이, 자장리라고 한다.

국사봉은 자장리와 식현리에 걸쳐있는 해발 149m의 봉우리로, 봉화를 올려 중요하게 여겼으며 국수봉이라고도 부른다.

두지리斗只里는 조선시대 적성군 동면 지역으로, 지형이 곡식을 담아두는 세간인 두지뒤주의 사투리처럼 생겨 붙은 이름이다. 두지리의 한자는 원래 '두지斗只'가 아니고 '두기頭耆'라고 한다. 1914년 행정구역 폐합 때 두지포의 검바위, 함박골, 약우물의 일부 지역을 편입하여 그대로 두지리라 해서 적성면에 소속되었다. 이곳에서 태어난 동네 노인들에게 여쭈어보니 두지와 관련된 동네 이름의 내력은 잘 모르겠다고 했다.

지명을 정확하게 기록하려고 오래되기도 했지만 손님이 많은 '두지리매운탕' 집을 이른 아침에 방문하고 주방으로 쑥 들어갔다. 일요일이라 매운탕에 쓸 메기를 손질하고 계셨다. 할머니 두 분이 계셨다. 사장은 장채옥1955년생 님으로 동생이었고, 사장을 도와주고 있던 언니는 장채운1948년생 님이었다.

1984년에 500만 원이라는 거금을 주고 매운탕 집을 운영하고 있던 전 주인으로부터 샀다. 35년이 지난 지금 전국에서 소문이 난 맛집으로 우뚝 키웠다. 부산에서도 손님이 오신다고 자랑했다. 그 계곡에 일곱 집을 포함해서 둘레 10여 곳의 매운탕 집을 운영하지만 '두지리매운탕' 집만 손님이 들끓는 이유가 무엇인지 여쭈었더니 맛이라고 대답하셨다. 손맛은 개성이 고향인 어머니에게 배웠다고 하셨다. 월남하여 임진강에서 민물고기를 잡던 남편을 만나 결혼을 했고 쭉 음식점을 하셨으며, 그 어머니에게 음식의 맛 내는 것을 배웠다고 했다.

원당리元堂里는 장단도호부 고남면 지역으로 조선 초에는 장단현을 다스리는 원님의 관저인 '원당'이 있었다 하여 '원당리'라 하였다. 해방 전후에는 '원댕이'라고 일컬어졌으며, 점차 지금의 명칭인 원당으로 불리어졌다. 원댕이 지역은 야트막한 산으로 둘러싸인 계곡으로 '효낭골'이라 불렸으며, 원님의 관저 터 앞에는 연못도 있었으나 지금은 메워졌다.

1941년 장단군 장남면에 편입되었다. 1962년 6월 1일부터 민간인 입주가 허용이 되었고, 1963년 임시법에 의해서 연천군 백학면에 편입되었다. 1965년 원당 출장소가 설치되어 운영하다가 1989년 원당 출장소가 장남면으로 승격이 되었다.

1961년 군사혁명 후 정부로부터 원당리 지역에 대한 주민 입주가 승인이 되었다.

그러나 휴전 이후에 약 8년간 방치한 농토는 들풀과 잡초가 엉켜 덤불숲을 이루어 쉬이 농사를 지을 수 없었다. 할 수 없이 가족들은 약 20리8㎞ 남쪽으로 떨어진 백학면 노곡리에 임시 거처를 마련해 두고 가장家長들만 원당리 지역의 개인 소유 농토를 일구기 시작했다. 불을 지펴 들풀과 잡목을 태운 뒤 농토를 1년간 일구어 1962년 6월에 온 가족과 함께 입주하게 되었다.

그 당시 입주를 한 가구는 약 65가구로 원당1리 및 2리가 각 20가구, 원당3리가 25가구로 가장 많았다.

원당리로 이전하기 전 노곡리에서의 생활은 피폐했다. 임시 거처로 여건이 불비하고 땟거리가 없어 굶는 사람들이 생겼으나 이를 보살피고, 노약자를 관리하는 일은 노곡리 주민 노병찬 씨가 애를 썼다고 구전되고 있다.

장남면 승격에 애를 써준 사람은 전동리가 고향인 그 당시 백학 면장인 서재련 씨와 내무부장관 이한동 씨라고 한다. 이한동 씨는 연천·포천·가평 국회의원 시절에 원당리 주민들과의 인연으로 끈끈한 관계가 되었고 끝까지 원당리 사람을 챙긴 관료로 지역 주민들에게 기억되었다.

연천군의 사료史料와 지역주민 구술의 차이는 다음과 같다.

연천군의 기록에는 1945년 해방 당시 원당리 일부지역이 38선 북쪽으로 공산 치하에 있었다고 하는데 이 기록은 틀렸다. 원당리는 38도선 이남지역으로 해방 이후나 휴전 후에도 대한민국 지역이었다. 해방 당시 남북의 경계는 백학면과 장남면 분리 이후의 면 경계面境界인 사미천을 중심으로 동쪽 백학면 지역은 공산 치하에 있었으나, 그 서쪽인 현재의 장남면 지역은 남한 지역이었으니 당연히 원당리도 남한 지역이었다. 그러한데 장남면 일부 지역이 공산 치하에 있었다는 기록은 잘못된 것이다. 장남면과 직선거리로 33㎞ 떨어져 있는 지금의 개성도 휴전선 이남 지역이었으나 1953년 휴전 이후에 이북 지역이 되었다.

원당리 지명의 구술은 원당2리에 거주하고 장남 하모니 합창단으로 같이 활동하고 있는 심정택 님이 해주었다.

전동리箭洞里는 군사들이 훈련하는 화살과 관련이 있으며 한자 전箭자가 화살을 뜻한다. 적성현 북면 지역으로 '살울'이라는 골짜기가 있어 전동리가 되었다.

삼국 시대 임진강 건너 적성면 주월리에 있는 육계 토성에 주둔하던 군사들이 강 건너 대안에 있는 이곳에 과녁을 설치해 놓고 활을 쏘던 곳이라는 설과 살울 동쪽의 둔전동에 주둔하던 군사들이 이곳을 향하여 활을 쏘며 무예를 닦던 곳이라는 설도 있다. 장단군과 적성현의 사이에 있어 '사이'의 어근인 '산間'이 '마을'의 뜻으로 쓰이는 '울'과 합쳐 '산울'로 되었으나 차츰 '살울'로 발음되면서 한자로 '전동箭洞'으로 표기되어 장단과 적성 '사이에 위치한 골짜기 마을'이라는 뜻이라는 기록도 있다. 한국전쟁 전에는 문화 류씨, 남양 홍씨들이 집성촌을 이루었던 마을이다.

전동리는 1953년 휴전이 되고 민간인 통제지역이 되었다. 그러하니 고향이 이곳인 사람들은 갈 곳이 없어 떠돌아 살다가 1960년 중반에 민간인 통제선이 조정되면서 귀향했다. 한국 전쟁 전에는 살울에 약 50가구, 둔전골에 100여 가구가 살았으나, 지금은 살울에 한 가구, 둔전골에 다섯 가구만 살고 있다. 이런 실증實證은 이곳이 고향인 홍성복 님이 전해주었다. 전동리는 백학음료공장이 건립되어 운영되는 곳이다. 그래서 더 애착이 갔다.


지명地名은 역사이다.

사람이 살기 시작한 시점부터 태생이 되었기 때문이다. 그래서 지명에 대한 이야기를 제한된 지면에 쓴다는 게 무리가 있다. 지명에 관심을 두는 나이 든 노인들도 없거니와 외지에서 이곳으로 정착한 사람들이 많아 지명의 내력을 확인하고 기록하는 것에 한계가 있었음을 인정한다.


서울 및 수도권의 출퇴근길은 전쟁터다. 자칫 꾸물대다가는 도로에서 시간을 다 빼앗긴다. 러시아워rush hour에 걸린다면 옴짝달싹 못하게 되어 시간을 도로에 허비하고 차량은 움직일 기미가 보이지 않아 참 난감할 경우를 맞닥뜨린다.

그래서 시간의 정확성으로 인해 신뢰할 수 있는 전철 이용이 대중화되어 있다.

교통수단의 발달로 서울에서 대전까지 KTX 기차는 60분 이내로 주파한다.

서울역을 출발하여 1시간이 채 걸리기도 전에 대전역에 도착하는 시대에 살고 있다. 180여㎞를 60분 이내에 도착할 수 있으니 평균 시속 300㎞ 육박하게 질주를 하는 셈이다. 그리고 KTX 기차가 경유하는 시市만하더라도 12개에 다다른다. 출발역인 서울, 그 다음이 광명, 안양시, 시흥시, 안산시, 화성시, 평택시, 아산시, 천안시, 세종시, 청주시 마지막으로 도착하는 대전시가 있다.

KTX 기차의 선로는 직선 구간 설계에 따른 많은 터널 공사와 소음 민원을 방지하기 위하여 방음벽 설치 구간이 많아 자연경관이 차단되어 있다. 단시간에 도달하는 목적은 이뤘지만 여행객의 대자연을 만끽하는 소소함이 배제되어 늘 아쉽다.

KTX 기찻길 출근에 비하여 파주 문산과 연천을 오가는 길은 어떠했는가!

유유히 흐르는 임진강의 물길이며, 그 물길과 조화롭게 형성이 된 크고 작은 산들이 파평산과 얽혀져 있고, 산자락의 농촌 풍경들, 계절마다 변화하는 들판의 어우러짐과 청명한 하늘에서 제공받는 쾌적한 공기가 있는 곳이다.

심지어는 훈련하는 군인들의 이동까지도 구경거리로 제공되는 곳이다. 아주 정감 있는 마을임에는 틀림이 없다. 그 정감 속에서 이런, 저런 사람을 그려보기도 하고, 회사의 일을 머리로 생각해서 정리도 하고, 아내의 건강도 걱정해 보고, 딸과 아들의 성장을 그려보기도 했다.

　잠시 적색 신호등에 멈춰선 승용차 안에서 어머니에게 안부 전화를 하고, 불현듯이 찾아오는 아버지와의 만남을 시도하는 도로이다.

　그 도로에서 아버지를 그렇게 만났다.


'한 사람의 아버지는 백 사람의 교장보다 낫다는 말이 있다.'

　영국의 시인 하버트가 말했다.

　그 출근길에서 백 사람이 넘는 교장을 만난 것이다. 아버지라는 교장 선생님.

# 삶에서 농사란?

일이란 쉬운 게 없다.

남이 하는 것을 볼 때는 쉬워 보이지만 내가 직접 해보면 만만한 것이 없다. 놀면서 노닥거리는 것보다 일하는 게 더 어려운 건 분명하다.

종종 남이 해놓은 일을 대수롭지 않게 말하는 사람을 보면 마음이 불쾌해진다. 그 이유는 남을 낮게 보는 것 같아서 그렇고, 일을 해낸 사람이 어떤 과정을 겪었으며 어떤 어려움이 있었는지도 모르면서 쉽게 평가를 해서 그렇다. 경시하는 것 같기 때문이다. 몇 번의 어려움을 겪고 이겨내면서 숙련자가 되는 것이 이치인데 그런 과정을 몰라주는 게 너무 야박하다.

특히 농사일은 더 어려움이 있다.

열악한 환경도 그렇지만 끝이 없는 일거리도 사람을 지치게 하며, 엄청스러운 더위를 이겨내며 해야 할 경우가 많기 때문이다. 주저앉아서 김을 맨다든지, 허리를 꾸부려 장시간 일을 하고 나면 무릎통과 허리통이 온몸을 짓누르기도 한다.

시골에서 평생 농사일을 하고, 노인이 되었는데도 불구하고 젊은

이들이 농촌으로 오지 않아 단절된 인력 구조 때문에 농사일을 하는 사람을 보면 존경스럽기도, 안타깝기도 하다.

근면 성실이 몸에 밴 것도 있지만 농토에 씨앗을 넣지 않고 놀리는 것을 죄악시하는 농심農心이 앞서기 때문이다.

### 푸념

방송에서 어느 시골 농부 아내의 푸념이다.

암癌이 이렇게 좋을 줄이야?

첫째는 몸서리나는 농사일을 안 해서 좋고, 이유는 환자니까.

둘째는 보고 싶은 얼굴 자주 봐서 좋고, 이유는 자식과 친지가 자주 문병을 오니까.

셋째는 먹고 싶었던 보양식 마음대로 먹어서 좋고, 이유는 소고기 등을 자주 먹으니까.

암癌이 이렇게 나쁠 줄이야?

첫째는 잘못된 인식으로 전염을 우려하여 대화를 기피하는 것이 그렇고, 둘째는 모임이나 외출할 때에 체력이나 몸의 상태에 따라 참석 여부를 고민해야 하는 것이 그렇고, 셋째는 대인 관계에 소외되는 것이라고 하더구나.

농촌의 일이 얼마나 고되었으면 이런 푸념을 했으랴! 재미로 읽어라. 아비가.

아버지께서 암 환자의 말을 인용하여 농사일이 고된 노동이라고 했다. 공감한다.

그래서 평생 농사일을 하신 분을 뵈면 존경심이 든다.

장남이라는 죄 때문에 젊었을 때 농사일에 발을 내딛어 일평생 땅을 일구는 노인이 되는 분들 말이다. 그래도 지금은 농기계의 발달과 특용작물 재배로 한결 쉬워졌지만 1970~1980년대에는 오직 노동에만 의지했으니 얼마나 힘이 들었겠나 싶다.

그렇다고 농산물이 정당한 가격으로 매겨진 것도 아니었지만 그 농토에서 자신의 인생을 보냈다는 사실만으로 존경하고 싶다. 장인 정신이 별 것 있는가! 농부들도 장인이다.

그래도 아버지가 공무원을 하셔서 나는 농사일은 거들지 않고 성장했다. 논 몇천 평은 소작을 줘서 짓게 했으니, 겨우 고향 집 앞의 긴사리밭 몇백 평만 농사를 지어 우리 가정에서 먹을 채소만 경작했다. 농촌의 일손이 부족한 시기에 어머니께서 도와주라고 해서 옆집의 모내기나 마늘 캐기를 해줬던 기억이 있다. 초등학교 때나 중학교까지 그렇게 했던 기억이다.

어린 마음에도, 아주 간간이 도와준 일이지만 참 힘이 드는 것이라는 생각이 들었고, 이 농사일을 직업으로 선택하지는 말아야지 하면서 성장했다. 또한 아버지도 농사를 짓지 않으시니 농사일과 동떨어진 환경에서 성장한 탓도 있었으리라. 그러한 이유 때문인지 농부라는 직업을 면하고 군 장교로서 직장생활을 하게 되었다.

어릴 때 고향의 농사일에서는 소가 중요한 수단이었다. 소 짐바리로 등에 짐을 싣거나, 소달구지를 끌어 많은 짐을 옮긴다거나, 쟁

기질로 씨앗을 넣기 전에 토양을 일구던지, 모심기 전에 물을 댄 논에서 써레질을 해서 어린 벼 모가 잘 심어지고, 뿌리가 활착되는 데 이용이 되었다. 농사일에 소는 꼭 필요한데 소를 사야 할 만큼의 여윳돈이 없는 농가는 여유가 있는 옆집에서 큰 암소를 사줬다. 소를 맡아 키우는 집에서는 소를 이용해서 농사를 짓다가, 송아지를 낳으면 그 송아지는 소를 사준 원주인이 가지고 가는 제도가 있었다.

부모님도 큰 암소를 옆집에 사줘서 송아지를 낳으면 팔아서 재산 증식에 보탰던 것으로 기억한다. 그런데 어느 해부터인지 그 송아지를 우리 집에서 키우자는 묘안을 짜내었다.

송아지를 키워서 어미 소로 성장시키고, 그 어미 소가 새끼를 낳으면 어미 소는 팔아 목돈을 만들고 송아지는 다시 키우는 방법이다. 그 묘안은 어머니의 제안으로 시작이 되었다.

나는 그때부터 소가 먹는 풀을 베는 쇠꼴이라는 걸 하게 되었다. 초등학생이니 어른용 지게를 땅에 끌면서 쇠꼴을 했던 기억이 난다. 중학교 졸업 때까지 했다.

그 당시 나의 친구들에 비하면 농사일을 한 것도 아니었지만 힘이 들었다. 진짜 새 발의 피였다. 나는 단지 쇠꼴만 담당이었지만…… 쇠꼴을 하지 않으면 어머니에게 혼도 나지만 당장 송아지가 굶을 지경이니 하루를 뛰어넘을까 하는 생각은 엄두도 못 냈다.

초등학생이었지만 또래의 친구들은 각자 한 사람의 농사꾼 몫을 하는 경우가 대다수였다.

우리 삼 형제는 시기가 되면 당번當番이 되어 쇠꼴을 해 대었다.

힘은 들었지만 어머니는 암소가 무럭무럭 크면 목돈이 되니 소가 자라는 것을 뿌듯하게 생각하셨다.

초등학교 때부터 중학교를 졸업할 때까지, 대구로 고등학교를 갈 때까지 나의 몫이었으며, 겨울에는 아궁이에 불을 때어 푹 끓인 여물을 소에게 주는 것이 공부보다도 더 중요했다.

내가 대구로 고등학교 진학을 하고는 그러한 일들이 자연스럽게 동생의 몫이 되었고, 그렇게 선순환善循環되었다. 인계인수가 필요 없었다. 부모님이 일러주지도 않으셨다.

아주 자연스럽게 이루어졌다. 이웃집도 마찬가지였다. 그냥 받아들이는, 당연시 되는 것이었다.

쇠꼴의 지게에 대하여 잊히지 않는 것이 있다. 초등학생이니 쇠꼴을 베어 집으로 가지고 가도 양은 뻔하게 적었다. 지게 자체가 나무로 제작되어 무겁기도 했지만 쇠꼴이 생풀이기 때문에 무게감이 만만하지 않았다.

지게의 어깨끈에서 시작한 무게는 나의 어깨로 전달되어 감당하기 힘이 들 만큼 고통스러웠다. 초등학생이니 더 그랬다. 쇠꼴 지게를 지고는 눈앞의 가까운 지점에 목표물을 정해놓고 거기까지 도달하면 쉬는 것으로 하고 이를 악물고 땅만 보고 걸어갔다.

들판이고, 신작로에 다니는 사람을 볼 겨를이 없었다. 온 힘을 써서 지게를 지탱해야 했다.

그렇게 어렵게 목표에 도달했지만 쉬는 것을 포기하고 또 2차 목표를 정하여 혼신을 다해 다다르곤 했다. 그렇게 많은 중간 목표물을 정하고, 도달하기를 반복해서 고향집에 다다르면 후련함과 함께 해내었다는 성취감은 이루 말할 수 없었다.

연천 장남면에서 같이 남성 합창단원으로 활동했던 심정택 님이 들려준 지게에 얽힌 사연이다. 1980년에 어렵게 경운기를 구입했다고 한다. 경운기를 구입하고 첫 번째로 했던 일이 경운기의 바퀴로 지게를 부순 것이라고 했다. 무용지물로 만들어 아궁이에 넣어 불을 지폈다고 한다. 지게가 얼마나 지겨웠고, 삶을 옭아매었으면 화풀이를 해대었을까!

어떤 지인은 장남長男이었지만 농사일과 부모 봉양이 힘이 들고 지겨워서 고향을 떠나 타지에서 직장 생활을 평생 했다. 그래서 동생인 차남이 부모님을 봉양하면서 장남의 몫으로 농사꾼이 되어 지금도 고향을 지키고 있다. 그 장남이 고향을 떠났던 것은 부모를 모시는 것보다 농사일이 힘들어서 그랬을 것이다.

그 지인을 보면서 사람의 운명은 타고나는 것인지, 아니면 자신의 운명을 스스로 개척하는 것인지 생각해 봤다. 그렇지만 농사를 지어야 할 장남임에도 매정하게 고향을 떠나서 도회지 생활을 선택하는 것조차 운명으로 정해져 있는 것인지를 곰곰이 생각해본 시간이 있었다.

운명이 과연 어떠한 것인지 되돌아보는 시간이었다.


나의 고향 의성 안평면은 전형적인 내륙의 농촌 마을이다.

대다수의 가정이 농작물 씨앗을 넣어 정성으로 키워 수확해서 판매한 돈으로 생계를 이어가고, 자식들의 학비를 대고, 그리고 대구며 안동으로 유학遊學을 보냈다.

중학교까지는 면 단위에 있는 학교에서 졸업을 하고 고등학교부터는 유학을 보냈다.

일부 부모는 중학생의 자녀를 대구로 전학을 보내 자취를 시켜가며 학교를 보내는 경우도 간혹 있었다.

대도시로 보내는 유학 자금은 의성군의 특산물인 마늘이 효자노릇을 톡톡히 했다. 잎담배와 고추 농사도 수입원으로 일조를 했다.

어릴 때 어른들에게 들은 이야기로는 한 해 마늘 농사를 해서 판 돈으로 대구에 집 한 채를 샀다는 것이다. 현재의 집값 기준으로 대구에서 주택이든 아파트이든 간에 30평대 매매 가격이 최하 2억 원에서 4억 원이다. 한해의 마늘 농사로 2~4억 원을 벌었다는 것이다. 지금의 집값 기준이다. 물론 전 가구가 그런 게 아니고 최대로 많이 마늘 농사를 지었던 사람으로, 작황도 좋았으며, 무엇보다 판 매 가격이 높았던 해를 기준한 것이다. 따라서 운칠기삼運七氣三이 적용되었던 것도 사실이지만 몇 개월 농사를 지어 도시에서 집 한 채를 샀다는 게 대단하다고 생각했다. 의성 안평면 삼춘리에서 마늘 농사만 전담했던 집의 이야기다.

1967년대 부동산 투기 억제를 위해서 '부동산투기 억제세'를 시 행하여 부동산을 양도할 때 무조건 차액의 50%를 납부하도록 했다.

시대를 막론하고 우리나라에서 땅은 재물로서 으뜸임을 여실히 증명해 주는 대목이다. 그러다 보니 부동산에 과잉 투자하는 현상 을 방지하는 제도도 많이 생겼다. 물론 서울과 부산에 한해서 시행되었지만 대구의 부동산도 만만하지 않았을 것이다.

1960년대에도 농산물을 팔아서 생긴 돈으로 대도시의 부동산에 재투자한다는 앞선 생각을 하는 시골 사람이 있었다는 게 신기할 따름이다.

아무리 농사꾼이 애를 써도 하늘이 도와주지 않으면 농사가 잘 되기 어렵지만, 더 중요한 것은 수확을 망치는 경우도 있다는 것이다. 공들여 잘 키워놓은 농산물이더라도 수확기에 내리는 지루한 빗줄기는 폐농廢農을 시킨다. 긴 장마는 뿌리채소인 마늘을 완전히 썩게 만들기 때문이다.

기후 조건에 알맞게 도움을 받고 판매 단가가 높게 형성이 되면 금상첨화이겠지만 하늘의 도움 없이는 농사의 작황도, 판매 수익도 인위적으로 조절하기는 어려운 것이다.

그렇게 애쓴 만큼의 돈을 벌어준 게 마늘 농사였다. 효자 농산물임은 분명하다. 물론 농심을 바탕으로 한 정성과 노동력이 기초가 되었음은 당연했다.

마늘 심기는 추수를 끝낸 벼논에 쟁기질을 해서 흙을 부드럽게 한 뒤 골을 파서 쪽마늘을 파종하는 것이다. 대략 9월 하순부터 10월 하순까지 마늘을 심으며, 겨우내 눈과 바람을 이겨내고 스스로 월동을 한다.

혹한을 잘 이겨낸 마늘은 3월 하순부터 생육을 시작해서 5월 하순부터 6월 하순까지 수확을 한다. 봄이 되면 파종 후에 덮어놓았던 비닐을 뚫어 싹을 움트게 만들고, 비료를 주거나 병충해 방지를 위해 농약을 뿌리는 등 많은 정성과 손이 가는 것은 말할 나위가 없다.

노동집약적인 농사일 중에서 그래도 고수익을 보장받는 마늘 농사가 고향 동네의 중요 수입원이다.

1970~1980년대에는 대도시로 유학을 가면 대다수는 자취自炊 생활을 하며 학교를 다녔다.

자취라면 손수 밥을 지어 먹으면서 빨래를 하고 학교를 다니는 것이다. 그래도 터울이 맞아 손위 누나가 밥을 해주는 집도 있었다. 어머니를 대신해서 말이다.

설상가상으로 중학교 시절에 우리 면面 인접의 신평면에서 고향 동네 안평중학교로 유학을 온 학생들이 학년마다 10여 명이 있었다. 형과 누나와 어울려 같이 자취를 할 경우도 있었지만 거의 같은 동급생끼리 방을 얻어 자취를 했다.

고향집 아랫방에서도 신평면에서 유학 온 학생들에게 사글세 방을 내줬다. 여학생도 있었고, 남학생끼리도 자취를 했다.

중학교 입학생이라면 불과 15세의 철부지이지만 손수 연탄불을 피우고 밥을 짓고, 된장국을 끓이고, 밥을 먹고는 설거지를 했다. 겨울이면 얼음물에 설거지를 했다. 그 시대에는 온수는 거의 없었다. 찬물에 담근 손등은 거북이 등처럼 떡떡 갈라졌다.

딸린 부엌도 없다. 차디찬 들바람을 맞으면서 얼음물에 설거지를 했다. 방문을 열면 무릎 아래에 낮은 연탄아궁이가 있는 곳이 부엌이다. 가름막도 없이 휑한 바람이 귀를 에어내는 그런 곳이다. 그런 곳에서 먼저 밥을 하고, 뜸이 드는 시간에 된장국을 끓여서 먹었다.

한겨울에 연탄불이 꺼져 냉골에서 잠을 잔다거나, 늦잠으로 아침밥을 못 하는 경우가 생기지 않도록 주인집 어른들이 학생들을 보살폈다. 아무리 보살펴도 내 자식 같은 정성은 아니었다.

지금 그 사글세를 줬던 방에 들어가 보면 이렇게 작은 곳에서 남학생 세 명이 어떻게 자취를 했는지 의아스러움이 든다. 그렇지만 신혼생활을 시작하는 중학교 선생님도 살았던 방이다. 참 애환이 많은 방이다.


의성 안평면 부릿골에서 태어난 장규화 친구가 부산에서 사온 막걸리를 같이 마시면서 친구 어머니와 나눈 이야기다. 1976년 고향에서 대도시 대구로 유학을 떠나 고등학교 입학식에 참석했던 사정 이야기다.

그 친구는 5남매 중에 맏이고, 독자이다. 가정의 기둥이고 희망의 상징이었다. 그랬으니 부모의 기대와 관심이 유별날 수밖에 없었다. 가정 안에서 조용하게 정성을 모았다. 그 아들의 고등학교 입학식이니 당연히 참석을 하셨다. 친구의 어머니가 참석했던 모습을 풀어헤친 이야기다.

40여 년의 지난 세월이라 생각과 문화의 차이에 새삼 의아스럽기도 하지만, 다르게 생각하면 우리나라 국민이 이제는 모든 의식의 기준이 보편화되었다고 평가를 하고 싶은 기회였다.

대도시 대구라는 곳은 먼저 문화의 차이가 확연했다. 고향 의성 안평과 비교할 수 없었다.

고향과 대구를 연결해 주는 대중교통은 완행버스가 하루 2회 다닌 게 전부였던 기억이 난다. 완행버스이기 때문에 버스를 이용할 마을 사람들이 통과시간을 가늠해서 동네 어귀에서 기다리면, 모든 손님을 정차해서 탑승시킨다. 그러하니 당연하게 완행버스는 가고, 서고를 반복했다. 그리고 인접한 의성 도리원, 군위읍, 효령에 정차하여 내리는 손님과 탑승객을 태우고 대구로 향했다. 운행 횟수가 여의치 않으니 콩나물시루 같은 만원 버스로 운행할 때가 비일비재했다.


아들의 고등학교 입학식을 참석하는 친구 어머니는 장롱 깊숙이 보관했던 두루마기와 한복을 입고, 순백의 백고무신에 버선을 신고 그 버스에 오르셨다.

쪽머리에 비녀를 했으니 당연히 대구의 신문화에 익숙한 여타의 어머니와는 비교가 되었으리라. 고풍스럽게 길들여진 멋스러움과 세련된 색감으로 잘 다듬어진 한복과는 거리감이 있었을 것이다.

머리끝부터 발끝까지 온갖 정성으로 꼼꼼히 치장을 했지만 입학하는 동급생 중 대구에 사는 동창들의 어머니의 모습에 비해서는 뭔가 부족해 보였을 것이다. 눈을 유혹하는 값이 나가는 비싼 맞춤 양장에 두툼하고 따스한 체온을 감싸는 외투와는 확연히 차이가 있었으리라.

시골에서 농사일할 때 입던 고무줄을 넣어 편했던 일바지 외에 유일한 외출복으로 이웃집에서 결혼식이 있으면 입고 나섰던 단벌 한복.

고향에서 아들이 다니던 초등학교, 중학교의 담임 선생님이 학교에서 학부형을 만나자고 연락이 오면 입고 나갔던 단벌 외출복.

시골 동네에서 눈에 익어 통용이 된 그 한복과 두루마기를 입고 독자 아들의 입학식에 참석을 하셨다.

개교된 지 오래되지 않아서 학교 곳곳이 어수선한데다 운동장 여러 곳이 파지고 3월의 해빙으로 질퍽한 논처럼 천지가 진흙탕이었다. 몸에 착 달라붙는 양장 같으면 그래도 옷깃을 여미고 다소 곳한 발걸음으로 흙탕물을 멀리할 수 있었을 텐데 여인네의 한복은 어찌할 도리가 없었다. 평퍼짐한 천은 아무리 간수를 해도 몸으로부터 퍼져만 갔다. 춤이 낮은 고무신은 아무리 골라 딛어도 범벅같이 질퍽한 흙물이 하얀 버선발을 물들였다.

도회지의 세련된 친구 어머니의 모습과 다른 시골에서 곧 대구로 온, 시대에 뒤진 한복을 입은 어머니가 자랑스럽지는 않았을 것이다. 아니 우리 어머니가 아니었으면 하고 되뇌었을지도 모를 일이다. 사춘기의 나이였으니까!

그런데 정작 친구 본인은 어떠했던가.

새로 맞닥뜨린 대도시 대구에 대한 부담감과 학교와 담임 선생님, 인접의 급우들에 대한 생소함, 고등학교에서 편성된 교과과목은 어떠하며 과목별 선생님은 어떤 사람인지 궁금함보다는 두려움이 앞섰을 것이다. 시골 면 단위에서 대구로 안동으로 진학한 모든 학생들이 그러했을 것이다.

전깃불의 경험도 일이 년밖에 되지 않았으니 모든 게 낯설고, 복잡한 교통이며, 높은 빌딩이며, 눈에 펼쳐지는 것이 두려움의 대상이었고, 앞으로 닥쳐올 일이 겁이 났다.

학교에서는 그렇다고 치자.

하교 후에 자취방 주인집 아주머니의 무관심한 눈빛과 꺼진 연탄불에 동조해 준 냉기 서린 아랫목, 모든 게 허허벌판에서 불어오는 영하의 매서운 바람이다. 잘못 만난 주인은 수돗물 많이 쓴다고, 전깃불 오래 켠다고 닦달을 하였으니, 곳곳의 눈치를 극복하며 도회지 생활에 적응해 나간다. 만만하지 않은 도회지 생활이 시작된다.

나는 누구인가!

먼 곳 대구 땅에는 왜 왔는가!

썰렁하고 홀로 있는 자취방에서 무엇을 하는가!

앞으로 뭘 해야 되며, 어떻게 헤쳐나가야 되는가!

그렇게 다시 시작된 사춘기를 받아들이게 된다.

나의 의사와는 아무런 상관도 없이 사방에서는 온갖 어둠으로 죄어오고 심리적으로 공허해진다.

그렇게 냉혹함 속에서도 죽으라는 법은 없다.

엄청 힘이 든 군대에서도 시간이 흘러가지만, 촌뜨기 고등학교 입학생에게도 시간이 흐르게 되어 있다. 하루하루가 모여 봄의 화향花香을 불러 모은다.

3월이 지나고 4월도 지나고 입학 후 첫 시험도 치른다. 중간고사였다.

봄기운도 완연하고 개나리꽃이며, 라일락꽃, 박태기나무꽃이며 철쭉꽃도 향기를 자아낸다. 친구도 하나둘 생겼다. 그 친구도 나와 같은 심정이었다. 그들도 같은 촌뜨기였다.

이제 모든 입학생도 따스함을 콧구멍에 넣을 여유가 생겼다. 그렇게 도시 학생의 길로 접어드는 것이다. 농로가 아닌 아스팔트로 같이 걸어가고 있었다.

태어난 곳 시골에서는 농로를 걷는 것이 일상이었다면, 도회지의 아스팔트 길을 걷는 것은 시련이었다. 이런저런 삶의 의미를 음미하며, 냉혹한 현실을 받아들이면서 잘 극복하고, 한 단계씩 성장을 한 그 친구는 고등학교 교장 선생님이 되었다. 가장 싫어했던 과목인 영어를 공부하고 영문학과를 졸업해서 영어선생님이 되었고, 종국에는 교장선생님이 되었다는 게 참 아이러니irony하다.

많은 촌뜨기들은 역경 속에서도 계속 도전을 했으며, 최선의 결과는 곤경 속에서 나온다는 교훈을 믿었고, 그 교훈은 적중했다.

그렇게 성장을 해서 사회 곳곳에 필요한 일꾼이 되었다.


안식년安息年으로 쉬고 있는 모某 대학교수와 대화를 나눴다.

"요사이 시간을 잘 보내고 계시죠?"

"아~하, 예."

그러면서 말을 이어간다.

"재벌 아들들은 세상살이가 참 재미나겠다고 생각했습니다. 놀아 보니까요?"

대학교수도 아니고 재벌 아들도 아닌 우리가 할 수 있는 것은 오직 마음을 가다듬으면서

하루하루를 용쓰며 노력하는 것밖에 없음이었다.


'목적을 이루기 위해서 오랜 인내를 하기보다는 눈부신 노력을 하는 편이 쉽습니다.

성공하는 데는 두 가지 길밖에 없습니다. 하나는 자신의 근면, 하나는 타인의 어리석음입니다.'라고 프랑스의 소설가 라 브뤼에르가 글을 썼다.

# 손주들과 소통하시다

아버지가 작고하셔서 빈소殯所가 차려졌다.

그때 손자, 손녀 중에서 가장 슬픔을 보인 아이는 예리였다.

시도 때도 없이 눈물을 보이고 장례식장 한적한 곳을 찾아 혼자 먼 하늘을 바라보기도 하고, 우두커니 혼이 나간 듯해서 작은아버지로서 겁이 나기도 했다. 혹시 정신적으로 충격을 받지나 않았는지 걱정이 되었다.

그래서 가까이 다가가서 어깨를 도닥이고 난 뒤 손을 잡으며 위로해 줬던 기억이다.

"할아버지 좋은 곳으로 가셨을 거야, 그지?"

질녀姪女 예리가 답을 했다.

"예, 삼촌. 나도 그렇게 생각해요……."

예리의 답변에 이어 내가 말을 이어갔다.

"너무 깊이 생각하지 마?"

"나이가 들면 모든 사람은 이 세상을 떠나지! 할아버지도 연세가 많으셔서 그런 거니 이것저것 많이 생각 안 했으면 좋겠네."

질녀姪女 예리가 이야기를 이어갔다.

"할아버지는 아버지보다 더 내 마음을 헤아려 주셨어……"라고 하더니 또 눈물을 흘렸다. 나도 예리와 함께 그곳에서 한참을 울다가 손을 이끌었다.

"이제 빈소殯所로 들어가자……."

"예……."


아버지가 남긴 이메일을 읽고, 또 글을 쓰면서 그때 질녀姪女 예리가 왜 더 슬퍼했는지 어스름하게나마 알 것 같았다. 그때의 심정이 고스란히 이메일 활자 속에 남아 있었다.

가족 모두가 그랬지만, 유독 손주들 중에서 할아버지의 죽음을 받아들이기 어려운 심정으로 참담해 했고, 왜 그렇게 더 슬퍼했는지는 할아버지와 손녀 간에 이메일로 교감했던 소소한 정감에서 확인할 수 있었다.

손녀 예리가 필요로 했던 모든 것을 해결해 주시려 애쓰셨던 할아버지, 그런 것들이 녹아 이 세상에서 유일했던 정신적인 지주가 없어졌다는 절망으로 자신도 모르게 표현이 된 감정임을 짐작할 수 있었다.

아버지가 쓴 편지가 없었다면 추측해 볼 수 없었겠지만 이메일을 읽어보면서 그런 생각이 들었다.

아버지가 저세상으로 떠나신 후 한참 지나서 질녀姪女 예리의 꿈에 나타나셨다.

하얀 뭉게구름 사이에서 빙그레 웃으시면서 말씀하셨다.

"예리야, 할아버지는 천국으로 왔으니 걱정하지 마라."

그렇게 단출하게 말씀하시고는 꿈에서 사라졌다고 했다.
그때가 질녀姪女 예리의 결혼식을 앞두고 있었을 때였다.
작고하신 아버지가 손녀들에게 써 줬던 이메일이다.

## 건강하여라

연하장의 글과 음악도 잘 받았다.
공부하느라 무척 힘들지?
그래도 건강이 최우선이니 잘 먹고, 잘 자고, 운동 많이 하고 남
은 시간에 공부하기 바란다.
식물성 기름은 많이 섭취하거라.
살이 찌는 건, 건강에 이롭지 않은 걸로 알고 있지?
주의하기 바란다. 안녕 할아비.

## 날씬하거라

야, 이 돼지야?
맛이 있어도 적당히 줄여서 먹어야지
맛있다고 많이 먹으면 더 체중이 늘어서 더 돼지가 되잖아.
그렇게 되면 어떤 총각이 널 아내로 데려가겠니?
요령껏 적당히 먹어야지?
그리고 황소풍뎅이가 죽었거든 작은 애비에게 전화를 해서 또
구해달라고 하면 되잖아?

그것도 모르냐? 이 멍청아. 오늘은 참기름 2병하고 마늘종하고 택배로 보냈으니 적당히 먹어라. 안녕 할아비가.

## 소포

아빠와 엄마는 무엇 하러 어디에 갔느냐, 너희들만 두고서……. 집에는 누구누구가 있느냐?

고등학교 3학년이면 그 정도는 알아서 해야지?

건강의 적은 설탕, 즉 당분이라는 거 정도는 깨달아야지.

요사이 시중에 판매하는 식료품은 몸에 좋지 않은 유해식품이 더러 있다.

구입해서 먹을 때 잘 분간을 해야지?

빵, 과자, 케이크 등과 햄버그, 고기튀김은 다이어트의 적이란다.

그러하니 잘 골라서 먹었으면 좋겠다.

지금부터라도 마지막 한 숟가락을 덜 먹는 습관을 연습하여 꼭 다이어트에 성공하여라.

그래야 인기가 많아지지?

아마도 오늘쯤 소포가 도착할 것이다. 안녕.

## 자연의 힘

글 잘 보았다.

의학이 아무리 발달하여도 자연을 이기지 못하잖아. 자연의 힘은 정말로 위대하고 엄숙한 거야. 하늘에서 내리는 비를 누가 막을 수 있으며, 내리는 눈을 누가 막을 수 있으랴?

우리나라에 있는 사계절을 누가 변경하랴? 그래서 과학보다 자연의 힘이 더 큰 것이다.

자연에 순응하며 잘 지내라 안녕. 할아비가.

## 잠

손녀 예리야?

잠은 더 많이 잘수록 는다. 잠은 배가 부르면 더 많이 자게 된다. 잠은 몸이 피로하면 더 많이 자게 된다. 잠은 운동을 많이 하여 피로해지면 더 많이 잔다. 잠은 머리를 많이 써도 많이 자게 된다.

자기 몸을 자기가 알아서 조정을 하면 건강에 도움이 되고 장래에도 좋겠다는 생각이다.

적당한 수면 시간은 하루 7~8시간으로 알고 있다. 잘 지키도록 노력해라. 할아비가.

## 손녀 지영이에게

지영이 사진 잘 보았다.

지영이가 무척 예뻐졌네.

7일에 용배 오빠가 전화를 했더라. 할머니와 나는 잘 있단다. 용배 전화를 나는 못 받고 할머니만 전화를 받았다.

용배에게 일본 땅에서 건강 조심하고 술과 담배를 조심하라고 신신당부를 하였단다.

그럼 안녕. 할아버지가.

## 시골

아침을 먹으면 산으로 나무하러 간단다.

온갖 잡초가 무성하게 자라서 좋은 향기가 나무 사이에서 콧등을 자극하지!

산 새소리와 꿩의 울음소리가 들리기도 하고, 지상낙원이 따로 없단다. 복잡한 세상소리며, 자동차의 시끄러운 소리가 멀어져서 좋고, 맑은 공기를 마음껏 마셔서 좋고, 푸른 하늘이며, 푸른 나무이며, 푸른 들판이 눈 가득히 들어오니 눈의 피로가 없어져 좋단다.

땔감도 하고, 건강도 다지고, 속담에 '꿩 먹고 알 먹고', 경상도 사투리로 '도랑 치고 가재 잡고' 이런 게 일거양득一擧兩得이라는 거다.

공부하다가 때때로 먼 하늘의 푸른색을 바라보면 시력에도 도움이 된다던데 한 번 해 보거라. 할아비가.

## 천천히

여기는 경상북도 의성군 안평면 박곡동이다.

너의 글이 띄어쓰기도 아니하고 동네 이름도 틀렸구나.

너무 조급하게 생각하지 말고, 편안한 마음으로 노력한 만큼 차분하게 시험을 치르고 난 뒤에 시골 할머니 집에 한번 다녀가려무나. 할아비가.

## 한글

할아비가 학교를 다닐 때는 한글 철자법이 제대로 없었거든, 그래서 아무렇게나 가르쳤으며 또 그렇게 배웠지.

그래서 요사이 책을 읽으며, 또는 신문을 보면서 공부를 하는 거다.

일제강점기에서 해방이 될 때가 내가 초등학교 3학년이었지.

그래서 일본어 몇 자는 알고 있지. 그런데 한글은 3학년 때 처음 배웠어. 그것도 엉터리 선생에게 엉터리로 말이야.

요사이 생각하면 참 우습지. 이해가 어렵지만 참 재미가 있지! 할아비가.

## 건강하여라

손녀 예리가 요사이 무척 바쁜가 보구나?

바쁠수록 건강을 지키며 살아야 한다.

잘 찾아서 먹고, 쉬어가며, 노력을 해야 정상에 오를 수 있다는 것을 명심해라.

쉬지 않고 오르다 중간도 못가서 낙오를 하면 못 쓰지.

그래서 건강이 먼저이지. 안녕. 할아비가.

**식혜**

손녀 예리야, 공부하는 데 수고가 많다.

노력하는 만큼 소득이 있겠지. 그러나 건강에 조심해서 공부를 해야 한다.

안동식혜는 계절식 음식이라 늦가을에서 초봄까지가 제때인데 요번에는 당일로 만들어서 그날 서울로 가져갔기에 가능했지.

지금 계절에는 안동식혜가 때 이른 음식이다.

그렇게 알고 먹어라. 할아비가.

아버지는 시도 때도 없이 손주들과 이메일을 주고받았다.

새벽 3시에도 4시에도, 오전 시간에도, 저녁 7시에도 썼다.

그리고 할아버지의 일정과 시골 생활을 손녀들에게 소개하며 나눠 가졌다.

'시골'이라는 제목의 이메일에는 '아침을 먹으면 산으로 나무하러 간단다.'라고……

안동식혜를 만들어서 당일 서울로 보낸다는 내용과 계절식이라 늦가을에서 초봄까지가 제때인데 9월 말 이메일을 쓰고 있는 지금은 안동식혜가 때 이른 음식이라고 소개해 주셨다.

표준 음식 이름으로 식혜는 의성과 안동에서는 감주甘酒라고 불리고, 서울 및 수도권에서는 안동식혜라고 부르는 것을 의성과 안동에서는 식혜食醯라고 부른다.

서울의 고급 음식점에서 내가 알고 있는 식혜를 내어놓고 '안동식혜'라는 이름으로 부르고 있어 의아하고 혼란스러웠다. 안동식혜는 고춧가루 물을 밥과 무채와 섞어 버무려서 만들어 붉은색을 띠는 음식이다.

안동식혜와 식혜는 만드는 방법과 과정이 많이 다른데 가장 크게 차이나는 점은 삭힐 때 불을 가열하느냐, 하지 않느냐의 차이다.

안동식혜는 엿기름과 고두밥과 무채, 고춧가루, 물을 혼합하여 자연 발효시키지만, 식혜는 불로 가열을 하여 끓여서 음식을 만드는 게 큰 차이점이다.

좀 더 상세하게 안동식혜를 만드는 법을 소개하면, 쌀로 고두밥을 만들어 통풍이 잘 되는 곳에 넓게 펴 김을 빼고 식힌다. 엿기름을 넣고 싼 베보자기에 물을 조금씩 부어가며 치대어 엿기름물을 낸 다음 3~4시간 정도 가라앉힌다.

무는 깨끗하게 씻어 채를 썰어 찬물에 살짝 담갔다가 건져내고, 생강은 껍질을 벗겨 갈아서 즙을 짜둔다. 엿기름이 가라앉고 나면 찌꺼기는 버리고, 위쪽의 맑은 물만 떠서 살짝 데운다. 이 물에 고운 베보자기에 고춧가루를 넣은 것을 넣고 치대어 붉은색을 낸 뒤 생강즙을 넣어 섞어둔다.

항아리에 미리 썰어둔 무와 고두밥을 넣고 엿기름물을 부어 잘 섞고 밀봉한다. 항아리를 담요에 싸서 따뜻한 곳에 두고 3~5시간 정도 삭힌 뒤 저온에서 식혀 하루 동안 숙성시키면 안동식혜가 완성된다.

이렇게 완성된 안동식혜에 취향에 따라 설탕 등의 감미료를 적당히 넣어 간을 맞추고 그 위에 잣, 볶은 땅콩, 채 썬 밤 등 고명을 띄워 먹는다.

쌀 대신 수수나 조 등의 잡곡을 이용하기도 하고 무와 함께 당근을 썰어 넣어 더욱 화려한 색감을 내기도 한다.

혹독한 한겨울에 이불을 어깨에 걸쳐 뒤집어쓰고 살얼음이 둥둥 뜬 안동식혜를 숟가락으로 떠먹어 본 사람만이 그 별미를 알 수 있다. 이한치한以寒治寒이 통하는 별미 중에 별미이다.

시골이라 먹잇감이 부족했던 어릴 때와는 사정이 다른 지금도 겨울이 되면 얼음과 같이 씹으며 먹었던 안동식혜가 생각나 입맛을 당기게 한다.

성인이 되어 객지 생활을 하면서 안동식혜라는 고향 음식 덕분에 자부심과 희귀성을 느낀 적이 있었다. 고향집에서 엄마가 만들어 주신 안동식혜를 정성껏 싸가지고 와서 지인들에게 먹여보면 처음인데도 맛있다고 잘 먹는 사람들이 대부분이나, 모양새부터가 무채와 동동 뜨는 밥알이 붉은 고춧가루 국물에 버무려져 먹어보지도 않고, 부담스럽다고 입에 대지 않는 사람도 있어 극명克明한 대치對峙를 보여줬다.

안동식혜의 유래는 동해안의 어식혜魚食醯와 소식혜蔬食醯에서 파생된 음식이라고 보는 것이 일반적 견해이다. 동해안 생선과 밥에 양념을 섞어 버무려 삭힌 것을 어식혜라 하여 밥반찬으로 즐겨 먹어 왔다. 어식혜에 넣을 만한 생선이 없거나 생선의 비린내를 싫어하는 사람 등이 생선을 빼고 밥과 무 같은 채소를 버무려 식혜를 담가 먹었는데, 이를 소식혜라 한다. 소식혜는 동해안과 내륙 지역에서도 더욱 발달하였다. 소식혜는 울진, 안동, 경주 등 광범위한 지역에 퍼졌다. 경북 의성에는 무와 밥을 버무린 무식혜가 있었고, 이것이 안동에서는 안동식혜로 발달하였다고 디지털안동문화대전에 기록되어 있다.

원래는 오늘날의 안동식혜처럼 붉었던 것은 아니라고 한다. 고추가 우리나라에 도입된 것은 18세기 중엽 이후이므로 안동식혜가 붉어진 것 또한 그때부터라고 추측한다. 그 이유는 고춧가루를 사용하지 않는 백식혜白食醯가 전해지고 있고 이것이 안동식혜의 초기 형태라는 것이다.

안동식혜는 안동의 보편적인 음식이 아니라 지역의 중심부에 거주하던 상류층 사람들이 먹었던 특별 음식으로 전해져 왔다. 그 이유는 일반 가정에서 쉽게 먹을 수 있었던 감주에 비해 만드는 과정이 복잡하고 비용이 많이 들고, 고춧가루나 생강, 마늘 등은 재료의 다양성 때문에 서민 가정은 물론 양반이더라도 가세가 흥하지 않은 집안에서는 선뜻 사용하기 어려웠다는 것이다.

고향 집에 가면 구순九旬을 바라보는 어머니가 자식들이 즐겨 먹는다고 안동식혜를 밤새 만들어놓고 배불리 먹은 밥상을 금방 물린 뒤에 그 자리에서 안동식혜 한 그릇을 먹으라고 야단이다. 생강과 무가 들어가서 소화제나 진배없다며 닦달을 하신다. 무조건 소화가 된다고 난리를 치신다. 할 수 없이 대접으로 안동식혜 한 그릇 먹고 돌아서면 '꺽' 하고 트림이 나오는 게 안동식혜이다.

작고하셨지만 생전의 아버지가 손녀에게 안동식혜를 만들어 보냈다는 이메일 내용이 있어 좀 더 상세하게 기록을 했다.


고대 그리스의 철학자 소크라테스가 했던 말 중에, '내 자식들이 해주기 바라는 것과 똑같이 네 부모에게 행하라.'라는 명언을 되뇌어 본다.

# 아버지의 일상

아버지께서는 새벽에 잠을 깨셨다.

마땅하게 할 일이 없어 텔레비전을 보는 것보다는 컴퓨터를 하시는 게 좋다고 생각하셨다.

컴퓨터는 사랑방에 놓여있어 잠자던 안방에서 떨어져 있고, 또한 텔레비전을 켜면 화면의 밝은 빛으로 잠자고 계시는 어머니의 안면을 방해할 수 있기 때문이다.

안면방해로 어머니의 심기를 불편하게 해서 큰소리를 나게 하는 것도 탐탁지 않으셨다.

그럴 바에는 컴퓨터를 켜서 이런저런 자료도 검색하고 시간을 보내는 게 좋다고 생각을 하시고, 이메일도 쓰셨을 것이다.

한참을 글을 쓰다가 보니 다시 또 잠이 온다고 표현하셨다.

부리나케 덕담을 한마디 하셨다. 그리고는 다시 잠을 청하시겠다고 하셨다.

맺는 글로 삶을 살면서 남에게 좋은 말을 해서 좋은 관계를 유지하라고…….

그렇게 본인의 일상을 이메일을 통해서 자식들에게 이야기를 들려주셨던 아버지다.

우리 아버지는!

## 해바라기

해바라기는 중앙아메리카가 원산지이다.

우리나라에서는 8~9월에 꽃이 피기 시작하며, 중국에서의 꽃 이름은 향일규向日葵라고 하며

한자를 번역하면 해바라기이지. 아마도 원산지에서 중국을 거쳐서 우리나라로 들어왔는가 봐. 한자의 향일규를 풀이하면 해바라기가 되기 때문이다.

페루의 국화國花이고, 미국 캔자스 주州의 주화州花이기도 하다네.

이 세상에서 생명이 있는 모든 것, 즉 동물, 식물, 특히 사람은 이리저리 옮겨다녀도 그 뿌리는 변하지 않는 철칙이 있지.

상대방에게 좋은 말만 하여도 다 못하는 짧은 세월이다.

친구에게도 항상 웃어주고, 좋은 말만 해주는 습성을 길러라.

그래야 사회생활이 무난하지!

입 밖으로 뱉어 놓고 사과해야 할 말은 평생에 하지 말아야 한다. 새로 잠이 와서 잠을 청해야겠다. 그럼. 안녕. 아비가.

## 하늘님

종교인이 믿는 하느님이 아니고, 내가 믿는 하늘님이다.

그 하늘님이 이렇게 고마울 수가. 어제 하루 종일 방망이로 콩 타작하고 오늘은 어깨가 무척 피로하지만 아침 먹고 콩 타작해야 되는데 내가 믿는 하늘님께서 이슬비를 내리셔서 오늘 하루를 쉬었다.

내일은 비 온 뒤라 콩깍지에 습기가 많이 함유되어 또 쉬고 콩 줄거리를 말린 다음, 모레부터 시작하려니 하늘님이 덧없이 더 고마우시다.

그런데 컴퓨터 일기예보에는 경북 의성 지방은 비가 없다더니 비가 오네. TV에서는 전국적으로 비 온다고 하고, 컴퓨터 일기예보가 서로 다르니 뭘 믿을까. 어제도 나 혼자, 오늘도 지금은 나 혼자 집에 있다. 왜냐고? 너의 엄마는 윗집 김재화 네 생강 캐주러 가고 없으니까.

12시 이내 점심 먹어야겠다. 그럼 안녕. 혁근.


아버지의 이메일을 다시 풀어보면 다음과 같다.

오늘 비를 내려준 하늘이 무척이나 고맙다. 어제 하루 종일 방망이로 콩 타작을 해서 피로했지만, 그러함에도 오늘 콩 타작을 해야 되나, 그러한 내 심정을 알아서 하늘에서 비가 내려 오늘은 쉰다.

비에 젖은 콩깍지를 말리려면 또 하루가 지나야 되니 이틀 뒤에나 방망이질을 하게 되니 이 얼마나 고마운 일인가. 하늘님이 고마울 수밖에 없지 않나! 그리고 어머니는 점심밥을 준비해 놓고는 이 웃집 생강을 수확하는 데에 품앗이로 갔기 때문에 본인 혼자 점심 밥을 차려서 먹어야겠다고 하셨다.

그냥 소소한 일상을 이야기를 하듯이 이메일로 써서 보내주신 아버지다.

생강은 고향 의성 안평의 재배 작물은 아니었다.

우리들이 성장한 1970~1980년대에는 생강을 모두 사서 먹었다. 생강의 용도도 단출하여 기껏해야 김장김치 담글 때와 안동식혜를 만들 때 시원한 맛을 내는 정도이니 주먹만큼이면 1년을 먹을 수 있었다. 그랬으니 재배할 생각을 하지 않았던 것이다.

그러다가 사온 생강이 남아 땅에 묻어둔 것이 겨울을 이겨내고, 봄에 활착이 되고 뿌리가 뻗어 가을에 튼튼한 생강뿌리가 열려 다 시 시장에서 사지 않아도 될 정도로 성장하니 가정마다 먹거리로 소량 재배하는 것이 시작되었다. 그때가 대략 2000년 어간이었다.

고향 의성 안평에서 생강이라는 작물을 가지고 하는 대단지 경 작은 김춘식 씨에 의해서 시작이 되었다. 그는 2011년에 고향 안평 면 신안1리로 귀농하여 벼농사 등으로 몇 해를 보냈다.

대구에서 전자 관련 사업을 하다가 귀농한 그는 2013년에 생강 으로 유명한 충남 서산의 지인으로부터 생강 재배를 권유받았다. 그해 그는 생강 씨 100kg으로 200평에 경작을 해서 약 40박스를 수확했고, 약 200여만 원 넘는 금액을 손에 쥐었다. 생강과 비슷한 시기에 수확하는 벼보다 타산이 높았으며, 농산물로 경쟁력이 있다고 판단했다.

그래서 그 다음 해인 2014년에는 규모를 늘려서 생강 씨 3,000kg
으로 600평을 경작해서 약 140여 박스를 수확했으며, 판매단가도
좋아서 박스당 약 82,000원으로 1,300여만 원의 목돈을 쥘 수 있
었다.

이웃의 고향 농민들과 더불어 대량 경작에 성공할 확신이 섰나.
그래서 안평면사무소의 담당 공무원과 함께 홍보에 나섰다. 지역
주민들은 김춘식 씨의 생강 농사의 수확금을 눈으로 확인했기 때
문에 쉽게 동조해서 2015년에는 약 110가구가 대량 재배를 시도했
다. 이 중에 100여 가구는 안평면 농민이고 10여 명은 의성군 내
타면의 농민들이었다.

하지만 세상은 호락호락하지 않았다.

설상가상으로 가을에 수확한 생강의 판매 금액이 폭락을 했다.
21kg 한 박스의 판매가격이 2만 원으로 작년 2014년 8만 원에 대비
하여 6만 원정도 하락한 것이다.

김춘식 씨는 암울했고, 죄송했다. 본인이 뭔가 잘못한 것 같이
고개를 들 수가 없었다. 개척자나 선구자는 그래서 늘 외로운 것이
다. 반대로 판매 단가가 올라갔으면 생강 재배를 소개해준 덕택으
로 올 가을은 풍성해졌다고 인사를 받고, 고맙다는 인사를 건네
왔을 텐데 말이다.

2016년은 2015년도의 판매 단가 하락으로 경작 가구 수가 엄청
감소되었다. 110가구에서 80가구로 줄었으니 말이다. 전국적으로
경작의 규모가 감소한 영향인지 21kg 한 박스의 단가가 6만2천 원

으로 작년 2만 원에서 4만2천 원이 올랐다.

그 후 판매 단가는 2017년은 7만 원, 2018년은 12만 원으로 올라 다른 농산물보다 더 쏠쏠한 재미를 느끼는 생강 농사가 정착된 고장으로 탈바꿈되었다.

2016년에는 전국생강생산자연합회 의성지부를 발족해서 생강의 재배로부터 판매까지 서로 정보를 공유하는 데 힘을 썼다. 초대 의성지부회장은 안평면 석통대밭골의 장상오 씨가 맡았다. 의성지부회 회장으로 안평 사람이 추대된 이유는 의성군 내 생강경작 160여 가구 중에 140여 가구가 안평 사람들로 구성되어 있고 장상오 씨는 이장협의회장을 맡고 있어서 그랬다.

의성지부의 설립 목적은 생강의 안정적인 수급 조절과 판매 촉진을 위하고, 고품질 생강 생산과 가공, 유통을 통한 경쟁력 강화, 농자재 공동 구매에 의한 생산비 절감과 생산자의 소득 증대로 생강 산업의 발전에 기여하는 것이다.

**택배1**

2008년 9월 5일 밤 8시 30분 경.
텔레비전으로 한국 대 요르단 축구전이 무르익을 시간에 전화벨이 요란하기에 받으니 택배라네. 집의 위치를 안평면사무소에서 의성읍 방향으로 300m 와서, 집 앞에 진입로 위험을 알리는 삼각표시대가 있는 집이라고 일러주고 15분 지나니 택배 기사가 대문을 두들기더구나.

서울 종로6가의 덕성한의원 이상호 원장님이 보내준 선물이었다. 전남 영광읍 월평리 법성포 굴비보존협회의 명진유통 제품의 굴비 한 두름이었다. 오늘 아침에 맛보기로 서너 마리를 요리하고 냉동 보관하였지. 받고나니 내 기분이 즐겁기도 하고 너 생각도 나고, 얼굴도 모르는 이로부터 선물을 받은 기분이 묘하더군. 3일 안평장날 굴비 한 두름을 샀는데 13,000원 주었지.

그러고 보니 우리 냉장고에 굴비를 30마리 보관하고 있네. 30년 전만해도 굴비의 굴자도 생각 못 했는데, 이 모두가 너희들이 올바로 자라준 덕택이라 생각한다. 즐겁고 고맙다.

날이 밝아 와서 어제 옮겨 심은 배추의 안부를 물으러 가야겠다. 그럼 다음 또 안녕. 아비가.

## 택배2

2008년 9월 19일 17:30분 택배는 잘 받았다.

돈은 적절히 써야지 뭐하려고 이런 걸 샀느냐. 나나, 너 어머니가 기계에는 게을러서 잘할 수 없을 것 같은데 우리한테 물어보고 샀으면 좋으련만……

도착 즉시 개봉하여 좌석식 안마기의 안내문을 보니 조심해야 할 사람이 어린아이, 고혈압 환자, 골다공증, 임산부 등으로 쓰여 있더군.

그래서 왜 이런가, 다른 의료기는 이런 것 없던데 하고 시운전을 해보니 역시더군.

상, 중, 하 중에서 하단에 선택을 하고 시작을 했는데 굉장히 강력한 자극이 오더군.

그래서 상단 스위치로 전환했더니 더 대단하더군. 단련되지 않은 이는 못 사용하겠더라.

그래서 하단 스위치로 조정하고 너 어머니를 안마기에 앉혔더니 30초도 안 되어, 의자에서 내려오더군. 너는 시험 삼아 한번 해보지 않았지? 다음에 와서 한번 해보렴. 깜짝 놀랄 것이다. 거듭 이야기하지만 돈은 그렇게 쓰는 게 아니고, 수의收議해서 쓰는 거다.

사용하는 사람에게 의사를 물어보고 사야지. 앞으로는 꼭 시행하기 바란다.

그럼 오늘도 조심조심해서 건강을 지키자. 아비가.

## 태양

오늘이 2008년 섣달 그믐날인가 봐!

오늘 솟은 태양이나 내일 솟을 태양이나 몇 초의 시간만 다르고 같은 태양이거늘, 사람들은 왜 이리 부산을 떠는지?

설이다, 해맞이다 하며!

이리하나 저리하나 달력은 마지막으로 넘어 갔으니 새해가 오는가 보다. 새해에는 온 가족이 건강하고 화목하게 웃으면서 계획한 일 잘 풀어가길, 조상님께 축원 드릴게. 아비가.

아버지는 2008년 마지막 날 오후 4시경에 이메일로 연하장年賀狀을 보내주셨다.

새해에는 온 가족이 건강하고 화목하게, 웃으면서 계획한 일 잘 풀어가길 조상님께 축원 드린다고 하셨다. 그 축원으로 2009년은 모든 일이 잘 풀렸을 것으로 추측이 된다.

비록 기억에는 한계가 있고, 기록을 들추어 보지 않았지만……

순간순간 부모님의 정성과 소소한 관심으로 이렇게 성장했음을 나이가 들어 늦게 알게 되었다.


## 인연

묘한 인연이네.

2008년 4월 15일 아침 8시경 부릿골 저수지에 세월을 낚으러 갔었지. 점심밥 때가 다 되어 11시 30분경 세월을 그만 낚고 귀가하는 도중에 부릿골 정자나무 조금 못 미쳐서 내 앞에 웬 승용차가 한 대 오고 있었지.

멀찌감치 길 넓은 곳에서 오토바이를 세우고 길을 양보를 하고 있는데 그 승용차가 내 2m 앞에 정차를 하더군. 이상히 여기고 승용차를 보고 있으니 웬 부인이 내리더구나.

그러더니 내 앞으로 다가와서 인사를 하는데 누구인지를 몰라서 어안이 벙벙해 있으니, 운전석에서 생각하지도 않던 장규화 군이 내려서 인사를 하잖아.

그제야 그 부인이 이승금 씨인 걸 알았지!

내가 이렇게 둔재鈍才가 되어 버린 것 같고, 집에 와서 생각하니 부끄럽기 그지없더군.

사람을 빨리 알아 봐야 되는데 몰라봐서…….

그러나 모든 사람이 늙으면 누구나 다 그런 거라고 자위해 본다.

서울에 너의 친구 이석수 부친 초상에 다녀오는 길이라며, 내가 너를 궁금해하니까 서울 빈소에서 문상하고 갔다고 하더구나. 몇 마디 인사 나누고 조심하라 인사하고 헤어졌지.

규화 아버지가 며칠간 조금 편찮으셔서 병원에 다니시는데 아마 그래서 다녀가나 봐!

아마도 저의 아버지 뫼시고 병원 가려나 봐!

점심 먹고 승용차로 안동 병원을 다녀와 집에 모셔놓고 부산 가려면 무척 바쁠 것이야.

빈소가 이번에는 서울에 있어서 이동이 편해서 너한테는 그런 다행이 없다. 그럼 건강 조심하고. 아비가.

## 손자 용현이

용현이 여행 잘 다녀와서 고맙고.

오늘 아침에 전화 통화를 했는데, 여행에서 돌아와 피로해서인지 몰라도 목소리가 어른 같아. 변성기인가 봐? 변성기 때 목을 잘못 쓰면 성인이 되어서도 목소리가 이상해지니 지나친 고함이나 고음 노래는 조심할 것. 변성기는 1~2년이 지나면 극복할 수 있으니, 조금만 조심시켜라.

오늘이 토요일이며, 안동 외할아버지 제삿날이어서 안동 와룡에 참석할 예정이다.

서울 오 서방 내외가 온다며 날 꼭 오라네. 한잔하자고…….

다녀와서 또 전할게. 그럼 안녕. 아비가.

## 연휴

연휴 잘 보냈겠지?

계절이 계절인 만큼 단풍이 볼만하여, 등산은 원래 좋은 운동이지만 단풍으로 더욱 탐나는 운동이 되었네.

어미와 함께 좋은 길을 택하여 조용히 산책해라. 그래서 앞일도 설계하며, 추억도 이야기하며, 가정사도 의논하며, 아름다운 추억을 만들어라. 그러나 서울 근교는 모두가 바위산이라 좋은 길이 없는 것으로 알고 있으니, 승용차 타고 조금 교외로 나가 위험하지 않은 좋은 길을 선택하기 바란다.

며칠 전에 슬기가 메일을 보냈다. 그 내용은 전 국회의원 권오을 씨가 안동 권가 무슨 파인지 물어와 다음과 같이 회신했다.

우리 안동 권가는 원래 총 15파로 갈라져 있는데

검교공파檢校公派 고려 검교대장군을 지낸 권척을 파조로 하며, 전 권오을 의원파.

광석공파廣石公派 권대의를 파조로 한다.

군기감공파軍器監公派 군기감을 지낸 권사발을 파조로 한다.

동정공파同正公派 고려 호장동정을 지낸 권체달을 파조로 한다.

별장공파別將公派 고려 별장을 지낸 권영정을 파조로 한다.

복야공파僕射公派 고려 상서좌복야 상장군을 지낸 권수홍을 파조로 한다.

부정공파副正公派 고려 식록부정을 지낸 권통의를 파조로 하며, 20년 후에는 무소속 권용배 의원, 권용현 의원, 권용빈 의원, 권용제 의원파.

부호장공파副戶長公派 고려 때 부호장을 지낸 권시중을 파조로 하며, 전 민정당 권정달 의원파

수중공파守中公派 권수중을 파조로 한다.

시중공파侍中公派 고려 시중을 지낸 권인가를 파조로 한다.

좌윤공파佐尹公派 고려 호장좌윤을 지낸 권지정을 파조로 한다.

중윤공파中允公派 고려 호장중윤을 지낸 권숙원을 파조로 한다.

호장공파戶長公派 고려 호장을 지낸 권추를 파조로 한다.

추밀공파樞密公派 추밀원부사 권수평을 파조로 하며, 권근, 권율 장군, 경기도에 많이 살고 있음.

급사중공파給事中公派 권형윤을 파조로 한다.


이상은 안동 권가 15파에서 당선이 되었고, 앞으로 당선이 예정이 될 국회의원 등으로 내가 알고 있는 대로 써 봤다.


잡담으로 써 본다.

부모가 나를 낳으셨고生我父母생아부모

마음이 정을 낳고生心而情생심이정

정이 법을 낳고生情而法생정이법

법이 령을 낳고生法而令생법이령

령이 규칙을 낳고生令而則생령이측

규칙이 규정을 낳고生則而定생측이정

맞는가 모르겠네. 조심하고 건강해라. 아비가.


아버지는 여덟 번째 부정공파의 20년 뒤의 국회의원 이름으로 손자들 이름을 넣어 쓰셨다.

정치인의 구설수 때문에 멀리하시면서도 20년 뒤에 손자들이 국회의원이 되기를 기대하는 게 할아버지의 심정일 게다.

아버지 손자의 이름을 보고는 그냥 찡해진다.

별것도 아닌, 평범한 기록이 마음에서 울림을 준다.

아버지의 손자 사랑은!


## 세월


세월이란 말을 사전에서 찾으면 흘러가는 시간歲月이라고 기록이 되어 있다.

여러 단어로 쓰고 있으나 모두가 우리 조상들의 재치이지.

광음光陰, 역년歷年, 세화歲華, 연화年華, 춘추春秋 등 이 모두가 중국의 바람을 타고 우리 조상들이 지식 자랑하던 말들이지. 그래서 오늘날 외국인들이 한국어를 배우는데 무척 과학적이기는 하지만, 같은 뜻의 말이 너무 많아서 배우기 어렵다고들 표현하 잖아.

다시 말해서 형용사의 과대 발달이라고나 할까.

옛 만담가 장소팔 씨의 입을 빌리면 붉은색 하나를 붉다, 뻘겋 다, 빨갓타, 불그스레하다, 뿔드구레하다 등 헤아릴 수 없는 지 방 사투리와 형용사가 있으니 월남에서 온 며느리들이 어떻게 쉽게 배우겠나?

속담에 '영웅도 시대를 따르라.'라는 말이 있지.

그 말이 맞는 것 같아. 옛 풍습을 고집하지 말고 시대 흐름에 빨 리 적응하는 게 현대인이고 현명한 수단인 듯 해.

언젠가는 바뀔 것을, 예를 들면 내가 조상이 많아서 100일 탈상 脫喪을 처음 할 때 대소가에서나 나를 아는 모든 이들이 얼마나 먹고 살려고 소상小喪·대상大喪을 생략하느냐고 욕하던 사람들 이 지금은 자기네들이 먼저 3일 탈상을 솔선수범하고 있네.

그래서 내 친한 친구에게는 너 얼마나 장수하려고 3일 탈상하느 냐고 농담도 해봤지.

그랬더니 그 친구가 100일 탈상 비웃은 것 미안하다고 이야기하 더구나.

시대의 흐름에 민감하면 모든 것이 만사형통이다. 행복도, 건강 도, 부자도, 교우도, 모두 다 쉽사리 이루어지리라 믿는다. 연구 해 가면서 시대에 순응하자. 안녕. 아비가.

## 사라져가는 우리말들!

문득 없어져 가는 우리의 단어가 생각이 나서 몇 자 쓴다.

주막酒幕은 시골 길가에서 술과 밥을 팔거나 잠을 재워주는 집, 술청은 술집에서 술잔을 올려놓는 판자대, 선술집은 술청 앞에서 선 채로 술을 따라 마시게 된 술집, 목로는 나무로 된 쟁반받침, 즉 술상 없이 술잔을 나무로 된 판자대에 놓고 마시는 판자대, 목로주점木盧酒店은 나루터 선술집이다.

우리들의 생활과 밀접했던 빨래터는 시냇가나 우물터 따위에 마련된 빨래하는 자리, 우물은 물을 긷기 위하여 땅을 파서 지하수를 괴게 한 곳, 두레박은 우물물을 퍼 올리는 데 쓰이는 기구 등이다.

모두가 아까운 이름들이네. 아비가.


'명석한 머리보다는 희미한 연필 자국이 낫다.'라는 말이 있다.

우리 아버지의 기록들은 천 년 만 년의 시간이 흐르더라도 선명한 기록으로 우뚝할 것이다.

# 이 땅에서의 흔적

유태인의 격언에, '사람이 바꾸려 해도 바꿀 수 없는 것이 한 가지 있다. 그것은 부모이다.'라는 말이 있다. 바꿀 수도 없지만, 혹여 마음속으로 불경스러운 생각을 하는 것조차 안 되는 것이 부모이다.

### 시어머니

'오늘의 며느리가 내일의 시어머니가 된다.'라는 말이 있다.
말 같잖은 말이지만 깊이 생각하면 무서운 뜻이 내포되어있는
것 같아. 잘 음미해 보길. 아비가.

지위는 늘 변화한다.
그리고 살아가는 환경도 변한다. 쭉 그냥 가는 것은 어디 하나
없다. 지금은 자연환경에도 변화가 오고 있지 않은가!
며느리로 늘 순종하던 시절을 극복하고 시어머니의 자리에 다다라, 내려 보며 아랫사람을 부려보고 분석하는 위치로 변화한다. 며

느리를 겪지 않고 시어머니가 된 시어머니는 그 누구도 없다. 혹여 황혼에 처녀 결혼을 하면 며느리를 뛰어넘어 시어머니의 자리를 꿰찰 수도 있겠지만, 그럴 경우는 희박하다.

시어머니의 모습은 크게 세 분류로 나눌 수 있다.

며느리 때의 서러움을 잊고 시어머니가 되어 며느리 때 모셨던 시어머니보다 더 모질게 며느리를 닦달하는 시어머니의 모습이 첫 번째라면, 모진 시어머니는 되지 말아야겠다고 스스로 약속한 대로 어진 모습으로 넉넉하게 며느리를 배려하는 시어머니가 두 번째의 모습이다.

마지막은 중용中庸을 유지해 나가는 시어머니로 꾸짖을 때는 따끔하게 혼을 내고, 그 나머지는 자상하게 며느리를 토닥이는 친정어머니 같은 시어머니다.

며느리와 시어머니로 비유했지만 세월의 흐름 속에 사람들도 변하니 그 정점에 안주하지 말고, 미래를 내다보며 너그럽고 폭넓은 사람 관계를 유지하고 세상을 살아가라는 뜻으로 아버지가 편지를 보내준 것이라는 생각이 든다. 이렇게 저렇게 사람들 속에서 이 세상을 지혜롭게 살아가라는 의미가 떠오르는 격언이다.

직장 생활도 마찬가지다. 아랫사람으로 둔 직원이 눈 깜짝할 사이에 먼저 승진을 해서 윗사람이 된 경우도 허다하다.

양지와 음지에서는 사는 방식과 형태가 다르다. 양지만 쫓아다니는 사람들을 카멜레온Chamaeleontidae 또는 기회주의자라고도 한다.

그들은 생존하기 위해서 어쩔 수 없는 선택이라고 항변을 늘어놓

지만, 그를 아는 사람들은 '그 사람, 그런 사람이지' 하고 박장대소
拍掌大笑를 한다.

변신은 무죄일까, 유죄일까?

아무도 모르는 정답 속에서 살고 있는 게 우리들의 세상이다. 정
답과 오답 사이에 또 다른 답이 있을 수도 있으니 그 기준이 참 모
호하다. 그게 세상살이다. 음지에서는 상식과 도덕이 전혀 통하지
않는다고 강하게 비판했던 사람이, 예전과 다른 양지로 나왔을 때
에는 새로운 환경에 그럴싸한 합리적 논리와 구실을 내건다. 그것
이 양지를 좇는 집단의 공통적이고 기본적인 생각이다. 임기응변臨
機應變이 많다.

그것이 틀린 것이 아니고 나와는 다른 것일 수도 있다.

높은 직위, 돈 버는 기회, 일할 거리가 양지에 가득 차 있고, 좋
은 기회인데 이것을 놓치는 사람이 바보라고 비웃는다면 할 수 없
다. 나도 그 양지를 기웃거렸으니 말이다.

억울하면 돈 벌어야 하고, 돈만 있으면 귀신도 부릴 수 있다는 표
현은 양지, 음지를 가리지 말고 전천후로 살아가라는 메시지이기
도 하다.

험난한 세상에서 태어나 전쟁 같은 시대에 살아남아야 하니 수
단과 방법을 가리지 않고 그 자리에 올라가면 된다는 생각을 하는
사람들이 많을수록 평범한 사람들은 억장이 무너진다.

돈 주고 시켜도 못하는 보통 사람들은 카멜레온 같은 그들의 처
세를 따라갈 수도 없고 생각할 수도 없다. 교묘한 화술과 겉과 속
이 전혀 다른 처세술, 듣기 좋은 말만 늘어놓는 모습 속에 무엇이

진실이며, 추구하는 방향과 목적이 무엇인지가 궁금해진다.

자신의 양심을 벗어나 떳떳하지 못한 일에 빠진 권모술수의 모습을 보며 '저게 가능할까, 고통스럽지 않을까?' 하는 양심 있는 사람들이 있는 반면에 양지에서 추구하는 방향이나 시대의 흐름을 제대로 읽지 못하고 변화를 이해하지 못하는 겁쟁이라고 뒷담화를 해대는 집단이 있기도 하다.

음지 생활에 묻혀있는 집단은 세상을 원망하며, 자기를 알아주지 않는다는 아쉬움과 때를 얻지 못했다는 냉풍의 속앓이를 가지며 자신의 부족함을 더 채워야 되겠다고 늘 반성을 품고 산다. 그러면서 자신의 한계를 느끼며 한숨과 한탄을 동행하며 살아가는 재미를 잃게 된다.

상하를 막론하고 누군가 자신의 끈기와 묵묵함을 알아주고 노력했다는 점을 인정해주고 '쓸 만한 사람이야' 하고 격려해줬을 때 에너지를 얻고, 사는 재미를 느끼는데 이 세상의 구조로는 그런 게 잘 안 되어 있다.

불합리한 구조 속에서 버티며 살아가고 있다. 우리는.

우리가 긍정을 품으라고 하는 이유는 비록 음지임에도 묵묵히 자기 일에 충실하고, 누가 알아주건 몰라주건 '내 할 일이다.'라는 마음으로 세상을 살다 보면 음지가 좋은 의미의 양지로 바뀔 수 있기 때문이다. 음지라는 곳곳을 탓하고 스스로 게으름을 자초한다면 혹여 자신의 삶이 양지로 바뀌었다고 해도 그 시간은 오래가지 않을 것이다.

양서良書에서는 어떠한 여건에서든 성실함으로 늘 최선을 다하라고 했다. 매사 조심하면서 한순간도 놓치지 말고 정진하라고 했다.

사람을 대하거나 일을 하거나 물건을 다룰 때도 마음속에서 우러나는 행동이 되도록 최선을 다해야 한다는 것은 새겨들을 만하다. 사계절이 변화를 하듯이 인간의 삶 속에 있는 명예와 부귀와 영광도 늘 변화하는 것이다.

오늘의 음지가 내일에는 양지가 되고, 어제의 양지가 오늘에는 음지가 되고, 오늘의 며느리가 내일의 시어머니가 되는 격이다. 세상 사는 이치가 그렇다.

부자가 3대를 못 가면, 가난도 3대를 가지 않는다는 것이다. 부자가 3대를 못 가는데 가난은 대물림된다는 논리는 얼토당토 않은 논리일 것이다.


이 글을 쓰고 있는 이곳의 연천, 파주 문산만 해도 그렇다.

1953년 7월 휴전 이후 이곳은 사람이 사는 곳이 아니었다.

군인軍人들만 살았지 민간인民間人은 사는 곳이 아니었다. 살아가는 것에 엄청난 어려움과 제재가 많은 곳이었다. 사체는 곳곳에 널려 있고, 알 수 없는 폭발물과 미확인 지뢰지대는 도처에 산재해 있고, 농사짓는 시간도 군인들이 통제했던 시절이었다.

휴전선이 견고하지 않아서 야간에 적과 내통하는 불순분자를 통제해야만 보안이 유지되기 때문이었다.

그러나 모든 어려움을 겪어내고, 묵묵히 땅을 개척하고 땀 흘려 일한 덕분으로 가계 경제는 우리나라 중산층 이상으로 올라섰다. 희생도 많았다. 폭발물이 터지고, 지뢰를 밟아 신체장애가 생기기도 하고, 목숨을 잃기도 했다. 그러나 늘 긍정적인 마음을 가지고, 목숨이 붙어있는 그날까지 끈기 있게 노력해서 지금의 윤택한 삶을 얻을 수 있었다.

모진 어려움을 극복하고, 후손들에게 보다 나은 넉넉한 가계 경제를 물려준 이곳 연천, 파주 문산의 한국전쟁 전후 1세대, 2세대에게 정성 어린 격려를 보낸다.

그 시대의 부모의 역할은?

자식들에게 세끼 밥 굶기지 않으면 훌륭한 부모였다. 그러한 어려움을 벗어나려고 부단히 몸부림친 세대가 우리네 할아버지 할머니와 부모님 세대이다.

## 선물

2008. 8. 27. 서울 이태원 동서 이성관 씨로부터 선물이 왔네.

전북 부안군 진서면 진서리 곰소 소재의 특산품 참두리 식품에서 제조한 젓갈류 중에 낙지젓을 비롯하여 청어알젓 토화젓 등 7캔이 냉장 포장되어 왔네. 아마도 포장 상태나 주소 기록 상태로 봐서 전화 주문하여 보냈나 봐.

고마워서 핸드폰으로 두 번이나 하여도 안 받기에 집으로 전화했더니 가람이 이모가 받더군. 감사하다고 인사하고 끊었지. 약 10분 후 이성관 씨가 전화를 걸어와 인사하고, 통화가 안 되어서 집으로 전화했다고 했더니 지하철 내부라서 수신이 불가능했다고 하더군.

모든 일에 조심이 첫째이니라. 매사에 조심하고, 용배의 일본 대학교 친구들은 안 왔더군. 온다기에 말을 걸어보려고 썩은 일본어를 몇 마디 준비했는데…….

한국인의 고질병 빨리빨리병을 이제는 고칠만한 경제 수준이 됐는데, 나는 뿌리 깊게 박혀 고치기가 어렵고, 너희들은 꼭 고쳐야 된다. 그래야 편안히 잘 살 수 있고 좋은 걸 후손에게 물려줄 수 있지.

그럼 건강에 유의하고 조용히 살자. 안녕. 아비가.


## 삼락三樂


오랜만에 컴퓨터가 있는 사랑방에 왔는데 아직도 윗도리는 선득하여 춥고, 방바닥은 따뜻하다. 옛말 하나 전하려고 한다.

군자는 삼락三樂이라는 말이 있었지. 삼락을 해야 군자君子란 말이다.

첫째 즐거움은 부모님이 살아 계시고 형제간에 사고는 없어야 되고, 부모구존父母具存, 형제무고兄弟無故요. 두 번째 즐거움은 우러러 하늘에 부끄럽지 않고 사람들에게 부끄럽지 않은 것이며, 앙불괴어천仰不愧於天, 부불작어인俯不怍於人이요. 세 번째 즐거움은 영재를 얻어 교육하는 것으로, 작은 뜻으로는 나의 자식을 훌륭히 키우는 것인데 한자로는, 득천하영재得天下英才, 이교육지而教育之니라.

중국의 맹자의 진심 편에 있는 글이라네.

옛사람들의 시 한 편을 추가로 소개한다.

## 돈錢

천하를 다 돌아다녀도 모두들 환영하고周流天下 盡歡迎주류천하 진환영

나라와 가정을 흥하게 하며, 그 세력 가볍지 않네.興國興家 勢不輕흥국흥가 세불경

갔다가 다시 오고 왔다가 다시 가는 것去復還來 來復去거복환래 래복거

산 사람을 능히 죽이고, 죽은 사람을 살리기도 하고生能使死 死能生생능사사 사능생

구차하게 구하려 해도, 힘 센 장사라도 힘으로는 아니 된다.苟求壯士 終無力구구장사 종무력

바보도 돈 잘 쓰면 유명해지며善用愚夫 亦有名선용우부 역유명

부자는 잃기를 걱정하고, 가난한 사람은 가지기를 원하네.富恐失之 貧願得부공실지 빈원득

백발이 될 때까지 돈 벌려고 애를 써도 몇 사람이 성공했는가.幾人白髮 此中成기인백발 차중성

오늘은 이만 쓰련다. 아비가.

## 낙조落照

어제의 낙조落照가 있었기에

오늘의 일출日出이 있거늘

모두들 일출日出만 반기고

낙조落照는 즐기지 않네

오늘의 낙조落照가 없으면

내일來日의 일출日出이 있을 쏘냐.

인생人生 삶의 순리順理가 철칙鐵則이거늘

낙조落照도 일출日出같이 즐겨 보세나! 아비가.


## 꿈

꿈은 크게 두 종류로 나누는데

첫째 밤에 잠자면 꾸는 꿈과 둘째 낮에 희망을 키우는 꿈이 있다.

첫 번째의 꿈은 현실성과 거리가 먼 꿈이며, 두 번째의 꿈은 목적을 위하여 노력하는 생각으로 사전에 찾아보면 현실적이 아닌 착각이나 환각의 상태, 현실을 떠난 사고思考, 마음의 지향을 잃음, 덧없음이라고 되어 있다.

낮에 희망의 꿈을 크게 꾸어야 큰 사람이 된다는데, 나는 생각하건대 큰 꿈은 욕심이 뒤따르지 싶다. 욕심은 불행의 씨앗이라고들 하는데, 크게 희망을 가지는 낮 꿈은 자제하는 것이 좋지 않을까.

건강이나 욕심을 부리지 다른 곳에는 욕심부릴 일이 없지!

감사할 줄 알고, 칭찬할 줄 알며, 즐겁게 건강하게 살자. 아비가.

## 가요歌謠

가요를 유행가라고 많은 사람들이 표현하지.

그때 그 시절이 흘러 지나가는 노래란 뜻인 것 같네.

그 유행가에도 배워서 실천할 게 너무도 많아 글로 써보려고 한다. 예를 들면 제목이 요지경瑤池鏡 같은 노래를 소개하면

'세상世上은 요지경瑤池鏡 속이다.

잘난 사람은 잘난 멋에 살고

못난 사람은 제멋에 산다.'

그래서 사람들의 삶에서 갈망하는 행복은 온전히 자기 마음속에 있다는 것을 암시하는 것 같다. 감사할 줄 알고, 과욕을 부리지 말고, 적당한 선에서 만족할 줄 알아야 행복을 쉽게 얻을 수 있느니라.

'있을 때 잘해.'

이 노래의 가사는 내가 잘 암기를 못 하는데, 추측을 하면, 모든 사람이 본인 곁에서 누군가가 지켜줄 때 잘 하라고 했던 것일거야, 아내이든, 친구이든, 후배이든, 직장에서 동료이든 말이다.

가사를 인용하면, 있을 때 사랑해, 있을 때 아껴 써, 건강할 때

잘 지켜, 후회는 금물이다. 이런 뜻이겠지 유행가 속에도 무서운 금언金言들 있었네.

번지 없는 주막이라는 노래에서 가사는

'문패도 번지수도 없는 주막에……'

이렇게 옛 노래는 여유가 있고 정서적이고 풍류가 깃들어 있네. 요사이 보다 인구 밀도가 낮아져서 그런가! 꼭 정답은 아니겠지만 과욕은 인생을 망치는 것 같아!

단 건강을 지키는 것만은 예외이고, 오늘도 살아가면서 교훈 하나를 배웠네.


사가독서賜暇讀書는 조선시대 세종대왕 시절에, 유능한 젊은 문신들을 뽑아 휴가를 주어 독서당에서 공부를 시키면서 비롯되었다. 즉 여가를 만들어 책을 읽으라는 이야기로 독서의 중요성을 국정에 포함했단다. 컴퓨터가 있는 이 방은 추워서 따스한 안방으로 간다. 아비 근.


작고하신 아버지가 생전에 이메일의 내용에 불현듯 '사가독서賜暇讀書'를 써서 보냈다. 아마도 어디선가 그 내용을 보고 참고도 할 겸, 너희들도 시간이 나면 책을 가까이하라는 간접적인 의사를 내포했으리라 생각이 된다.

사가독서賜暇讀書는 국가에서 장차 국정을 책임질 인재를 뽑아서 학문에 전념할 수 있는 여가를 주는 제도로서, 독서당讀書堂, 호당湖堂 등으로도 불린다.

1426년세종 8에 처음으로 실시된 이래 계속해서 시행되다가, 사육신死六臣 사건을 계기로 폐지되었다. 이후 성종이 즉위하면서 재개되었고, 1504년연산군 10 갑자사화甲子士禍를 계기로 다시 폐지되었다.

반정反正에 성공한 중종이 모든 제도를 성종 대의 것으로 복구시킴에 따라 사가독서제가 자연스럽게 다시 시행되었고, 이후 임진왜란이 일어날 때까지 활성화되어 수많은 인재들이 사가독서를 통해 육성될 수 있었다.

임진왜란 이후에는 동호독서당東湖讀書堂의 소실과 전쟁의 후유증에 따라 한동안 중지되었다가, 광해군 즉위년에 대제학 유근柳根의 건의로 다시 복귀되어 운영되었다.

이괄의 난과 정묘, 병자호란 등 당쟁의 격화와 같은 국내외 정세의 영향을 받으며 시행에 어려움을 겪다가, 정조 대 규장각奎章閣이 설립되어 초계문신제抄啓文臣制가 시행되면서 자연스럽게 흡수 및 소멸되었다.

사가독서는 각자의 집에서 이루어지는 재가독서在家讀書의 형태로 운영되기도 했지만, 대부분은 별도의 공간에서 함께 유숙하며 공부하는 형태가 더 일반적이었다.

세종 대부터 성종 대 중반까지는 진관사津寬寺, 장의사藏義寺, 용산龍山의 폐사廢寺 등과 같은 절에서 독서를 하게 하다가, 1492년성종 23 최초의 전용 공간을 확보하였는데, 이것이 바로 용산독서당龍山讀書堂이다. 중종 초 연산군의 폭정으로 퇴락한 용산독서당을 수리하면서는 잠시 정업원淨業院이 활용되었다.

한편, 독서당의 수리 과정에서 이곳이 민가에 가까워 사람들의 내왕이 많다는 지적이 있자 동호東湖의 월송암月松菴 부근으로 이전하여성동구 옥수2동 부근 1517년중종 12 동호독서당이 완성되었는데, 이후 동호독서당은 임진왜란으로 소실될 때까지 사가독서인과 명사名士의 교유 무대로서 각광받는 장소가 되었다.

광해군 대 사가독서제가 부활되면서 한강별영漢江別營이 새로운 공간으로 이용되었으나, 사가독서제 자체가 크게 활성화되지 못함에 따라 재가독서가 병행되기도 했다.

이후로는 두뭇개옥수동 인근 소재 제안대군齊安大君의 정자였던 유하정流霞亭이 독서당으로 이용되기도 했으며, 정조 대에 이르러서는 규장각에 소속되면서 규장각 각신閣臣들의 휴식처로도 이용되었다.

### 가훈家訓

심심할 때 읽어 보아라. 삶을 살면서 혹 교훈 거리가 될지?

경주 최慶州崔씨 부잣집 가훈을 소개한다.

진사進士 이상의 벼슬은 하지 말라. 만석萬石 이상은 모으지 말 것.

과객過客은 후하게 대접할 것. 흉년凶年에는 토지를 사지 말 것.

시집온 며느리는 3년간 무명 삼베옷을 입힐 것. 100리 내에서 굶어 죽는 이가 없게 할 것.

이상의 가훈을 철저히 지켜옴으로써 옛말의 권력과 부자로 살아도 10년이 못 가고, 부자는 3대 유지가 어렵다는 권불십년權不十年 재불삼대財不三代란 말이 무색할 정도로 12대가 만석꾼을 이루었다고 한다.

12대 최준崔俊이란 분이 만석을 하면서 육영 사업에 투자하기 시작했고, 영남대학교의 전신인 대구대학과 계림학숙을 설립 운영하다가 나중에 두 곳을 합했다 한다. 더 상세히 알고 싶으면 다른 곳에서 찾아보기 바란다. 냉방이라 엉덩이가 시려서 그만 쓰련다. 아비 근.


몇 년 전 가을날 삼 형제가 고향 의성 안평으로 벌초를 다녀온 적이 있다. 내비게이션의 안내를 받아도 서울에서 고향집으로 가는 데 3시간 30분, 서울로 복귀하는 것에 동일한 시간이 걸리니 합하여 시간이 7시간이 걸린 셈이다. 휴게소 화장실에 들르고, 허리를 추스르면 8시간이 훌쩍 넘는 시간이 흐르게 된다.

이런저런 자질구레한 이야기를 해도 승용차 안에서의 시간은 더뎠다. 그중에 나누었던 이야기가 형님이 입학 선물로 받은 손목시계와 관련된 것이다.


그 이야기에 대해서는 내가 형님에게 말을 건넸다.

"형님. 1971년 중학교에 입학할 때 아버지께서 축하 선물로 손목시계를 사줬습니다. 벌써 40년이 훌쩍 지났네요, 세월이."라고.

지난 이야기를 하다가 손목시계 이야기가 불쑥 나온 것이지 꼭 손목시계가 주제는 아니었다. 형님은 무슨 뚱딴지 소리를 하느냐는 식으로 손목시계를 선물로 받은 적이 없다고 말했다.

"뭐라고? 중학교 입학 기념으로 아버지께서 나에게 시계를 사줬다고? 나는 받은 적이 없다."라며 강하게 부정했다.

옆에 있던 동생은 나보다 두 살이 어려 이런저런 기억이 없어 대화에 낄 수가 없는 상황이라 대꾸가 없었다.

형님과 나는 입학 기념 손목시계 때문에 옥신각신했으나 뾰족하게 결론을 낼 수가 없었다. 나는 입학 선물로 아버지께서 손목시계를 사줬다고 하고, 형님은 받은 기억이 없다며 실랑이를 했다.

할 수 없이 선물을 줬던 아버지께 여쭤보자며 달리는 승용차 안에서 아버지께 전화를 했다. 그때는 아버지가 생존해 계셨으니 선물을 전해준 본인에게 직접 확인하는 것이 빠르다고 생각을 했다.

아버지께서도 축하 선물로 손목시계를 사줬는지 생각이 나지 않으니 어머니께 여쭈어봐라 하시면서 전화를 끊으셨다.

우리 삼 형제는 난감해하면서 어머니께 다시 전화를 걸었다. 역시 어머니는 정확하게 기억하시고 지난 가정사를 환하게 꿰뚫고 계셨다.

형님은 중학교 입학 기념으로 손목시계를 받았으며, 누나는 고등학교 2학년 때 안동 이모가 사용하던 중고 시계를 받아서 그때부터 사용했다는 사실을 증명해 주셨다.

누나는 한 집안의 장녀였고 형님과 같은 중학교 3학년이었음에도 시계를 받지 못했으나, 동생인 형님은 장남이라는 위치 때문에 손목시계를 선물로 받은 것이다.

시골이기도 하지만 손목시계가 대중화된 시절이 아니어서 형님

동창들 중에 손목시계를 소유했던 사람은 한두 명에 불과하던 시절이었다. 260여 명 중에서 말이다.

나의 선명한 기억에는 마치 한恨 같은 게 있었다.

형님과 나는 두 살 터울이고 학년도 2년 차이가 난다.

그 당시 초등학교 5학년이던 나는 2년 뒤 중학교를 입학하면 손목시계를 선물 받을 줄로 생각했었다. 형님에게 손목시계를 사줬으니 차남인 나에게도 시간이 지나면 저절로 손목시계가 생기는 줄로만 알고 있었다.

그러나 착각이었다.

장남과 차남은 엄청난 차이가 있었다. 그 차이를 모르고 있었다. 가정 내 기대치가 형님은 큰 산이라면 차남은 둔덕에도 못 미치는 존재임을 몰랐던 철부지였다.

손목시계를 못 받았다고 부모님께 '형님은 손목시계를 사주고 나는 연필 한 자루도 없느냐?'라고 따지는 시대가 아니었다. 속으로, 가슴으로 끙끙 앓았지 말로써 화풀이를 표현하는 그런 시대는 아니었다.

또한 손목시계가 희소가치가 있는 물품이니 차남인 나에게는 과한 것인지를 먼저 알았을지도 모른다. 사치에 불과하다고 판단했을 수도 있다. 때문에 쉬이 단념하는 그런 시절이었던 것이다. 그렇게 세상의 이치를 훤히 꿰뚫어 보는 성숙한 중학생이었다.

그렇다고 아버지는 자식들을 편애하지는 않으셨다.

같은 무게로 같은 부피의 사랑을 저울로 달아서 똑같이 나누어 주셨다. 1970년대만 하더라도, 시골의 정서에서 장남에 대한 기대치와 독자獨子에 대한 존재감은 남달랐음이 현실이었다. 우리 집도 그러하고 옆집도 그러하고 어떻게 보면 대한민국의 대다수의 가정이 그러했을 수도 있었다.

## 할아버지의 겸상

할아버지와 맏손자가 겸상해서 밥을 먹는다.
손자는 싫지가 않다.
그 밥상에는 흰쌀이 몇 톨 더 있고 구워진 꽁치 토막도 더 컸다.

누나는 큰상에서
할머니와 어머니와 함께 양푼이로 보리밥을 비벼 먹는다.
습관이 된 태연함이 묻어 있었다.
세월이 더해질수록 할아버지와의 겸상이 무거워지는 것을 느낀다.
그 맏손자는
할아버지가 머리를 많이 쓰다듬어 주신 이유도 가슴으로 느끼게 된다.

겸상의 책임감을 어깨로 지탱하면서 세상에 공짜가 없음을 깨달으며 청년이 되어간다.
할아버지와 겸상으로 밥 먹는 것이 집안의 기둥이기 때문임을 알아가면서 누구도 거부할 수 없는 냉혹한 운명임을 알아간다.

그 맏손자는!


자식에 대한 부모의 역할은 무엇인가?

개인의 생각이 달라 답도 여러 가지가 나올 수 있다. 모든 사람에게 적용이 되는 꼭 한 가지 답을 쓰라고 하면, 건강하게 성장해서 국가와 사회에 기여하면서 이웃으로부터 덕망을 받는 사람으로 성장하도록 교육을 지원하는 것이며 이에는 별다른 이의가 없을 것이다.

그러나 나는 좀 다르게 부모의 역할을 정의하고 싶다.

부모가 죽어 이 세상에 존재하지 않아도, 그 자식은 어떠한 어려움이 닥치더라도 굳건히 이겨낼 수 있는 지혜와 끈기와 인내를 살아생전에 키워주는 것이라 생각한다.

부모가 이 세상에 생존해 있을 때는 잔소리같이 '이래라, 저렇게 해라' 조언도 하고, 먼저 경험한 지혜로써 바람막이를 해줄 수 있다.

자식들은 부모님의 그늘 아래서, 그분들이 터득했던 지혜를 묵묵하게 받아들이고, 경험을 쌓기만 하면 된다. 그러다가 삶의 굴절과 고난이 닥쳐도 부모님으로부터 받은 가정교육으로 이겨내고 극복할 수 있는 기초가 된다면 최고가 아니겠는가!

물론 부모가 능력이 있어 일평생을 놀면서 먹고 즐길 수 있는 재산을 주면 좋으련만, 이 또한 자식이 그 재산을 지켜낼 수 있는 자제력이 있어야 된다. 이 또한 넘어야 할 산이며, 과제인 것이다.

유산으로 많은 재산을 줬지만 외부의 유혹에 가산을 탕진하고 거리로 내몰린 비극이 종종 있기 때문이다. 인생살이가 늘 레드카펫만 깔려있으면 다행이지만 그렇지 않은 현실을 우리는 잘 알고 있다.

부모 자식 간이지만 최고로 모질게 인성 교육과 사회적응 교육을 하고 돈 쓰는 법을 교육시키는 게 이 세상을 우뚝 살아가는 바탕을 마련해 주는 것이라는 생각이 든다. 현실감이 떨어지고, 어려움이 있는 가정교육 방법이지만 할 수만 있다면 그렇게 하는 게 최고임에는 논란이 없을 것이다.

부모의 역할은 땅을 물려주는 것도, 입금이 된 통장을 주는 것도 아니요, 건강한 심신과 일평생을 살아가면서 어떤 어려움이 와도 극복할 수 있는 정신력과 지혜를 이 세상에 살아있을 때 가르쳐 주는 것이다.

덧붙여 본인의 수입금 범위 내에서 돈을 사용할 수 있는 자제력을 부모들이 생존해 있을 때 가르쳐 주고, 그러한 능력이 되는지 검증하고, 부족하면 부단하게 기준에 오르도록 교육해서 목표에 도달하게 해야 된다.

수입은 월 100만 원인데 지출이 110만 원이면 매달 10만 원이 부족해짐은 당연한 것이다.

우리 부모님은 그러한 가정교육을 꾸준히 하셨으며, 솔선수범하는 행동으로 자식들이 스스로 깨우치도록 모범을 보이셨다. 따라서 최고의 가정교육을 받으며 성장했음을 자부하고 싶다.

## 책

가을이다.

책 속에는 네가 가지고 싶은 이 세상의 모든 것이 다 갖추어져 있다.

건강을 비롯하여 명예와 재산, 학식 등.

그래서 많이 읽고 이용을 잘 하면 세상을 아주 멋지게 살 수 있단다. 손녀 가람이 손자 용현이도 많이 읽게 하고 스스로도 많이 읽자. 아비가.


덥지도 춥지도 않은 좋은 계절인 가을을 천고마비天高馬肥의 계절이라고 한다.

가을이라고 하면 높은 하늘, 황금 들판, 여행, 추수, 잘 익은 과일 등이 떠오른다. 우리들의 마음을 풍성하고 따스하게 해주는 것은 사실이다.

왜 가을을 독서의 계절이라고 했을까.

가을은 독서하기가 좋은 계절이니까 그럴까? 아니면 가을에 책을 많이 읽지 않기 때문에 많은 책을 읽으라고 독려하기 위해서 그럴까?

답은 후자로, 가을이 독서하기 좋은 선선한 날씨임에도 불구하고 생각보다는 독서 인구가 적다고 한다. 그래서 가을에 책을 많이 읽도록 하기 위해 독서의 계절이라고 했다.

가을이면 책을 읽기보다는 여행이라든가 다른 재미있는 활동을 많이 할 수 있으니까 가을에는 더 책을 읽지 않는다고 한다. 그래서 가을에 독서를 권장하기 위한 홍보 문구라는 게 정설이다.

도서출판업계의 통계를 보면 10월과 11월 도서판매량은 그해 월 평균치보다 감소했고, 여름철인 7월과 8월과 겨울철인 12월, 1월, 2월은 도서 매출이 증가했다. 아무래도 여름철에는 평소에 미뤄온 독서를 방학이나 여름휴가 때 하려는 사람들이 많기 때문이고, 겨울철에는 새해 다짐으로 책을 읽으려는 사람들이 많고 신학기가 겹쳐 책 판매량이 급증하기 때문이다.

그런데 가을에는 시집 판매는 증가되었으나, 모바일 등의 영향으로 연 평균 책을 구입하는 성향은 줄어가고 있다.

그렇다면 이렇게 책을 안 읽는 계절인 가을이 언제부터 무슨 이유로 독서의 계절이 됐을까?

가을이 독서의 계절로 규정된 것은 농경문화의 관습에서 유래한다고 보는 견해가 많다. 흔히 가을에 독서를 장려하기 위해 쓰이는 사자성어인 '등화가친燈火可親'이 그 배경이 된다.

등화가친은 중국 당나라의 대문호인 한유가 아들에게 책 읽기를 권장하기 위해 지은 시에서 '한 해 농사를 마쳐 먹거리가 풍성한 가을이 공부하기에 더없이 좋은 계절이다.'라는 뜻의 '부독서성남시符讀書城南詩'에서 의미를 따온 것이다. 가을의 넉넉함으로 마음도 살찌울 수 있어 독서의 계절로 자리매김했다.

너무 혹독한 말이지만, '백 명의 환자들을 무덤으로 보내야만 유명한 의사가 될 수 있다. 완성의 순간에 도달할 때까지 부단히 노력해야만 한다.'라고 스페인의 작가 그라시안이 글을 썼다.

건강을 앞세우고 독서를 많이 하라고 아버지께서는 말씀하셨다.

책 속에 건강을 비롯하여 명예와 재산, 학식 등이 모두 있으니 독서를 통해서 노력하라고 하셨다.

# 아버지의 향기를 맡다

'아버지가 물에 빠진 자식을 건지기 위해 물속에 뛰어드는 것은 사랑의 감정이다. 사랑은 나 이외의 사람에 대한 행복을 위해서 발로發露된다. 인생에는 허다한 모순이 있지만 그것을 해결할 길은 사랑뿐이다.' 러시아의 소설가 톨스토이가 쓴 말이다.

아버지는 사랑의 입김과 따스한 가슴으로 가족의 행복을 만들어 주신 분이다.

## 팽이

팽이의 이치를 알고 잘 돌려라.

우리 조상들이 만들어준 놀이에는 세상 이치世上 理致가 깊게 깊게 숨어있다.

팽이는 만드는 재료부터 어떤 나무로 만드느냐에 따라 달라지지.

팽이가 지면과 접촉이 되는 부분의 각이 얼마나 뾰족하느냐에 따라 팽이의 회전이 달라지기도 하고!

다음은 팽이채를 무엇으로 만드느냐에 따라 팽이를 회전시키는
게 달라지지.

그리고 팽이가 접촉되어 돌아가는 면面 또한 중요한데, 흙 위에
서 돌리느냐, 시멘트 위냐, 얼음 위에서 회전을 시키느냐에 따라
달라지지?

내가 알고 있는 일등 팽이는 소나무 관솔가지로 만들고, 팽이채
는 닥나무 껍질을 이용해서 얼음 위에서 돌리는 게 최고라고 생
각한다.

사람들은 팽이 놀이를 하면서 무작정 놀이에만 신경을 쓰겠지
만 위와 같은 재료의 선택부터 놀이하는 사람의 팔 힘과 팽이채
를 가격하는 횟수에 따라 달라지지.

너희들은 안 놀아봐서 잘 모르겠지만 관솔 팽이는 회전이 빠르
면 윙 하고 소리를 내며, 그 윙 하는 소리를 사람들은 팽이가 운
다고들 하지.

팽이 놀이에는 채찍질이 없으면 회전력이 죽어 놀이의 기능이
상실되지.

밥을 먹지 않으면 사람이 죽는 이치와 과過하면 눈물을 흘리며
우는 것까지 세상 이치가 팽이 놀이에 다 숨어있다. 골고루 살피
면 세상이 다 그곳에 있을 거야!

감사할 줄 알고, 칭찬할 줄 알며, 건강하고 즐겁게 살자. 아비가.


아버지는 시시하다고 생각이 되는 것까지 관찰하셨다.

그리고는 관심을 가지고 호기심 거리를 만들어 글을 써 이메일

로 보내 주셨다. 팽이 이야기도 그렇다. 촌로村老가 어린아이의 놀이인 팽이에 대하여 장황하게 늘어놓았다.

그러면서 장소는 얼음 위가 최고이며, 팽이의 회전력을 주는 채는 닥나무가 좋고, 팽이의 재료는 소나무의 관솔이 으뜸이라고 추천하셨다.

관솔이라는 나뭇가지는 소나무 옹이를 말하는 것으로 그것은 송진松津이 많이 엉켜있을 뿐만 아니라, 그 송진이 일반 소나무 가지보다 더 무거워 탄력이 붙을 경우 회전력이 좋다는 설명이다. 관솔은 송진이라는 기름 성분이 많아서 불이 쉽게 붙고 오래 타며 화력도 세다.

정월 대보름 쥐불놀이를 할 때 구멍 뚫린 깡통에 관솔을 넣으면 불의 세기도 최고였지만 불의 수명도 오래가서 너 나 할 것 없이 모두가 선호했다.

아버지는 팽이를 인생사에 비교하셨다.

적당히 회전력을 유지하도록 채찍질도 하고, 그렇다고 과하게 회전을 시키면 윙 하며 울게 되니 항상 삶을 적당하게 조정하여 덜하지도, 더하지도 않도록 살았으면 하셨다. 팽이처럼…….

## 벌초

벌초하느라 수고 많이 했다.

금년은 처음이라 고생이 더 심했던 것 같구나. 내년에는 길도 익숙하고 요령도 생기니 좀 좋아지겠지. 내가 건강에 한계가 온 것 같구나. 무척이나 힘들었다. 장딴지와 엉치뼈가 아파서 걷지를 못하니 말이다. 내년에는 조금 낫겠지.

이번에 용배가 벌초하는 데에 따라와 애를 많이 썼다. 하지만 할아비로서 더 건사하기 바라는 욕심인지 몰라도 아직 생각이 많이 모자라더라.

벌초할 때 모두들 열심히 일하는데 저는 주머니에 손 넣고 우왕좌왕하거나, 갈고리를 한 손으로 끄는 것 하며 작업의 순서를 모르더군. 물론 서울에서 태어나고 성장했으며, 처음이고 안 해봐서 그렇지만……

눈치껏 주위 환경을 깨우쳐 거들 줄 알아야 철이 드는 것이다. 내년에는 철이 더 들어오리라 믿고 기다려 본다.

아비나 삼촌들이 정당한 지적이 없이 과잉보호하는 것은 어린 아이의 장래를 그르치는 것임을 명심할 일이다. 할아버지나 특히 할머니는 과잉보호를 할 수 있어도 아비 어미는 어린 것의 장래를 위하여 정확한 지적과 교정이 필요하다고 생각한다.

지나친 욕심의 바람도 문제는 있지만……

건강에 유의하고 회식에 가서 요령껏 술 마시고 건강하기 바란다. 건강은 한 번 잃으면 약이나 음식으로 다시 찾기 힘드니, 부디 덜 마시고 조심하기 바란다. 안녕. 아비가.


아버지는 이메일을 2008년 9월 1일에 보내주셨다.

스스로 건강의 한계가 왔다고 진단하셨다. 물론 그다음에 서울의 종합병원에서 건강검진을 받으셨고, 심각한 결과는 없었다. 단지 노인성, 퇴행성 정도의 검진 결과를 받았다.

그 후 8년을 이 세상에 계셨지만 그래도 아쉬움이 생긴다. 그때 더 보살폈다면, 그때 더 건강관리를 하셨다면 어땠을까!

운명과 팔자의 탓으로 돌리기엔 참 여운이 생긴다!

## 가뭄

금년은 가뭄이 너무 심한 것 같다.

이것도 인재人災인가? 지구가 환경오염으로 몸살이 난 것이겠지!

수도작水稻作 벼는 그런대로 풍작인데 전작田作의 고추, 콩, 무, 배추는 가뭄이 극심하다. 모두들 급수를 하려고 하나 물이 없거나, 기계가 미비하거나 여건이 맞지 않아서 작물들이 하나같이 말라서 죽어 가는데 그냥 보고만 있네.

우리도 그냥 두려고 했는데 너의 엄마의 성화에 못 이겨 용량이 작지만 보관하던 급수펌프를 이용해서 힘겹게 배추와 무밭을 적셨다.

바로 옆이 작은집 배추밭인데 그냥 둘 수 없어 함께 급수 작업을 했지. 그렇게 했더니 긴사리밭에서는 우리 집과 작은 집 채소가 으뜸이지!

어제는 또 네 엄마의 성화에 못 이겨 피로한 몸을 이끌고 큰 기계로 콩밭에 급수를 했다. 역시 작은집 밭과 함께 아침 7시부터 오후 4시까지 작업을 하고 나니 밭은 물 때문에 발이 푹푹 빠져 좋아졌는데 사람은 일에 시달려 녹초가 되더군!

물을 먹은 채소밭은 내일 아침에는 검푸르게 싱싱할 거야.

몸은 무척 피로한데 마음은 무척 상쾌하네!

채소밭에 가서 기운이 돋아난 채소를 보면 기분이 더욱 상쾌해질 거야.

이것이 삶인가 봐. 쓸데없는 말 그만하고 밭으로 가련다. 아비가.


## 단오


창포 삶은 물로 머리 감고, 천궁川芎 한약재의 풀 뜯어 머리나 귀에 꽂고, 그네 타러 가거나, 씨름 구경 가던 단오였지.

점심 먹고는 약쑥을 낫으로 잘라 음달에 엮어 달고, 참 평화롭던 단오절이었는데….

노무현 전 대통령의 장례식이며, 이북의 핵실험이며 오늘은 분주하네.

그러나저러나 나는 새벽 6시부터 콩 심기 시작하여 다 마치고 집에 오니 오전 10시 5분 전, 벌써 따가운 태양의 열기가 바야흐로 피부에까지 닿아 10시 이후는 일하기 힘들 정도야. 32℃의 기온이니까….

오늘은 단오니 12시경에 들판에 가서 약쑥이나 베어오고 마침 28일 안평 5일장이니 뜻 맞는 이가 있으면 단오 기념으로 탁주 일배—杯 해야겠네.

시끄러운 시사時事에 형제간에 의논해가며 슬기롭게 헤쳐나가기를 바란다.

욕심 버리고. 건강이 먼저다. 아비가.

## 뿌리根

이 지구상에는 수많은 뿌리가 있지.

식목의 뿌리, 동물의 뿌리, 인간의 뿌리, 광물의 뿌리 등 헤아릴 수 없을 정도로 많은 뿌리가 있지. 그중에 인간의 뿌리는 정말 묘하고 공부할 게 많지. 족보가 그 집안의 뿌리를 연구하는 자료가 되겠지. 몇 대조 할아버지의 몇 대손代孫에 ○○이라는 사람…….

피를 못 속이는 것은 변화하지 않는 진리라는 것을 확인하였고, 뿌리를 바꾸기란 불가능하다는 것을 또 한 번 깨우쳤다.

그러나 줄기나 가지를 바꾸면 변화된 열매가 달리겠지. 그래서 피를 변화시키는, 즉 결혼이라는 게 아주 중요하지. 혈통을 바꾸는 것이니까!

시골 동네에 지금 근심들이 떠돌고 있는데, 한때는 도회지에서 떳떳한 직함도 있고 경제적으로도 살 만했는데 순박한 시골에서 평생을 진솔하게 근근이 살아가고 있는 친구에게 금전적인 피해나 입히고…….

참 안타깝구나!

시간이 많이 흘러 후대에는 좀 건실한 과실果實이 열릴 거라고 기대해 왔는데, 역시 잘못된 뿌리는 잘못된 과실을 만들어 독이

든 향기를 품어내고 있다.

멀리 윗대의 조상은 잘 모르고 할아비, 아비 시절을 거쳐 좀 달라지는 듯했는데

그 종반縱班이나 재종再從들이 모두가 나쁜 뿌리의 힘을 입어 같은 방법으로 진실의 세상을 더럽히고 있구나! 그 많은 씨족 중에는 좁은 시골이라 모두 알고 있는 사람들로 너의 선배뻘 되는 이도 있으니 교우에 각별히 유념하여 불미스러운 일이 없기를 빈다.

옛말에 교우를 할 때는 가까이도 하지 말며, 멀리도 하지 말라며 한자로는 불가근 불가원不可近 不可遠이라고 했지!

일제강점기에 순경 놈들이나, 친구 중에 악질성이 있는 놈이나, 사기성이 있는 놈들을 말하지. 가까이하면 이용해 버리고, 멀리하면 원수 삼아 구렁텅이에 가두고!

네 형에게 전화는 했다마는 부디 교우交友에 신중을 기하기 바란다.

사 남매 모두에게 전화를 했지만 그래도 달리는 말에게 채찍을 가한다는 심정의 주마가편走馬加鞭이라는 늙은 아비의 마음을 전해 본다. 감사하며, 칭찬하며, 건강하게 살자. 아비가.


사람 관계란 어떤 것일까?

많이 지난 시간이지만 인연이 시작된 첫 단추와 그 인연의 이어짐과 끊어짐을 생각해봤다.

사람들은 결혼 적령기가 되면 직장의 윗사람을 주례로 모시는

경우가 왕왕 있다.

군대에서도 마찬가지이고, 공공기관에도 마찬가지일 것이다. 결혼식을 하는 공무원이 기관의 장에게 부탁을 해서 주례를 모시는 경우이다.

군대에서 꼭 정해진 것은 아니지만 결혼 적령기 중사나, 중위 및 대위 계급이 해당이 되는데 연대장이나, 사단장, 군단장 같은 직책에 있는 사람을 주례로 모셔서 결혼식을 진행하는 경우가 더러 있다.

여러 가지 이유가 있겠지만 돈독한 사람 관계를 유지해서 군 생활에서 이런저런 도움을 받겠다는 의도도 포함이 되어 있다.

새 가정을 이루기 위하여 처음 시작하는 결혼식에 중요한 임무를 수행하는 사람으로 초대를 받았으며, 주례사를 통해서 먼저 경험한 결혼 생활을 전해 주기도 한다.

그리고 신혼여행을 다녀오면 주례를 찾아뵙고 인사를 한다. 바쁜 일정을 쪼개어 시간을 내어 주례를 서준 것에 대한 고마움의 표시이다. 그 자리에서 주례는 부부가 서로 이해하면서 열심히 잘 살아가도록 의지를 키워주는 기회의 조언을 해준다.

그렇게 사적인 자리가 만들어지면 한층 분위기가 편안해지고 주례사에서 못다 한 이런저런 삶의 경험과 선배로서의 덕담을 전해주는 자리가 된다.

그러다 보면 결국은 신혼부부와 주례라는 자리를 통해서 자주 만날 기회를 보장받게 되고, 접촉하기도 쉬워진다.

자주 만나다 보면 정이 들고, 아랫사람으로서 윗사람에게 의지하게 되고, 윗사람으로서 아랫사람에게 애착이 가기 마련이다.

또한 기관의 장이 주례를 보면 축의금도 더 많이 접수된다고 부추기는 사람도 있기도 하다. 기관장의 체면을 생각해서 기관에 소속된 직원들이 하객으로 더 많이 참석한다는 것이다.

그렇게 돈독하게 관계 유지를 하다가 선호하는 자리가 생기거나 포상을 할 기회가 생기면 쌓인 정 때문에 주례를 봐줬던 신혼부부를 떠올리게 되고, 챙기는 것이 사람이 살아가는 정서이다. 인연을 만들어만 놓으면 아주 자연스럽게 그리고 쉽게 진행이 된다.

그래서 주례와 신혼부부라는 끈끈한 관계를 만들려고 하고, 만들어진 인연을 돈독히 하기 위해 노력하는 것이고, 그렇게 되면 물 흘러가듯이 밀어주고 당겨주는 관계가 되는 것이다.


30여 년의 시간이 흐른 뒤였다.

결혼식 주례로 상급 지휘관을 모셨던 사람에게 주례를 봤던 분과 지금까지 연락이 닿느냐고 물어봤다. 그 신혼부부 중에 아내든지, 남편이든 주례와 연락을 하는지 물어봤다.

답변의 결과는 모두가 주례와 신혼부부와의 관계가 끊겼다고 했다. 관계 유지가 되지 않으니 연락도 당연히 되지 않은 것이다.

내가 물어본 사람 중에는 동료는 물론이고 선배도 있고, 후배도 있었다. 나와 막역한 인연을 지녀 주례와의 관계를 물어봐도 실례가 되지 않을 이들에게 물어보았고 모두가 주례와 연락이 닿지 않는다고 대답했다.

그렇게 연락이 끊어진 이유는 분명히 있었을 것이다.

두 사람 사이에서 연락이 단절되었다면 두 사람 모두의 잘못이지만, 그래도 그중에 한 사람이라도 그 인연을 소중하게 생각하고 유지되도록 연락하거나 찾아가 만났으면 인연이 끊어지지는 않았을 것이다.

서로 사랑하지 않지만 한쪽에서 적극적인 구애를 하며 울며불며 매달려 부부의 인연을 만드는 경우도 허다하기 때문이다.

주례와 신혼부부와의 관계가 단절되었다면 아랫사람, 즉 신혼부부 쪽에서 인연을 계속 이어가는 것에 대한 관심도가 현저히 줄어들었기 때문이라고 생각한다.

신혼부부 쪽에서 인연을 단절하고 싶은 의도를 가지고 있었다고 보는 게 맞을 수도 있다.

그 이유는 주례를 본 사람은 그래도 많은 부하 직원과 인연을 맺었고, 또 주례를 봐준 신혼부부도 더러 있을 수도 있기 때문이다. 부연하면 인연을 맺었고, 또 유지해야 할 대상이 더 많을 수도 있다는 것이다.

주례는 신혼부부보다 나이가 대체로 20~30살이 많기 때문에 직업을 잃는 시기와 경제적인 활동의 단절도 더 빨리 도래되는 영향도 있다. 사람들이 직장이 없고 경제적으로 쪼들리면 위축이 되어 인연 관리에 또한 소극적으로 변하는 것이다.

그러나 신혼부부는 젊음이 있고 명예와 가계 경제도 키워나가는 시기에 있다. 자녀들도 출생해서 입학과 진학을 하는 등 희망과 생동감을 영위하는 세대이기 때문이다.

물론 교육비의 증대로 가계 경제가 어려울 수도 있으나 어떻게든 아랫사람이 먼저 연락을 해서 쭉 인연이 이어지도록 노력하는 것이 맞는 것 같다. 마음만 있다면……

삼강오륜의 장유유서長幼有序만 생각하더라도 젊은 부부가 인연을 이어가는 것에 더 노력했으면 인연의 단절은 예방할 수 있었으리라 판단된다.

그러한 결과는 신혼부부와 주례의 인연 유지의 필요성이 미약해졌다는 의미를 담고 있다. 물론 사람이 살면서 삶에 굴절도 생기고 고난도 오고, 경제적인 궁핍도 오고, 남에게 드러내지 못하는 아픔을 겪기도 하지만 젊은 신혼부부가 더 적극적으로 인연 챙기기를 했으면 단절되지는 않았으리라는 생각이 든다.

또 다른 이유로는 주례의 가치 상실을 들 수가 있다. 신혼부부에게 영향력을 줄 수 있는 위치에 계속 존재하든지, 그렇지 않으면 승승장구해서 만인의 표상이 되는 명예를 얻든지, 그렇지 않으면 인간적인 존경심에 매료되도록 하염없이 베풀었으면 지속적인 관계가 유지되었으리라.

신혼부부 또한 새로운 윗사람과 관계를 맺었는데 그 새로운 사람이 더 인간적이든지, 더 영향력이 있고 지위가 높다면 상대적으로 주례를 서줬던 사람과 소원해지는 요인이 될 수도 있겠다고 생각했다. 그것 또한 인연이 단절되는 데 영향을 주는 계기가 되었으리라.

'정승 집 개 죽은 데는 조문을 가도, 정승이 죽으면 조문을 안 간다.'라는 말이 있지 않은가!

다르게 생각하면 신혼부부가 주례에게 어떤 부탁을 했는데 들어줄 수 없는 곤란한 지경으로 거절을 당했거나, 주례가 애를 썼지만 정반대의 결과가 나와 서운한 감정으로 주례와 관계 단절을 결정할 수 있다고도 추정해 본다.

그렇지만 서로 다른 직종이든, 서로 떨어져 근무하든 간에 주어진 책무에 최선을 다하고 진정성 있는 인간관계를 유지하며 소담스럽게 오래가는 경우도 많이 봐왔다. 흐르는 세월과 함께 두고두고 오래가는 인연 말이다. 이런저런 속박을 받지 않고 자연스러운 인간관계를 유지하면서 경조사를 챙기고 소소한 정을 주고받는 경우를 볼 수가 있다.

떠난 뒤의 뒷모습이 아름다운 인연을 보는 것이다. 오래오래 같이 가는 인연 말이다. 순수하게 이해관계가 없는 인간관계인 것이다.

인간관계의 지속성은 결국은 마음이 움직여야 유지된다.

첫 인연은 이해관계에서 시작이 되었다 해도, 그 이해관계를 벗어나 편안하게 교감할 수 있는 인간관계로 발전이 되었을 때 인연의 깊이와 길이가 무한해짐을 볼 수 있다.

인위적으로 억지를 써 꿰맞춘다고 해서 될 인연이 아니라는 것이다. 짧은 시간 동안 몇 번은 가능하다. 1~2년은 유지할 수가 있으나 쭉 오랜 세월을 함께하는 인연은 어렵다는 것이다. 용을 쓰면 단기간은 관계 유지가 될 수는 있을지라도 쭉 냇물이 흘러가듯이 관계 유지는 어렵다는 것이다.

보석같이 소중한 인간관계 유지도 다분히 운명적이라는 것이다. 사람 관계도 팔자에 녹아 같이 간다는 생각이 든다.

이 세상을 살면서 누군가 성공할 수 있도록 주변에서 도와주는 사람들도 있지만, 실패할 때는 매몰찬 조언이 인색해서 결국은 실패를 돕는 격이 된 사람들이 주위에 존재했던 것 같다. 처삼촌 벌초하는 격으로, 건성 건성으로 조언했다고 생각한다. 물론 본인이 성공하겠다는 의지가 좌우선임은 말할 나위가 없다.

사람 주변에 사람이 있다는 것이 모두 인연이지만 그 인연이 내가 고난을 겪었을 때 얼마나 발 벗고 나서 주는가가 옥과 구슬의 차이가 아니겠는가?

내가 나이를 먹고 지각知覺이 생긴 후 인연이 된 사람들 중에 1%만 진솔한 관계를 유지했다면 나 또한 어떻게 되었을까 하고 생각해 본 적이 있었다.

1만 명에서 1%는 100명이다. 10만 명의 1%는 1천 명이다. 그러한 인연군因緣群이 내 주위를 에워싸고 나의 미래 행복을 지원했다면 지금보다는 더 행복하고, 더 활기찬 나날이 되었지 않았겠는가! 우연찮게 인연이 오더라도 비어있는 마음으로, 이해득실을 따지지 않고 다가서는 게 중요하다는 생각이다. 내 마음을 내어준다는 생각으로 아주 천천히 다가선다는 것이다.

결국 삶은 사람과 더불어 내가 이 세상을 살아가는 과정이다.

그중에는 이성도 있고, 동성도, 아내와 자식도 포함이 된다. 사람 관계가 곧 나의 신뢰성의 상징이며, 삶의 가치이며, 재산이며, 행복의 시작이다.

지극히 운명적으로 인간관계가 이루어지지만 나의 겸손을 바탕으로 더 노력하고, 배려를 바탕으로 편안하게 사람 관계에 임했다면, 더 많은 사람이 나의 먼발치에서 기웃거리며 관심을 보였으리라! 그러한 측면에서는 지난 시간에 많이 아쉬움이 남는다.

그러나 우리 아버지는 그렇게 살지 않으셨는데 말이다.

## 바른말

흔히들 말하기를 '절대절명'이라 많이 하지, 궁지窮地에 몰려 살아날 길이 없게 된 막다른 처지處地일 때 쓰는 말이지, 그런데 이 말이 잘못 쓰이고 있는 것 같아…….

'절대절명'은 '절체절명'으로 써야 맞는 것 같다. 한문으로 써보자.

絶對絶命절대절명과 絶體節命절체절명. 이렇게 쓰고 보니 맞고 틀린 게 확연히 드러나는군. 절체절명絶體節命, 몸과 목숨이 끊어지듯이 위태롭거나 절박한 지경이지.

내가 요사이 낚시하러 자주 부릿골 저수지에 가는데, 고기는 고사하고 세월을 낚는 거지.

그런데 너의 어머니가 무조건 반대야. 물론 물가에 가는 것이니 실수가 두렵기도 하겠지. 저수지 주변에서 실수를 하면 익사라는 사고와 직면을 하니까!

조심함을 염두에 두고 아침 6시부터 9시까지 짧은 시간에 수목 속의 청명한 아침공기와 저수지에서 피어나는 물안개를 즐겨보지 않은 이는 이해하지 못할 거야. 이렇게 아침 저수지의 광경을 표현하면 즐거운 넋두리인가!

오늘 잡은 물고기 10마리가 냄비 속에서 끓고 있네.

매운탕이 다 끓여지면 대작酌꾼이 있어야 되는데 없으니, 술은 그만두고 저녁 반찬이나 하련다. 아비가.

## 보리개떡

서기 1930년대 즉 일제 말엽부터 박정희 대통령 집권 초기까지 우리 조상들의 생활은 처참하기 그지없었다. 눈물겨운 궁핍이었다. 오래 굶어 살가죽이 들떠서 붓고 누렇게 되는 부황증浮黃症에 걸린 사람들도 많았다.

보릿고개란 말을 생각해보자.

양력 6월이 되면 웬만한 집은 양식이 떨어져서 누렇게 설익은 보리를 베어서 타작하여 디딜방아에 찧고 껍질째로 보리떡을 만들어 그걸 먹으며 연명을 했지. 이 음식을 경상도 사투리로 '떡보리'라 했지. 이때 가난이 극심한 집은 보릿겨를 재료로 떡같이 만들어 연명을 한 집도 있었지.

내가 생각하기에는 이때 '보리겨떡'이 세월이 흐르며 '보리개떡'으로 변음되었다고 생각한다. 우리 주변에서 옳지 않은 것을 '개'에 비유하는 것이 많지. 예를 들면 '개자식', '개차반', '개수

작' 등과 같이……

그래서 옳지 않은 떡이라는 뜻에서 '보리개떡'이라는 명칭으로
변하지 않았나 싶네. 찰떡이나 쌀떡에 비해서 말이야.

우리 조상들은 개떡뿐만 아니라 초근목피草根木皮로 연명한 세대
이나, 지금은 쇠고기로 호의호식好衣好食 하면서도 시끄러운 세상
이니 매사에 잘 더듬어가며 살피고 또 살펴서 살아보자. 보리개
떡 같은 세월이군. 심심해서 써본다.

사전을 찾으면 떡은 곡식 가루로 만든 음식, 겨는 곡식의 겉껍
질, 개떡은 보릿가루나 밀가루를 반죽하여 찐 떡, 찰떡은 찹쌀
로 만든 떡 등이다. 참고해라. 아비가.

## 귀가

어제 한잔했느냐?

29일 밤에 너의 전화를 받고 한 시간 후에 집에 전화하니 용현
이가 전화를 받는데 아비는 미도착했고, 누나는 독서실에 갔으
며, 어미와 함께 집 지킨다더군?

듣고 싶던 용현이 목소리 듣고 끊었지.

주의해서 술을 마시기 바란다. 아비가.

## 군번

내 군번은 10183083이지. 우리나라의 군번 1번은 누구일까?

우리나라의 군인 중에 최초의 군번은 이형근 대장으로 알고 있다.

이형근 대장은 일본 육군사관학교를 졸업하고 육군 대위 시절에 해방이 되었는데, 미군에 의하여 한국군 대위로 근무하게 되고, 그때 군번 1번을 받아서 본인은 거절했으나, 재차 미군에 의하여 1번으로 정리되었다고 한다. 10001번을 받았다고 어떤 책에서 봤으나 책 이름이 기억나지 않네. 한번 알아봐라.

내일이 할아버지 제사기 때문에 사랑방에 군불을 많이 넣어 정도 이상으로 뜨겁네. 그래서 잔소리가 길어지고 있다.

홈페이지 73안중회가 어찌 21회부터 29회까지 마구 나오며 22회는 나오다 말다 하네. 물론 내가 컴퓨터 기술이 모자라지만 어제까지는 봤는데 오늘은 안 보이네?

방바닥이 뜨거워 엉덩이를 옮기고 더 써볼거나!

아리랑我離娘은 1867년에 대원군이 경복궁 건축 시 많은 인원을 동원할 때 생겼다고 하며 그 뜻은 '나는 임을 이별하네'라는 뜻이라고 한다.

동원이 된 많은 젊은이들이 임과 이별하고 경복궁 건축 현장에서 고향 집으로 가지 못하는 이도 많이 있었다고 한다.

아리랑我離娘 노래는 전국에 50여 종 있으나 그중에 대표적인 것이 밀양, 정선, 진도 아리랑이 있다.

그중에 진도 아리랑은 박기종이 만들었다는 설이 있다고 한다.

아비가.

## 잡담

5월 9일은 우리 동리洞里 어버이날.

8일이 장날이어서 9일로 변경해서 어버이날 행사를 했었지.

면사무소에서 행사비로 162,000원 지원이 되었고, 동리 자금으로 조금 보태어서 돼지 1마리 90kg 280,000원에 구매해서 8일에 도살했지.

잡자마자 구워 먹고, 삶아 먹고, 온 동리가 다 모여서 1/4마리는 처리하고, 앞서서 일하는 젊은이들과 젊은 부인들도 가세하여 1/4마리 처리했지.

9일은 젊은이들이 행사 준비한다고 아침부터 분주하게 남아있던 반 마리를 삶아 고기와 수박, 잡채, 맥주, 소주, 음료수 등은 지천으로 널려있고 점심은 소고기국밥으로 먹었지. 국밥의 소고기가 국산인지는 확인이 안 되었네.

반찬은 오징어 무친 것, 잡채, 배추 짠지 등이며……

그런데 요사이 사람들이 건강을 위하여 먹는 것 마시는 것 무척 조심하니까, 음식이 줄어들지 않더군. 그러나 본인의 집에 가지고 가는 것은 눈치 봐서 잘들 하더군.

내 눈에 딱 걸렸지.

참석 인원은 면사무소 직원 포함해서 남자는 16명이며, 여자는 교회 목사 아내 및 젊은이 포함하여 23명이 모였네. 나는 점심밥까지 먹고 집에 와서 만복감을 줄이기 위해 컴퓨터 책상 앞에 앉았다. 조금 있다가 또 마을회관에 가봐야지. 내 눈에는 행사 흐름이 이상하게 보이네.

이렇게 글을 쓰고 보니 내가 행사에 불평이 있는가 보군. 한마디로 말해서 어버이날 행사가 아니고, 젊은이 날 같이 보이네.

아비가.


아버지?

저세상이라는 곳이 존재한다면, 그곳, 저세상에서 아버지께서 생활을 하신다면!

같이 생활하시는 주변 분들을 편하게 봐주십시오.

남은 음식 좀 싸서 가든, 입을 통해서 배 속에 넣어서 가든, 가지고 가는 것은 같잖아요.

제가 태어나고, 성장을 했고, 형님과 동생과 싸우면서 철이 든 곳에서 이런저런 것을 보시고, 들으시고, 생각하셨던 이야기를 전해주신 것만으로도 아버지에게 고마우며, 행복합니다.

늘 고향 안평면 박곡1동이 궁금하고, 아버지의 소식이 기다려졌거든요.

그러나 지금은 아버지가 이 세상에 생존해 계실 때 보내주셨던 편지 중에 남아있는 것을 읽거나 가늠하며 아버지의 가슴속으로 다가서고 있습니다.

아버지, 보고 싶습니다!

# 아버지의 온기

오스만 제국령 마케도니아에서 출생한 테레사 수녀는 이렇게 말했다.

'위대한 행동이라는 것은 없다. 위대한 사랑으로 행한 작은 행동들이 있을 뿐이다.'라고······.

우리 아버지의 자식에 대한 사랑의 실천과 어울리는 문구라고 생각했다. 큰 사랑을 소소한 행동으로 표현하셨던 우리 아버지다.

## 출장

장기간 출장에 많이 피로하겠다. 수고 많았다.

대전은 서울에서 가까운 곳이라 집에서 출퇴근할 줄 알았는데 단체 행동이어서 그것도 안 되는구나 생각했다. 그리고 계룡대는 네가 잘 아는 곳이라 안심이 되었지?

어제 너희들 큰외삼촌 전화가 왔는데, 너의 집에 햅쌀 20kg을 보냈다네. 그래서 21시경 소식 전하려 너의 집에 전화했더니 가람이가 받는데 어제가 생일이었다나.

나이 70세가 넘으면 기억력이 할 수 없나 봐.

너의 엄마가 가족 생일은 모두 기억하고 사전에 축하 전화는 해주는데, 어제는 손녀에게 미안하게 되었네. 가람이와 전화하면서 본인이 생일이라고 말해서 알았지 뭐!

그리고 밤 8시경이면 네가 출장에서 집으로 오는 날인데 아직 도착이 안 되었다고 하더구나. 내 가늠으로는 대전서 지연 출발이 되었거나 아니면 일행 중에 애주가가 있어 헤어지기 전에 일 작—酌하구나 생각했지!

오늘이 토요일이니 회사 출근은 월요일에 하겠구나.

18일 토요일에 쌀 도착하면, 착불着拂로 보냈다니 4,000원 주고 찾아야 될 거다.

외가는 낮에는 농사일 때문에 사람이 거의 집에 없고 밤 8시가 되어야 집에 온다.

그때를 맞춰서 잘 받았다고 전화로 소식을 전해라.

손자 용현이 목소리 들으려 했더니 저 누나와 통화할 때 동네마트에 뭘 사러 갔다네. 목소리를 못 들었다. 다음에 통화할 때 목소리를 듣지. 요사이는 더 많이 성장했을 거야. 변성기도 오고, 변성기에 목을 무리하면 평생 음성이 나빠지니 악성 고함은 절대 지르지 않도록 사전에 잘 주의시켜라.

다음에 통화할 때 나도 얘기하마. 오늘이 10월 18일 안평 장날이네.

그러고 보니 내일이 생가의 경주 이李씨 할머니 제삿날이네. 아마도 대구 큰고모와 둘째 고모가 온다더니 모르겠네. 일요일이라서 월요일을 준비해야 되니 말이다.

간단하게 제사 음식을 준비하라고 했는데 너의 엄마는 제사만
은 절대로 그렇게 못 한다네.

할 수 없지. 본인이 하고 싶은 대로 해야지. 나의 충고는 귀에 들
어오지 않으니까.

제사 지나고 다시 연락할게. 그럼 고된 몸 좀 쉬어라. 조심하여
건강 지키고. 안녕. 아비가.


한참이 지난 일의 기록이지만 참 재미가 있다. 그러면서도 기록
의 중요성을 일깨워 준다.

윗글은 아버지가 나에게 보낸 이메일이며, 아래의 시는 내가 써
놓은 것이다.

나의 글은 찢어진 신문지 여백의 메모를 옮겨 썼다고 되어있다.
두 글을 맞추어보면 내가 출장을 마치고 서울 집으로 가면서 딸
가람이의 생일날이라 만이천 원을 주고 케이크를 사 왔다. 마침 그
시간에 아버지는 서울 우리 집으로 전화를 하셨는데 손녀의 생일
이라는 것을 기억 못해서 미안해하셨다.

손자 용현이의 목소리를 듣고 싶었는데 동네 슈퍼마켓에 뭘 사러
가서 듣지 못해 서운해 하셨다. 용현이는 동네 슈퍼마켓에서 천 원
에 두 개 하는 귀걸이를 사 누나의 생일선물로 줬으며, 딸 가람이
는 비록 천 원짜리 귀걸이지만 흡족해하면서 미소와 함께 고마워
했다.

곁에서 지켜본 나는 이런 게 한 집안의 행복임을 느끼며 신문 여

백에 몇 자 기록을 해서 출근하는 옷 주머니에 쑤셔 넣었다.

그 신문 조각의 메모가 1년이 지나 발견이 되어 옮겨 써 보관했다.

퍼즐puzzle을 맞추듯이 두 조각이 입증이 되는 글이어서 흥미롭다.

## 소박한 행복이 같이하던 날

지난해 딸의 생일날이었다.
대학생인 그는
늦은 밤 지방 출장길에서 사온
아버지의 만이천 원짜리 케이크이지만
흠뻑 행복에 빠져
해맑은 미소를 지어주었다.

중학교 1학년의 아들인 용현이는
잊어버렸던 누나의 생일선물 때문에
뜀박질해서 동네마트로 가
천 원에 두 개 하는 값싼 귀걸이를 선물했고
누나는 동생의 선물이 마음에 든다고 흡족해했다.

그때의 아름다운 모습이
일에 파묻히면 잊어버릴 것 같아
신문 조각의 여백에 메모해 두었다.

그 찢어진 신문 부스러기가

책상 위에서 눈에 띄어

이렇게 옮겨본다.


안동 와룡에 계시는 큰외삼촌은 그 당시 연세가 일흔이셨다.

어렵게 농사를 지어 가을에 추수를 해서 생질甥姪에게 쌀을 보내주셨다. 결코 쉽지 않은 마음 씀씀이인 것은 분명하다.

농사철에 시골에서 흔히 떠도는 말이 있다.

'농사일할 때 고단함을 생각하면 쌀 한 톨 남에게 안 준다.'라는 이야기다.

그 정도로 농사일이 힘이 든다는 증거일 테다. 그렇게 힘이 든 쌀 농사를 하셔서 나에게 보내주시곤 했다.

아버지께서는 다음과 같이 말하셨다. 안동 외삼촌이 햅쌀을 보냈는데 수신자 부담이니 4천 원을 주고 찾으라. 잘 받았다는 인사는 농사일 관계로 밤 8시 넘어야 전화를 받을 수 있으니 참고해라.

손녀 가람이의 생일날인데 축하 말을 못했다. 기억력이 쇠퇴해서 손녀 생일을 잊었다.

손자 용현이 목소리를 듣고 싶었는데 심부름으로 집에 없어서 통화를 못했다. 다음에 다시 전화를 해서 목소리를 들으려 하며, 많이 성장했으리라 짐작한다. 변성기니 목소리 관리를 잘하도록 하여라.

내일 생가의 경주 이씨 할머니의 제삿날이다. 대구의 큰고모와 작은고모가 오려는지 궁금하지만 월요일을 준비해야 되니 일요일에 못 올 수도 있으리라 생각이 된다.

제사 음식은 간단하게 못하는 어머니의 고집은 나도 어쩔 수 없다. 고집대로 하도록 둬야지 나도 다른 방도가 없다.

자식 걱정, 손녀의 생일 축하와 손자의 변성기까지 챙기시고, 목소리를 듣지 못해서 허전해서 다시 전화를 하시겠다고 하셨다.

지금 생각해 보니 어머니와 함께 생활을 하셨지만 늘 자식들 생각과 손녀, 손자들의 모습을 그리고, 목소리를 듣는 낙으로 하루하루를 쌓아 가셨다는 생각이 든다. 아버지는!

## 집 정리

내가 알기로는 73년 만에 하는 우리 사랑방 뒷방 정리인 듯하다. 9월 28일부터 시작하여 9월 30일에 대략 마무리되었다. 살면서 차차 정리하며 보완해야지.

케케묵은 물건이 한도 없이 보관이 되었고, 끝이 없이 나오더구나.

뒷방의 낡은 책상을 없애려고 시작했는데 하는 도중 너의 형에게서 전화가 와서, 사랑방 정리한다며 책상을 부숴 없앤다고 하니 없애지 말라고 했나 봐. 너의 어머니가 책상은 없애지 말자고 해서 사랑마루로 옮겼다.

사랑 뒷방에는 쇠로 된 앵글 보관대를 3단으로 만들고 책은 무조건 뒷방으로 옮겼다.

옮기다가 너의 3사교 임관 가방도 발견했고, 너의 사관학교 책도 신기한 것 많이 보았다.

너의 누나 친구 김정애가 철순에게 쓴 정이 깃든 17년 전 편지도 발견이 되어 보관 중이다. 훤하게 정리를 했지만 무엇 하겠나! 하루 만에 너의 어머니가 방 가득히 채울 것인데 뭐?

그래서 묵은 것이 생기나 봐? 못 버리게 하고 보관하기만 급급 하니까…….

오늘 해가 뜨면 햇볕에 건조시킬 것 분류해서 디지털카메라에 건전지를 넣어서 한 판씩 촬영해서 보관해 놓아야지!

책을 살 때에 만만하지 않은 책값을 생각해서 어지간하면 보관 하였다.

책 중에 역대 대통령 어록집도 있고, 제목만 봐서 볼만한 게 더러 있더라. 너의 엄마가 들깨 낫으로 베자고 고함을 쳐서 그만 쓰련다.

건강 조신하고 매사에 조심하여라. 아비가.


이 편지를 다듬으면서 눈물이 났다. 울었다.

아버지의 편지를 읽으면서 비록 이번뿐만 아니지만 그냥 눈물이 나왔다.

아버지의 육성이 깃든 편지이기 때문이기도 하지만 촌로의 때 묻지 않은 이야기이기에 더욱 그랬을 것이다. 그냥 일상에서 살아가는 꾸밈없는 이야기라서 말이다.

'너의 엄마가 들깨 낫으로 베자고 고함을 쳐서 그만 쓰련다.'라는 표현에 많은 것이 떠오른다. 이 글을 읽는 사람들은 퍼뜩 이해가

가지 않겠지만 아들인 나는 몇 가지의 일들이 스쳐 지나간다.

낫으로 무엇을 베려고 하면 먼저 숫돌에 갈아서 날을 세워야 한다. 그러면 낫은, 숫돌은 고향집 어디에 있을 테니 그 장소가 떠올랐다. 벤 들깨를 햇볕에 말리는 절차에선 새끼로 묶어서 서로 맞대어 세워야 되니까 새끼를 어디에 보관을 하는지도 떠올랐다. 그중에서 가장 정겹고, 흥미로운 모습으로 어머니가 고함을 치며 '밭에 가서 들깨를 쪄야 하는데 돈도 생기지 않는 컴퓨터 앞에서 뭐 하느냐?'라고 닦달하는 모습이 연상되기도 했다.

아버지는 컴퓨터로 그냥 이것저것을 찾아보고, 찾은 내용을 생각해 보고, 몰랐던 것을 알아가는 즐거움이 쏠쏠하실 텐데 고함을 치시는 어머니의 성화에 못 이겨 할 수 없이 들판으로 나서는 모습이 떠올랐다.

'책을 살 때에 만만하지 않은 책값을 생각해서 어지간하면 보관하였다.'라는 말씀도 참 편안하게 다가왔다. 돈을 주고 샀던 책이라면 단 한 권도 쉽게 버리지 못하는 심정은 모두가 동감하리라고 생각이 된다. 그 책을 다시 읽고 말고는 다음이고, 우선 버리지 않고 보관하는 데에만 급급한 것이 우리네 심정이지 않은가.


### 오늘

용현이 먹게 나물 조금 택배로 부칠 때, 포장박스 여백으로 생고추하고 능금 몇 개하고……. 내일 받기 바란다.

그러고 보니 손자 용현이 목소리가 듣고 싶네.

택배로 부치고 어미한테 전화할게. 매사에 조심하고. 안녕. 아비가.

시간이 지났지만 이 이메일의 글을 읽고 있으려니 목이 메었다.

손자에게 먹거리 채소를 싸면서 여백에 능금 몇 개를 넣었다고 하셨다.

능금을 넣은 게 아니라 할아버지의 사랑을 넣고, 할아버지의 정을 넣고, 할아버지의 온기를 넣어서 포장을 하셨으리라. 그러고 나서 택배 포장이 마무리가 되니 손자의 목소리가 듣고 싶어진다고 하셨다.

이 세상의 모든 할아버지의 심정을 그대로 기록하셨다.

목소리가 듣고 싶었으니 전화를 하셨을 게다.

이 글에는 표현이 없지만 분명 전화를 하셔서 손자 용현이와 통화를 하셨으리라.

그 손자의 목소리를, 그 손녀의 아롱거리는 것을 떨쳐 버리고 어찌 저세상으로 가셨을까!

그 울림을 뒤로하고 어떻게 혼자 그 먼 길을 떠나셨을까!

눈시울이 뜨거워진다.

그러면서도 떠나실 때 부탁의 말씀도 당부의 말씀도 하지 않으셨다.

생전에 긴긴 글로 부탁했기 때문인지, 이메일로 단속을 해놓으셔서 그런지, 이렇게 살아라, 저렇게 살아라, 저런 것은 좋지 않은 것이니 하지 말라 등은 일절 안 하시고 그냥 먼 길을 떠나셨다. 떠나

시기 며칠 전에 그래도 맑은 정신으로 맏아들과 딸, 사위 앞에서 서너 차례 우셨다. 못 알아듣는 말씀을 하시며 울었다. 눈 감고도 눈물을 흘리셨다. 참 이상하다고 자형姊兄이 이야기했다. 2주일 후에 간다라고 하셔서 어디에 가시느냐고 여쭈니 푹 자러 간다며 우셨다. 우리의 아버지는 그렇게 떠나셨다. 영영 돌아올 수 없는 먼 길을 떠나셨다. 아주 먼 길을 가셨다.

2016년 6월 16일 10시경이었다.

경북대학교 병원에서 그렇게 떠나셨다.

## 연말연시

각 종파 간에는 자기를 믿으라 하고 와서 정성을 들이라 하는데, 공자는 왜 믿으라, 모이라 하지 않고 자기의 학설만 옳은 것이라 주장하며 일생을 마감했을까!

오늘이 예수 탄생일, 옛날 같으면 고향 안평도 좀 시끄러웠을 텐데, 윗양지 교회 아이와 어른 합해서 약 15명 정도, 박실교회 역시 15명 정도 장터교회는 조금 많지.

시장, 가도실, 치실, 말구리, 석통 등이 모두 모여도 30명가량이지. 면민面民이 감소되고 노인 인구가 늘어나는 형편에 교인들이 더 늘어날 수가 없지. 고요하네.

12월 23일 저녁에 용현이와 통화를 했는데 밤 9시 30분경에 아빠는 자고 엄마는 화장실, 누나는 자기 방에서 공부를 한다더군. 그래서 너는 노력한 만큼 시험을 쳤느냐고 물어보니 아는 것은 잘 쳤다네!

연말이라서 모임이 많을 텐데, 건강은 건강할 때 지키는 게 가장 옳고, 건강을 잃으면 찾기란 거의 불가능하지! 고향의 밤은 바람의 천국이다. 태풍같이 부네.

동지 전날 안평 시장 방앗간에 팥죽 새알 빻으러 가니, 길이 온통 결빙이 되어 오토바이로 가기는 어려운 형편인데 겨우 갔지! 방앗간에 도착하니 치실, 마전동 아주머니들이 하는 이야기가, 집에서 출발하여 방앗간까지 오는데 두 번, 혹자는 세 번은 넘어졌다면서 나보고 오토바이는 더 위험했을 텐데 몇 번 넘어졌느냐고 묻더군?

한 번도 넘어지진 않았지만 겨우 왔다고 이야기하니 기술 좋다고 하네. 마전동에 초상初喪이 나서, 서울에서 출발하여 마전동 뒷산에 매장하는데, 빙판길에 많은 승용차가 도랑으로 빠졌다고 하더구나. 그래서 서울서 오면 어느 댁이냐고 물으니 상주가 이광영이더구나. 그는 둘째 상주이고 아들 넷, 딸 둘로 육 남매 중 이광영이 둘째더구나.

일기 불순한데 고생 많이 했으리라 생각이 되더구나. 빙판이라 집까지 오는데 오토바이를 살살 기도록 운전해서 넘어지진 않았다네. 다 조심 덕이지! 아비가.

## 양지와 음지

태양은 지구가 자전하고 태양계가 회전하는 것을 물끄러미 보고 있다.

그래서 지구상에서 양지가 있고 음지가 생기는 것이다. 인생살이를 양지와 음지로 구분해서 표현을 하지. 양지가 음지 되고 음지가 양지 되어도 계속해서 햇빛을 보며 살 수 있는 인생살이가 되어야 할 것이다.

옛말에 '원수를 맺지 마라, 좁은 길에서 만나면 피하기 어려우니라.'라는 말이 명심보감 속에 있지.

한자로는 '수원을 막결하라, 노봉협처에 난회피니라.讐怨을 莫結하라, 路逢峽處에 難廻避니라.'라고 쓴다.

사람이 평생을 양지에서만 살 수가 없을 거야. 음지에서도 살 날이 있을 테니까! 그때를 생각하여 너그럽게 살기 바란다. 역대 대통령 수하 사람들이 양지에 살 때와 음지에 살 때를 더듬어 보아라. 음지에서도 햇빛을 보며 사는 사람들이 있는가?

역사를 통해서 볼 때 음양에 관계없이 햇빛 속에서만 살았던 사람들은 그만한 이유가 있었을 것이다. 양지에 살 때 음지를 깊이 생각하고 음지를 헤아려 줬기 때문이라 생각한다. 양지에 살 때 음지를 보살피면 내가 음지에 가면 보살펴 주는 이가 있으리다. 아무리 야박한 세상이라도 바르게 살아가는 사람들이 많아서 그래도 옳고 그름은 있겠지!

오늘 윗양지 문경댁 아들 이장한 씨가 자두 팔고 오다가 소주 1병 사 와서 같이 먹고 이제 갔다. 너도 빨리 집에 가서 감자나 삶아 먹어라.

왜 이리 시시한 걱정이 많은지. 늙은 탓일까?

미국 대통령 버락 오바마도 왼손잡인데 우리 손자 용현이도 왼손잡이거든! 내가 오래 건강해야 용현이를 오래 볼 텐데 노력해야지! 안녕. 아비가.

모든 할아버지의 손자에 대한 바람이 그렇겠지만, 아버지는 미국의 대통령 오바마가 왼손잡이인 것과 손자가 왼손잡이인 것을 동격화하셨다. 자신의 손자가 미국의 대통령 못지않다는 뜻으로 그렇게 표현하셨다. 스스로 건강을 다스려 오래 살아야 왼손잡이 손자를 쭉 볼 터라고 각오를 다졌다.

그러나 인간이 할 수 없는 한계가 있듯이 아버지는 그렇게 본인이 표현을 해놓고는 10년도 아닌, 7년을 더 사시고 이 세상을 영원히 떠나셨다. 아버지도 한 인간임에는 틀림이 없다. 자신이 말씀한 약속을 지키지 못하고 작고하셨으니 말이다.

**시조**

이런저런 시조 몇 수를 보낸다.

욕심

욕심내어 모았더니 골병만 모였네
지나친 욕심에 친구만 멀어지고
차라리 이럴 바엔 건강이나 모을 것을. 작가미상

욕심이 눈을 가려 네 것 내 것 못 가려서

마음대로 가졌으나 안경을 벗고 보니

내 것은 전혀 없고 창피만 쌓였도다. 작가미상

## 초옥草屋

이러나저러나 초옥이 편코 좋다

청풍은 오락가락 명월은 들락날락

이중에 병 없는 몸이 자락 깨락 하리라. 작가미상


자네 집에 술 익거든 부디 나를 부르시오

초당에 꽃 피거든 나도 자네 청하옴세

백년간 시름없을 일을 의논코저 하노라.

김육金堉1580년~1658년 지음. 아비가.

아버지가 '이런저런 시조 몇 수 보낸다.'라는 제목으로 보내준 시의 핵심단어key word는 '욕심을 버리자.'이다.

마음 편하게 사는 삶이 최고의 행복이라고 요약할 수 있다. 또 아버지가 평상시 살아가시면서 마음에 두고 있는 생각과 같은 뜻을 내포한 시詩라고 이해를 했다.

언젠가 아내와 함께 법정 스님의 '무소유'에 대하여 이야기한 적이 있었다.

그때 아내는 무소유라는 단어를 그대로 해석하고 삶에 적용하며 살라는 뜻은 아니라고 했다. 무소유는 '가진 것이 없다.'라는 것인데 현대 사회에서 가정을 이루고 의식주衣食住 해결과 자녀의 교육에 필요한 돈이 있어야 할 텐데 말이 되지 않는다며 법정 스님도 그런 의도로 말씀하신 건 아닐 것이라고 했다.

재물을 적게 소유하고 물질적인 욕심을 멀리하는 소유 관념을 민초民草들에게 전했을 것이라고 말했다.

나도 그 말에 공감을 했다.

아버지 또한 법정 스님과 동일한 생각을 하시고 이메일을 통해서 자식들에게 전했을 것이다. 욕심을 버리고 살아야 마음이 편하고 마음이 윤택해진다는 뜻으로 말이다.

그러나 재물에서 마음을 내려놓는다는 게 어디 쉬우랴!


서울의 우리 아파트에는 과유불급過猶不及이라고 쓴 서각書刻이 있다.

풀이를 하면 '정도가 지나침은 미치지 못한 것과 같다.'라는 뜻이 아닌가! 사람이 살아가면서 행동을 절제하고 소비할 때 절약해서 넘치지 않았으면 하는 뜻을 담아 외사촌 동생에게 특별히 부탁을 했다. 손수 붓글씨를 쓰고 조각을 하여 많은 정성이 들어간 작품을 선물 받았다.

그 여동생은 외할아버지를 닮아 어릴 때부터 붓글씨도 잘 쓰고, 대학교에서 서각을 전공하였다. 한자로 쓴 글자 아래에 한글로 풀이를 해서 조각이 되어있는데 '조금 부족하게 사는 것이 현명한 삶이다.'가 쓰여 있다.

아내는 이것 역시 본인의 생각과 다르며, 부족하게 사는 것보다는 경제적인 여유를 지니고 남에게 베풀며 사는 삶이 바르다고 했다.

나의 생각으로는 절약하는 삶을 실천하는 교훈으로 삼고 싶어서 만들었으나, 아내와 풀이의 차이를 보여주는 서각이다.

### 콩 타작

노동이 좋을 때도 있는가 봐.

어제는 아침 일찍부터 준비하여, 이슬이 마른 것을 확인하고 12시경부터 시작하여 저녁 5시까지 콩 타작을 하였다. 금년 작황作況이 좋지 않아서 콩 한 그루에 두 알 내지 세 알만 달렸네.

그렇다고 버릴 수도 없고, 몇 시간 두드려야 콩은 겨우 한 줌 수확이 되네. 올해 경작 면적의 25% 정도 타작을 했고, 나머지는 오늘 할 거고……. 그런데 콩알의 수량은 적지만 콩알은 정말 굵어 더욱 버릴 수가 없지.

오늘도 안개가 걷히고, 이슬이 마르면 또 밭에 가야지. 그럼 안녕. 아비가.

콩은 대략 6월 중순에 씨앗을 땅에 넣어 10월 하순에 수확을 한다.

수확하기까지 5개월 동안 정성을 들여 키웠지만 한 그루에 콩알이 두서너 개만 달릴 정도로 작황이 엉망이었던 콩 농사였다. 전체적인 콩 농사는 기대에 못 미쳤지만 재미있게 콩 타작을 하서서 유쾌하게 마무리가 된 듯하다. 아버지 스스로 노동이 좋을 때도 있다고, 표현하신 것을 보니⋯⋯.

'에이~ 저 사람 숙맥菽麥이다.'라는 말을 사용할 때의 '숙맥菽麥'이라는 단어는 '숙맥불변菽麥不辨'이라는 사자성어의 준말이다. 숙맥같은 사람을 두고 메주콩과 보리도 구별하지 못하는 우둔한 사람으로 표현한 것이다.

콩의 종류를 나눌 때 용도에 의해서는 장류콩, 두부용콩, 콩나물콩, 밥밑콩혼반용, 풋콩 등으로 분류하고, 종자의 크기에 의해서는 왕콩, 굵은 콩, 좀콩으로, 콩의 색깔에 따라서는 흰콩백태白太, 누렁콩, 청태, 밤콩, 아주까리콩 등으로 부르기도 한다.

대두大豆는 우리말의 '콩'을 한자로 표기한 것으로 콩을 총칭하여 부르는 말이지만, 한편으로 대두大豆는 콩으로, 팥을 소두小豆라 구분하여 부른다.

메주콩백태은 '살이 찌지 않는 치즈'로 불릴 정도로 뛰어난 영양 효과와 다양한 효능을 갖고 있다. 단백질이 풍부하므로 밭에서 나는 고기로 알려져 있다. 대두는 녹말이 없기 때문에 당뇨병 환자들에게는 아주 좋은 단백질원이다.

메주콩은 양질의 단백질과 지방, 천연의 항산화 물질과 노화 방지, 스태미나를 촉진하는 토코페롤을 비롯해 비타민류와 칼슘, 칼

륨, 철, 셀레늄 등의 미네랄이 풍부하다.

특히 콜레스테롤을 분해하는 레시틴, 지방 흡수를 억제하고 지방 세포의 크기를 작게 하는 사포닌이 풍부해 혈중 콜레스테롤을 줄이고 지방의 합성을 억제해 비만 예방에 좋다.

장 운동을 활성화시켜 배변을 쉽게 함으로써 변비를 예방하는 효과도 탁월하다. 어렸을 때부터 메주콩을 지속적으로 섭취하면 성인병에 걸릴 확률이 크게 줄어든다.

대두의 원산지는 한국과 중국 만주지역으로 삼국시대 초기기원전 1세기초부터 재배되었다는 기록이 있다. 하지만 현재는 미국, 브라질, 아르헨티나 등지에서도 많이 재배되고 있으며, 전 세계 대두의 약 50% 이상이 미국에서 생산되고 있다. 미국에는 19세기 초반에 전파되었으며, 유럽에는 18세기에 독일을 거쳐 전해졌다.

너나 할 것 없이 잘 알고 있지만, 콩대두을 가공하여 두부, 된장, 식용유 등을 만들고, 또한 싹을 길러 콩나물을 만들어 먹는다. 전 세계에서 재배되는 콩의 약 70%가 대두이다.

우리나라에서 대두로 유명한 곳이 파주 장단면의 장단콩이다. 1913년 한국 최초 콩 장려품종으로 지정된 '장단백목'을 탄생시킨 콩의 본고장이다. DMZ 청정지역 마사토에서 재배하여 유기질과 항암 성분 이소플라본의 함량이 높다.

콩은 여러 글자의 한자로 쓸 수 있다. 두豆, 숙菽, 태太이다.

두豆자가 들어가는 대표적인 말이 대두大豆이다, 총체적인 콩을 말한다. 대두와 반대되는 소두小豆는 팥으로 구분된다. 또 두자가 들어가는 녹두綠豆 콩은 한해살이풀로, 팥과 비슷한데 씨는 팥보다 작고 녹색이다.

노래 가사 중에서 '새야 새야 파랑새야 녹두밭에 앉지 마라 녹두꽃이 떨어지면 청포장수 울고 간다.'에 나오는 그 녹두이다. 이 노래에서 파랑새는 동학농민운동1894년 때에 푸른색 군복을 입었던 일본군을, 녹두밭은 전봉준을, 청포장수는 일반 백성들을 의미한다. 청포는 녹두로 만든 묵을 칭한다. 녹두장군 전봉준이 죽으면 우리 백성이 울고 간다는 풀이이다.

콩의 숙菽자가 들어간 단어는 숙아채菽芽菜로 콩나물을 말한다. 또 숙맥菽麥은 콩과 보리이다.

콩의 태太자가 들어가는 단어인 녹태祿太는 녹봉으로 주던 콩을 말하며, 세태稅太는 조세를 받던 콩이며, 마태馬太는 말에게 먹이는 콩으로 사전에 풀이가 나와 있다. 옛날에는 화폐 대신에 콩으로 봉급을 주기도 했으며, 세금을 내기도 했다.


## 발효 식품

우리나라에는 발효 식품이 다른 나라에 비하여 많은 걸로 알고 있다.

김치, 짠지, 고추장, 된장, 감주, 식혜 등. 그중에서 된장은 1년을 숙성시켜야 먹지.

콩을 삶아서 메주를 만들어 띄워서 완전히 뜬 다음에 물과 적당한 염분을 혼합하여 몇 개월간 두어 완전히 숙성이 되어야 된장이 되지!

오늘 아침 5시 30분부터 시작하여 16시까지 금년 먹을 된장 원료가 되는 메주를 쑤었는데 지겹도록 많더군! 콩을 6시간 동안 삶아 빻아서 적당한 형태를 갖춘 메주를 만들어 매달아야 하니까 몸서리나게 지겹더군.

다 하고 나니 발효 식품이 공이 많이 든다는 걸 깨닫게 되네! 정성을 들였으니 메주가 잘되겠지? 내년에는 좋은 장맛 보리라 믿는다. 감사하며, 겸손하고, 칭찬하며 살자. 아비가.

## 맛味

고향故鄕의 맛.

우선 고향에 갈 계획만 세워도 설레는 마음으로 동요動搖가 되지!

대중교통을 이용할까, 아니면 내 승용차를 가져갈까? 누구랑 갈까, 선물은 무엇으로 할까? 막걸리 한 병 과자 한 봉이면 족한 것을, 지나친 지출은 부모의 가슴 깊은 곳을 해칠 것이네!

복잡한 도시를 벗어나 고속도로高速道路를 내달리는 통쾌痛快한 맛은 후련함이지.

그러나 톨게이트부터 밀린 차들을 보면 짜증스럽기 그지없네.

그래도 그 맛에 가고 싶은 곳이 고향이네. 고속도로를 내려 꾸불꾸불 정情다운 시골의 포장도로 모두가 선배들의 새마을 정신의 은덕이겠지?

그렇지 않았으면 아직도 뿌연 먼지 펄펄 나는 비포장일 텐데…….

아니 개인 승용차를 가지지 못하는 경제 수준일 가능성이 더 크겠지. 창밖을 내다보면 눈이 시릴 만큼 파란 하늘과 산山들, 들녘에는 황금빛 오곡들, 띄엄띄엄 빨간 능금과 노랗게 익어가는 감, 그리고 낯익은 빨간 고추들이 모두가 고향의 맛이지!

코끝을 스치는 시원함이 넘쳐 향기로운 공기, 마음껏 마셔보아도 싱그럽기 그지없네.

자연의 고마움을 그 누가 계산할 수 있으리! 이것 또한 도회지엔 없는 고향의 맛이지.

칠백여 리 머나먼 길을 지나 몇 시간 만에 어렵게, 어렵게 고향 집에 도착하면 귀에 익은 반가운 목소리, 쳐다보면 이마엔 인생 계급이 병장이요, 햇볕에 그을린 부모의 얼굴이 역시 건강한 고향의 맛이려니!

내가 기어다니며 성장한 안방에 들어가면 달라진 것은 선깃불, 이십여 년간 입에 익은 반찬飯饌, 이러한 것이 고향의 참맛 아닌가! 어머니의 때 묻은 손맛인가! 먹다 보니 과식過食은 예사일수例事日數. 그래도 숟가락은 놓기 싫지만 내 장기臟器의 안녕을 위하여 억지로 숟가락을 놓지. 이런 게 못 잊을 고향의 맛!

옛 속담에 '내 논에 물 들어 가는 것과 자식 입에 음식 들어가는 것이 제일'이라 했는데, 속담이 바뀌었나! 많이 먹는 것을 싫어하네. 그만큼 잘 살고 있다는 증거일 테지.

쓸데없이 글을 많이 썼다. 용현에게 할아비의 생각이라고 전해

라. 아비가.

## 과자공장

군인공제회 제일식품 선물세트 5호 1Box가 소포로 왔네.

내용물은 생땅콩 1kg 중국산 1봉, 김 300g×10봉, 생선을 썰어 말린 것 1kg 1봉, 초코칩 2통, 박하사탕 1kg 1봉, 초콜릿 커피 맛 스카치캔디 6봉 등 합해서 1Box 5kg이 또 왔네.

아기들도 없고 해서, 우리 집 앞 감나무 밑 그늘에서 쉬고 있는 이웃사람에게 너의 엄마가 앞으로 선거에 출마하려고 내다준다. 나누어 주기도 꽤나 힘이 드네.

과자를 받은 남자들은 안주만 주고 소주는 왜 없느냐는 등 이의도 있어 소주도 내줬다.

덕분에 소담한 잔치를 했다.

우리말 중에 경상도 사투리로 대들보에서 도리까지 올리는 나무를 석까리, 혹은 혀까레, 혁까리 등으로 부르는데 표준말은 '서까래'가 맞는 말이다. 참고바람. 안녕. 아비가.

## 계절

계절이 바뀌려나 봐. 토란잎에 흰 이슬이 보이네.

서리가 곧 가까운 시간에 내린다는 것이지. 식물은 민감하니까.

가을의 상징인 코스모스는 벌써부터 피었지! 지구의 온난화 변화로 약간의 시기 차이는 있지만, 코스모스는 국화과에 속하는 꽃, 고향은 멕시코이며 6~10월에 피는 꽃으로 기록이 되어 있네. 그리스어로 kosmos이며 뜻은 이 식물로 장식한다는 뜻이라네. 집 앞의 들판이 온통 황금색으로 칠해지니 아마도 그 힘겨운 추석이 가까워져 오는가 봐.

추석의 유래는 신라시대 7월에 수확한 삼대마로 한 달간 여자들이 모여서 양편으로 갈라서 삼을 삶아 진 편이 이긴 편에게 음식 가무를 대접하던 데서 비롯됐다고 하네.

그 날이 바로 음력 8월 15일 한가배, 혹은 한가위라고 했다나?

코스모스 한들거리는 비포장도로를 조용히 걸으며 사색하거나, 승용차를 운행하며 생각에 잠기면 얼마나 멋있는 행보行步일까! 그러나 고속도로를 이용해서 고향 간다는 명목으로 정한 시간 안에 100㎞/h 이상, 마음이 급한 사람은 120㎞/h 이상 달려야 하는 심정이 이해가 안 되네.

추석의 방법을 바꾸든지 휴일을 더 길게 늘이든지, 도로에서 북적대는 것은 피했으면 좋겠어! 물론 북적대는 것을 즐기는 이도 더러는 있겠지만!

부디 북적대지 말고 서둘지 말고 추석이 별거 아니니 조용히 가속 페달을 밟아라. 우리나라가 선진국으로 가기 위하여 빨리빨리 병을 치료해야 되는데!

하찮은 말 그만하련다. 개똥도 약에 쓰일 때가 있겠지! 안녕. 아비가.

'대개 행복하게 지내는 사람은 노력가이다. 게으름뱅이가 행복하게 사는 것을 보았는가! 노력의 결과로서 오는 어떤 성과의 기쁨 없이는 누구도 참된 행복을 누릴 수 없기 때문이다. 수확의 기쁨은 흘린 땀에 정비례하는 것이다.' 영국의 시인 윌리엄 블레이크가 표현한 글이다.

아버지는 저세상으로 가실 때까지 이 땅에서 행복하셨으리라.
순간순간 생각하시고, 책을 읽으시고, 글을 쓰셨으니 말이다. 꼭 육체적인 노력만이 노력에 해당되는 것은 아니다. 정신적인 노력과 열정이 행복을 만드는 기초일 것이다.
'개똥도 약에 쓰일 때가 있다.'라는 일념으로, 정성과 열정으로 자식들에게 이메일을 보내주셨다.
우리 아버지는!

# 이런 것도 있느니라

'우리 모두는 삶의 중요한 순간에 타인이 우리에게 베풀어준 것으로 인해 정신적으로 건강하게 살아갈 수 있다'라고 독일의 의사이자 음악가인 알베르트 슈바이처는 말했다.

여기서 타인은 나 이외에 부모님, 형제자매, 이웃사람, 동료, 학교 동창 등을 망라한 것이다.

## 하회마을

73안중회 인터넷 카페에 안동하회마을 사진이 소개되었더군.

그중 첫 번째 사진은 하회마을이 아니고 강 건너 부용대芙蓉臺라는 곳이며 부용의 한자를 풀이하면 연꽃을 의미한다. 부용대에서 바라보는 하회마을이 연꽃같이 보여 부용대라 했다더군.

기와집들은 조선시대 문신 류성용 씨의 형 류운용 씨의 호를 딴 겸암정사와 글을 가르치던 옥연정사이고, 사진에는 안 찍혔지만 가장 높은 산봉우리가 그 부용대이다.

부용대에서 서쪽으로 겸암 류용운 씨가 거처하던 집이 있다.

하회마을은 부용대에서 강 건너 솔밭이 있는데 마을 중앙을 약간 벗어나서 류운용 씨의 종가 양진당이 있고 류성용 씨의 고택 충효당이 있다.

마을 중앙에 초등학교가 하나 있었는데 아마도 지금은 폐교되었을 거야. 학교 이름은 풍남초등학교이었는데.

하회는 문화 류씨 일파로서 류종혜라는 사람이 처음에 안동 하회에 와서 입향조入鄕祖가 되었고, 다음에 류운용, 류성용 씨가 태어나서 유명해졌으며 풍산을 관향으로 썼는가 보다.

그래서 풍산 류씨라, 혹은 하회 류씨라 하지, 더 이상 상세한 것은 공부를 해야겠다.

감사할 줄 알고, 칭찬할 줄 알며, 즐겁게 건강하게 살자. 아비가.

## 표준말

여름이면 많이 쓰는 말 중에 '후텁지근'이란 말이 있지 특히 경상도에서 많이 쓰지, 그러나 이 말은 표준말이 아닌 것 같다.

TV에 일기예보의 아나운서는 '후텁지근'이라고 표현하지. 잘 들어 봐라.

국립국어원에서 자료를 찾아보니 '후텁지근'과 '후덥지근' 모두 사용할 수 있다고 되어 있네. 아비가.

1999년 10월 발행된 표준국어대사전에 '후덥지근하다'도 '후텁지근하다'와 함께 기록해 놓음으로써 둘 다 표준어가 됐다. '후덥지근하다'도 널리 쓰이고 있는 점을 반영한 것이다.

'후텁지근'은 '조금 불쾌할 정도로 끈끈하고 무더운 기운이 있다'는 뜻이고, '후덥지근'은 '열기가 차서 조금 답답할 정도로 더운 느낌이 있다.'는 뜻이다. '후텁지근'이 '후덥지근'보다 정도가 심하다고 보면 된다. '후덥지근'은 과거에 표준어로 인정받지 못했지만, 지금은 둘 다 모두 표준어로 인정하고 있다. 사전의 기준에 따라 '후덥지근하다'는 '후텁지근하다'의 잘못이라는 자료가 책이나 인터넷 등에도 많기 때문에 아직까지 '후덥지근하다'를 쓰면 안 되는 것으로 알고 있는 사람이 적지 않다.

그 외 복수 표준어는 덥수룩하다와 텁수룩하다, 소고기와 쇠고기, 고린내와 코린내, 구린내와 쿠린내, 나부랭이와 너부렁이, 알록달록하고 예쁜 아이들의 옷을 표현한 고까와 꼬까, 꺼림하다와 께름하다 등이 있다.

### 탁주오덕

탁주오덕濁酒五德이라는 표현이 하도 정확한 말이어서 소개한다. 탁주에는 5가지 덕스러운 게 있다는 내용이다.

첫째는 두어 사발 마셔도 심히 취하지 않는 덕이 있다. 심부취지덕甚不醉之德이다. 둘째는 한더위에 보리타작할 때 한 사발 마시면 힘이 불끈하는 덕으로, 보원기지덕輔元氣之德이다.

셋째로 추울 때 한 사발 마시면 온몸이 후끈한 덕으로, 손한기지덕損寒氣之德이다. 넷째로 두어 사발 마시면 간이 부풀어 말을 잘하는 덕으로, 조발언지덕助發言之德이다. 마지막 다섯 번째로 한두 사발 마시면 배가 불룩한 게 허기를 면하는 덕으로 면허기지덕免虛氣之德이다.

세상에 많은 술이 있지만 효과가 특출한 탁주는 좋은 술이잖아?

그래도 술은 절제를 해야 한다. 그래서 건강을 지키자. 아비가.


생전에 아버지는 이런저런 종류의 술을 가려서 드시지는 않으셨다.

그렇다고 닥치는 대로 막 드시지도 않으셨다. 드시는 자리와 같이하는 사람들을 분별해서 술자리를 하셨다. 주량은 세지만 많이 절제節制하셨다. 내 기억으로 아버지께서 취중에 횡설수설하셨던 기억은 별로 없었다. 술잔을 앞에다 놓고 이런저런 살아가는 이야기를 풀어헤치시는 걸 좋아하셨다.

대신에 어머니는 술을 젓가락으로도 못 집는다.

그래서 사 남매도 애초에 술을 마시지 못했다. 외탁을 한 것이었다. 그럭저럭 술 먹기에 애를 쓴 나는, 몇 잔을 할 정도로 늘었다. 사회생활에 필요하다고 느꼈기 때문이다. 나머지 남매는 지금도 술이라면 저승사자로 생각한다.


아버지는 많이 외로웠을 것이다.

쓸쓸함 속에서 독자로, 장남으로 우뚝해야 한다는 강박관념 속에서 성장하셨으리라. 그래서 술을 통해서 허전한 마음을 달래셨구나 하고 생각했다. 작고하시고 난 후 이런저런 생각을 골똘히 해 보니 그렇다. 태어나자마자 양자養子로 가서 형제자매가 없이 혼자 성장을 하셨다. 물론 친가親家 부모님으로부터 여동생이 있었지만 떨어져 성장했으니, 사촌같이 관계를 유지하면서 성장을 하셨으 리라.

그래서 취기가 오르면 같이 어우러져 북적북적해대며 와자지껄 하는 분위기에 쉬이 동화되셨구나 생각이 든다.

### 지명

우리나라의 모든 지명이 한문으로 되어 있는데 유독 '서울'만 한 글로 되어 있는 것 같아?

서울의 유래를 알아보니 고려 공민왕 때 1356년에는 남경으로 개칭했고, 조선시대의 태조 이성계는 개경에서 건국하고 1394년 한양으로 천도를 했네.

1945년 해방과 동시에 경성부를 서울로 개칭하였군.

확인된 것은 이상인데 더 상세하게 알면 가르쳐 줘. 아비가.

우리나라 서울의 유래는?

기원전 18년부터 475년까지 서울의 동부에 백제의 수도인 위례성 이 있었으며, 고구려의 장수왕이 이곳을 점령한 후 하남위례성에 한산군漢山郡을, 한강 이북에는 남평양南平壤을 설치하였다.

551년 백제는 신라와 동맹을 맺고 고구려로부터 서울과 한강 하류지역을 탈환했으나, 나제동맹을 깬 신라에게 공격을 당하여, 이 지역을 빼앗겼으며, 신라는 옛 위례성 인근에 한강 유역을 관할하는 한산주漢山州 치소治所를 설치했다.

삼국통일 후 685년에는 서울의 한강 이북지역은 북한산군北漢山郡이 되었다. 757년 한산주를 한주漢州로, 북한산군을 한양군漢陽郡으로 개칭하였다.

고려 태조 때는 양주楊州로 개명하였으며, 그 후 남경南京으로, 다음은 한양부로 개편 후 공민왕 때 다시 남경으로 개칭하였다.

조선 태조가 1392년 개경에서 조선을 건국하고, 1394년 10월 한양으로 천도했다. 1395년에는 한성부로 개칭했고, 한성부의 범위는 사대문 안 도성과 도성 밖 10리약 4km까지의 성저십리城底十里로 구성되었다.

하남위례성의 위치는 경기도 광주설이 유력하다. 혹 전북 익산설이 제기되었다. 정약용이 온조왕 13년에 쌓은 하남의 위례성은 지금의 경기도 하남시 춘궁리로 비정比定하였다.

조선 후기의 학자들이 『삼국사기』의 기록을 근거로 '북으로 한수를 둘렀다'라고 한 것은 지금의 서울 강동구 하일동, 암사동을 흐르고 있는 두미강斗尾江, 度迷津을 가리키는 것이며, '동으로 고악高岳에 거據했다'라고 한 것은 지금의 창우리현 하남시에 위치하는 검단산을 가리킨다고 했다.

두미강의 좀 더 정확한 위치는 현재 남양주시 와부읍과 조안면의 경계 지점에 위치한 마을로 상팔당과 봉안마을 일대의 능내리와 팔당대교 주변을 거쳐 암사동으로 흐르는 한강을 말한다.

'서울'의 어원은 일반적으로 수도首都를 뜻하는 신라 계통의 고유어인 서라벌에서 유래했다는 설이 유력하다. 조선시대에는 서울을 한성漢城 이외에도 경도京都, 경부京府, 경사京師, 경성京城, 경조京兆 등으로 불렀다.

그 밖의 표기 중에는 '서울徐蔚'도 있다. 이는 모두 수도를 뜻하는 일반명사들로서 '서울'이 원래는 서울 지역을 가리키는 말이 아닌 수도를 뜻하는 일반명사였다는 증거이다. 국어사전에서는 일반명사 서울을 '한 나라의 중앙 정부가 있고, 경제, 문화, 정치 등에서 가장 중심이 되는 도시'라고 정의하고 있다. 1910년 10월 1일에 일제가 한성부를 경성부京城府로 개칭하면서 일제강점기에 서울은 주로 경성京城으로 불렸으며, 1945년 광복 후에는 경성이란 말은 사라지고 거의 서울로 부르게 되었다.

서울의 로마자 표기 'Seoul'은 19세기 프랑스 선교사들이 서울을 쎄-울Sé-oul로 표기한 데서 비롯되었다. 오늘날 프랑스에서는 서울을 'Séoul'로 표기하고, 스페인어권에서 'Seúl'로 쓰니 모두 '쎄울'로 읽는다. 또, 영어권에서는 일반적으로 'Seoul'로 쓰고 영혼을 뜻하는 단어 'Soul'과 같은 '쏘울'로 읽는다.

서울은 한자어가 아닌 고유어 지명이기 때문에 중국을 비롯한 한자문화권에서는 오랫동안 서울을 조선시대의 명칭이었던 '한청'汉城으로 써왔다. 2005년 서울시가 서울과 발음이 유사한 서우얼首尔을 서울의 공식적인 중국어 표기로 정했으며, 점차 확산되고 있다. 그러나, 북한의 국제방송인 중국어 프로그램에서는 2009년까지도 서울을 한청이라 말하고 있다. 일본어의 표기는 '소우루'ソウル가 일반적이다.

해방 이후 한국을 통치하던 미군정청의 문서에서, 서울특별시의
영문 공식 명칭은 '서울독립시'Seoul Independent City였다. 현재의
공식명칭은 '서울특별시'the Seoul Special City이다.

조선의 태조가 한양의 둘레에 성을 쌓을 때, 쌓을 위치를 정하지
못해 고심하고 있었다. 그러던 어느 날 밤 한양에 눈당시 서라라는 설
도 있음이 내렸는데, 다음 날 아침에 보니 도읍지의 변두리 주위에
성터 모양의 눈이 쌓여 있으므로 하늘이 성 쌓을 자리를 정해준
것이라고 크게 기뻐하여 눈 온 자리에다 성을 쌓게 되었다.

여기서 눈雪이 울圍을 이룬 곳에 성을 쌓았다는 '설(雪)울', '서리울'
이 '서울'로 변한 것이라고 전한다.


## 이름


나이에 따라서 다르겠지만 70세 전후하여 임인배라는 이름은 한
국식 작명법에 의한 이름이고 최일랑은 왜색이 많은 작명이다.
최일랑 그분은 부모가 일본에서 살았거나, 그 사람이 일본에서
출생하여 일본에 있을 때 이름을 지었을 가능성이 크다.
그렇다고 직접 묻지는 말고, 가정사가 있을 수 있으니……
2일과 7일이 의성 장날로 오늘은 7일 장날인데 새벽 5시부터 비
가 계속 오네. 그래서 마늘을 좀 사려고 했는데 다음 장날로 미
루어야겠다.
'낭패 봤네.', '낭패로군?'에서 낭패狼狽란 말의 어원이 재미있을

듯한데 공부해 보기 바란다.

낭패를 당했다. 낭패 났네 등 많이 쓰이지. 아비가.


아버지의 메일을 받은 후 최일랑 님을 만나서 물어보니 일본에서 태어나고 일본에서 이름을 지었고, 그 후에 한국으로 왔다고 확인이 되었다. 지금 연세가 70세 중반이니 우리나라가 일제로부터 해방된 해인 1945년 어간에 출생하셨다.

그렇듯 아버지는 별것 아니어도 세심한 관찰력으로 눈여겨보시고 의문을 가지시고 분석하시길 좋아하셨다.

우리나라가 해방이 될 시기에는 나라가 혼란하였으니 덩달아서 개인들도 마찬가지였을 것이다.

해방되기 전 구성한 임시 정부가 그대로 남은 상태에서 해방이 되었으니, 정부의 조직과 통치도 엉망이었을 것이다.

일본에 체류했던 국민들은 한국으로 되돌아갈지 일본에 정착할지 결정해야 했다. 그때 재일한국대사관 같은 정부 기관이 있었으면 국민을 보호하고 각종 정보를 제공하여 의사 결정에 도움을 주었을 텐데 그러하지 못했을 것이다.

대한민국 임시정부는 1919년 4월 11일부터 1948년 8월 15일까지 29년 4개월 동안 유지되었다.

1919년 3월 1일 경성京城에서 선포된 3·1 독립선언에 기초하여 일본 제국의 대한제국 침탈과 식민 통치를 부인하고 한반도 내외의 항일 독립운동을 주도하기 위한 목적으로 1919년 4월 11일 상하이에서 설립된 대한민국의 망명정부이다.

1945년 8월 15일 광복을 맞은 후 김구 등 임시정부 요인들이 귀국하였으며, 1948년 8월 15일 대한민국 정부가 수립됨으로써 대한민국 임시정부는 해산하였다.

나라 잃은 서러움은 해방이 되어서도 한동안 연장이 되어 나라의 존귀함을 뼈저리게 느끼는 교훈을 줬다.

일제에 의해 자행된 강제동원 피해 현황은 명확하지 않다. 일본 정부가 공개한 통계를 근거로 우리나라의 대일항쟁기 강제동원피해조사 및 국외강제동원희생자 등 지원위원회가 추계한 인원은 중복 인원 포함 7,827,355명이다. 이 숫자는 위안부 피해자를 포함하지 않은 수치이다.

현재 일본군 위안부로 동원된 여성의 총수에 대해서는 정확히 알 수 없다. 위안부 동원 인원수를 보여주는 체계적인 자료가 발견되지 않았기 때문이다. 일부 학자들이 일본군의 '병사 몇 명 당 위안부 몇 명'이라는 계획이 적힌 자료나 구술을 근거로 추측하는데, 최소 3만 명에서 최대 40만 명까지 큰 차이를 보이고 있다.

위 두 가지 자료를 종합하면 최대 823만 명에서 최소 786만 명이 일제에 의해 강제로 연행된 조선인이라고 추측해 본다.

나라가 굳건하지 못하면 이렇듯 국민들이 피폐해진다.

2018년 6월 기준 부산광역시 총 인구수 350만 명의 2배가 넘는 조선인이 일본의 만행에 의해 일본과 제3국으로 끌려가서 고초를 겪었거나, 죽었다는 사실이다.

아버지께서 낭패라는 단어가 재미있으니 공부해보라고 하셨다.

낭패는 본디 전설 속에 나오는 동물의 이름이다. 낭은 뒷다리 두 개가 전혀 없거나 아주 짧은 동물이고, 패는 앞다리 두 개가 아예 없거나 짧다. 그 때문에 이 둘은 항상 같이 다녀야 제구실을 할 수 있었다.

꾀가 부족한 대신 용맹한 낭과, 꾀가 있는 대신 겁쟁이인 패가 호흡이 맞을 때는 괜찮다가도 서로 다투기라도 하는 날에는 이만저만 문제가 큰 것이 아니었다. 이같이 낭과 패가 서로 떨어져서 아무 일도 못 하게 되는 경우를 낭패라 한다.

계획한 일이 실패로 돌아가거나 어그러진 형편을 가리켜서 낭패라고 표현한다.

## 종교

이 세상에는 약 3,800여 개의 종교가 있다네. 확실하지 않지만······.

그중 우리나라의 문화체육관광부에 등록된 기관과 단체가 약 72,000여 개라네.

그 많은 종교들이 모두가 모이는 장소를 정하여 믿으라고 이야기하며, 믿으면 모든 게 해결된다고 하지.

시주, 연보, 헌금 많이 내고 믿으라 하네. 그러면 정말일까?

돈을 많이 내는 이는 종교 안에서 신분이 분명히 달라지나 모든 게 이루어지지는 않는다.

예를 들어 축구경기에서 상대를 이기기 위하여 필사의 노력을 하여 90분이 지나면 이긴 팀은 만세를 부르며 기뻐하며 웃고, 진 팀은 고개를 떨어뜨리고 울고 슬퍼하더군.

그중에는 같은 종교를 믿는 선수들이 양편에 골고루 분포되어 있을 텐데 말이다.

같이 종교를 믿었는데 왜 한 사람은 웃고 한 사람은 울어야 하는지?

쉽게 말해서 종교의 믿음에 대한 차이로 축구경기에서 승패가 결정지어질까?

그래서 종교의 능력이 공평하다고 보기는 어렵다는 것이다.

그런데 유교儒敎만은 믿어. 어디에 모이라는 말이 없고 제자들이 찾아가서 이럴 때는 어찌해야 하느냐고 물었지. 그러나 요사이 세상이 각박하여 향교나 서원 등을 이용하여 영리와 명예를 얻는 무리들이 많아졌지. 도덕이라는 간판을 내걸고 영리에 골몰汩沒하는 현실이 안타깝지!

그렇게 하지 않으면 세류世類에 낙오자가 되어 험한 세상을 헤엄칠 수 없지.

그러고 보면 세상은 말세군, 말세일수록 수영을 잘해야지.

그렇게 하려면 신체가 건강해야 되겠지! 건강에 유의하길 믿으며. 줄인다. 아비가.


## 옮김


공무원 연금지公務員 年金誌에서 옮긴 글이다.

제목은 자적自適이다.

나는 가는 곳마다 자적自適하였네.
몸이 천賤함으로 작은 벼슬에도 영광榮光스러웠고
집이 가난하니 작은 녹봉祿俸에도 원망怨望은 안 했네.
거처하던 집은 무릎 돌릴 만했고
음식飮食은 배부르면 되었네.
술은 있으면 먹고, 없으면 그만
혼자면 자작自酌 둘이면 대작對酌
시詩는 잘 지어 무엇하리
뜻을 담으면 되지
글 읽기도 내 뜻대로 하니
이것이 모두 자적自適이라네.

또 다른 제목은 원훈院訓이다.
스스로 깨우치려고 하니 늦게 알게 되고, 자지만지自知晩知니,
도움을 받아서 깨우치면 일찍 알게 되니라, 보지조지輔知早知니
라.

이것은 어느 학원의 원훈院訓으로 재미가 있어 옮겨봤다.
사랑방에 군불을 때지 않아서 추워서 그만 안방으로 간다. 아
비가.

# 역사

권율 장군은 우리의 추밀공파이고 1537년에 출생하여 1599년에 사망하였다.

임진왜란 7년간 군대를 총지휘하였으며, 금산군 이치梨峙 싸움, 수원 독왕산성禿旺山城 전투, 행주 대첩 등에서 승리하였다.

아버지는 권철轍이며 1503년에 태어나셔서 1578년에 사망하였고 벼슬은 영의정이었다. 할아버지는 권적跡이며 고조는 권시중時中이다.

그러나 율 장군은 장가를 두 번이나 가도 딸만 하나 있으나 아들은 없었다.

그 딸의 남편이 오성대감鰲城大監 백사白沙 이항복이었다. 권율 장군의 사위가 이항복이다. 오성鰲城은 아명도 아니고 호도 아니며, 이항복이 호성일등공신에 봉해지면서 받은 오성부원군鰲城府院君이란 직책에서 나온 별칭이다.

호성공신扈聖功臣이란? 임진왜란 때, 선조를 모시고 의주까지 호종扈從한 공으로 이항복 등 86명에게 내린 상훈의 명칭이다.

이항복의 아버지는 형조판서 등 고위직을 거쳤던 이몽량이다. 이항복은 이몽량이 58세 때 후처 최씨 부인에게서 본 늦둥이 막내였다. 이항복이 9살 때 부친이 노환으로 돌아가시면서 집안이 기울기 시작했으며, 어머니도 이항복이 16세 때 돌아가셨다고 한다.

이항복이 훗날 자신이 쓴 백사집에 '내 어린 시절에는 마치 짐승과 같아서 아무도 나를 바로잡아 주지 못했다.'라고 기록했다. 이후 16세 때 어머니 장례를 치르고 철이 들기 시작했고, 열심히 학업에 정진했다.

19세 때 권율 장군의 사위가 됐다. 권율 장군과는 장인어른과 사위 관계를 뛰어넘어 서로 장난을 주고받을 정도로 친밀한 관계였다. 권율 장군이 마흔여섯이나 돼서야 출사出仕하는 바람에 장인인 권율 장군보다 벼슬생활은 2년 선배라고 한다. 아비가.

### 시례時禮

영웅도 시대를 따르란 말이 있듯이 예의도 시대에 따라 다른가 봐?

예를 들면 길을 가다가 아는 이를 만났을 때, 갓을 쓰던 옛날에는 허리를 90도로 구부려서 절하고 집에 모셔 나시 꿇어앉으며 큰절을 했지?

요사이는 목례를 하거나, 악수로 대신하거나 이게 전부인 것 같아.

핵가족 사회와 도시화 사회에서 변화된 인사법이지.

이렇게 달라진 예의를 '시례時禮'라고 하는가 봐, 국어사전에도 없는 말인데도 상용어로 쓰고 있더군. 하나 배워두어라. 아비가.

# 산

내가 젊었을 때 산에 대하여 이상한 생각을 해봤지.

산은 소나기나 우박이나 눈 녹은 물이 흐를 때 어떻게 될까?

나름대로 정리되었던 결론은, 물은 높은 데서 낮은 곳으로 흐르는 게 철칙이다. 물이 흐를 때 흙탕물 속에는 미세먼지 내지 흙이 포함되어 떠내려가기에 흙탕물이 생긴다.

그러면 물은 산 정상에서 낮은 곳으로 흐른다. 결국 산꼭대기의 흙 내지 미세먼지는 물에 쓸려 흐른다. 그래서 흙탕물이 생기고 흐른다.

그러면 산은 몇만 분의 일 밀리미터㎜ 낮아진다는 생각을 했지!

그뿐인가? 지하에서 캐내는 모든 광석, 연탄, 석유, 지하수 등이 또 있다.

흙은 깎여서 낮은 바다로 들어가고 캐내는 광물질은 지구 표면에서 산화되며 그래서 결국은 지구 표면은 줄고 있다고 말했지!

그 이야기를 들은 주변 사람들의 반응은 나이가 들어가니 이상해진다는 표정이었지!

그런데 모 방송국 프로그램에서 강원도 산간인데 전에 없었던 연못 같기도 하고, 분화구 같기도 한, 물이 고인 곳이 발견이 되고 있더군.

아마도 지하에 광석을 캐내어 지상이 함몰된 부분이 아닌가라고 방송이 되더군.

이것이 바로 지표가 줄고 있다는 증거이겠지?

내가 생각할 때 반드시 지표는 줄고 있는 것 같아?

심심할 때 생각 한번 해보고 동료들과 토론도 해보렴. 쓸 게 많은데 컴퓨터가 있는 방은 겨울에는 군불을 때지 않아서 추워서 그만 간다. 아비가.

## 비교

비교比較는 사전에서 두 가지 이상을 견주어 우열을 가리는 것이라고 되어 있다.

어떤 방송에서 유명한 가정의학과 강의 내용을 생각나는 대로 요약해서 써볼까 한다.

이 세상의 모든 병은 비교에서 생긴다.

15세 미만의 미형성 뇌를 가진 청소년에게 비교란 말은 정말 무서운 독약이다. 예를 들어 같은 5살짜리에게 옆집의 아기는 벌써 한글을 읽던데 너는 읽을 수 있느냐로 비교하거나, 같은 중학생에게 옆 친구는 벌써 미적분을 풀던데 등의 비교는 우선은 그 결과의 증세가 나타나지 않을 수 있지만, 성인이 되었을 때 그 자극이 원인이 되어 병으로 나타난다고 한다.

즉 짜증을 많이 내는 병, 또는 반발을 많이 하는 병 등으로 표출이 된다고 한다.

이를 치료하는 방법은, 잘하는 것을 발견했을 때 칭찬해 주는 것이라고 한다.

주의력결핍장애, 허약, 컴퓨터 같은 잡기에 몰두하는 것 등 99%

가 정신병과 관련되어 비교에서 시작이 된 것이라네.

우리나라의 부모들과 자식 간의 대화 비율에서 어머니는 61%로 일본 53%, 중국 51%, 미국 48%보다 우위이지만, 아버지의 대화 비율은 우리나라 9.2%로 일본 11.5%, 중국 10.7%, 미국 24.7% 보다 가장 낮은 숫자임을 알 수 있다.

가정의학과 모某 박사의 30분 강의가 무척이나 값진 게 많았는데, 내 머리의 한계요, 나의 글쓰기의 타법의 한계라 그만 쓰면서, 가족과의 대화를 많이 하고 비교는 절대 금하길 바란다.

치맛바람이 어린 뇌를 혹사시킨다더구나. 사춘기는 뇌의 성장 과정으로 별도의 학명學名이 있으나, 내가 듣고도 잊었다. 힘들어 그만 쓰련다. 안녕. 아비가.

## 백정白丁

백정이란 원래 흰 장정壯丁이라는 말이라 한다.

유랑생활을 하는 북쪽의 유목민을 가르치는 말이었다.

어원은 중국 수隋나라에서 온 말로 당시 뜻은 그냥 일반 백성을 말하였을 뿐이다.

나라에서 군인이나 향리 등의 직역을 부여한 집을 정호丁戶라 불렀고, 여기에 포함되지 않는 집을 백정호白丁戶라고 불렀다. 여기서 백은 하얗다는 의미가 아니라, 'ㅇㅇ이 아니다'라는 의미이다. 맞지 않는다는 뜻이다.

한국에서 백정이라고 지칭하는 사람들 일부는 몽골족, 거란족,

여진족 같은 유목민족 출신이었다. 그러다 보니 백정은 도축업 자라는 인식이 생겼다. 주로 방랑 생활을 했던 것도 유목민 출신이기 때문이다. 유목민은 세금을 내지 않으며 주식이 양고기 였다고 한다.

이것으로부터 유래되어 소, 돼지를 잡는 이를 백정白丁이라 불렀다고 한다. 아비가.

## 방언方言

방언方言은 사용 지역 또는 사회 계층에 따라 분화된 말의 체계로 우리나라 방언의 종류는 다음과 같다.

첫째 관북 방언으로 함경남북도. 둘째 관서 방언으로 평안남북도. 셋째 경기 방언으로 경기도, 황해도, 강원도 일부. 넷째 영남 방언으로 경상남북도, 강원도 일부. 다섯째 호서 방언으로 충청남북도. 여섯째 호남 방언으로 전라남북도. 일곱째 제주 방언으로 제주도.

이상이 우리나라 방언이다. 아비가.

## 바로 알자

한문 옥편玉篇에 보면 姉자는 손위 누이 자, 妹매는 손아래 누이 매자이다.

국어사전에는 자형姉兄은 손위의 누이의 남편을 부르는 말이라고 되어 있고, 매형妹兄 또한 손위 누이의 남편을 부르는 말이라 하여 풀이가 충돌이 된다.

옥편과 국어사전의 뜻이 서로 어긋나는 것이다.

그것뿐만 아니라 매부妹夫를 손위 또는 손아래 누이의 남편을 부르는 말, 매제妹弟를 손아래 누이의 남편을 부르는 말로 같은 매妹자인 한자인데 풀이를 다르게 해서 혼돈混沌을 주고 있다.

이상을 종합해 보건대 무엇이 맞는지 모르겠네? 참, 어렵네. 아비가.

## 민들레

민들레는 우리나라에 두 종류의 꽃이 피는데 노란색과 흰색이란다. 꽃이 하얀 민들레만 토종 민들레라고 아는 사람이 많으나, 다른 토종 민들레도 외래종 민들레처럼 꽃이 노랗기 때문에 주의가 필요하다. 정확히 구분하려면 꽃받침이 바나나 껍질 까듯 뒤로 젖혀져 있으면 서양 민들레이고, 꽃을 감싸는 것은 토종 민들레라고 한다.

그래서 가능한 한 토종 민들레를 식용으로 권장한다. 민들레는 아무 데서나, 아무 영양소나 잘 먹고 자란단다. 인체에 해로운 성분 즉 수은, 구리 같은 성분도 잘 흡수한단다. 확인 방법은 뿌리를 캐서 칼로 반을 짜개면 토종은 속이 약간 노란 심이 있고 나머지는 흰색이나 외래종은 뿌리 전체가 누런색이라고 한다.

확인은 못 해봤다.

민들레 뿌리는 한약재로 쓰이는데, 포공영蒲公英이라고 하며 소화제, 해열제로 쓰이고 변비에 약효가 있다고 한다.

방송에서 본 것을 써본다. 안녕. 아비가.

## 말

너의 주변에 국문학을 전공한 사람이 있는지?

우리말에 고맙습니다와 감사합니다가 있는데 어원과 뜻이 궁금해서?

감사感謝합니다는 한문으로 되어있고 고맙습니다는 순수한 우리말인 듯?

요사이 방송에서 AI에 걸린 조류를 '살처분'한다고들 하는데 '살'이란 말이 이해가 안 되어서 혹 '殺살처분'이란 뜻인지?

만약 그렇다면 우리말로 '죽여'란 말을 쓰면 알아먹기 쉽고 말하기 쉬울 텐데, 유식한 사람들이라서 그런가 보군?

사전에 찾아봐도 '살'이란 단어에 맞는 말을 찾지 못하였고 '살처분'이란 단어도 없네.

처분이란 단어는 있는데……. 참 유식한 세상이군. 아비가.

국립국어원의 자료로 보아 '감사합니다.'와 '고맙습니다.'는 그 뜻에서 별 차이가 없다고 한다. '고맙다.'는 '남이 베풀어 준 호의나 도움 따위에 대하여 마음이 흐뭇하고 즐겁다.'라는 의미가, '감사하다.'는 고마움을 나타내는 인사로 '고마운 마음이 있다.'라는 의미가 있다. 요즘은 '감사하다.'가 '고맙다.'보다 격식을 갖춘 말이라고 여기는 경향이 있는데 이는 올바르지 않으며, '감사합니다.'와 '고맙습니다.' 모두 쓸 수 있다. 다만 '고맙습니다.'라는 표현을 권하는 것은 가능하면 고유어를 쓰라는 뜻이다.

참고로 '감사感謝'는 중국어에서도 쓰이고 있고, 17세기의 우암 송시열 선생의 '계녀서'에도 등장하는 단어라고 한다.

아버지께서 '살처분'이라는 단어에 대한 개인적인 의견을 나에게 메일로 보내시고 4년이 지난 2002년에 국립국어원 신어 목록이 발표되었다. 여기서는 '살처분'을 '병에 걸린 가축 따위를 죽여서 없앰'으로 기록했다.

## 바른말

안동, 의성 지방에서 조상들이 잘 해먹던 음식이고 여름 제사에 많이 사용하던 떡 중에 사투리로 '기지떡'이란 게 있지?
원료는 쌀가루에 막걸리와 소엽이라는 식물의 잎으로 만든다.
이 떡의 장점은 하절기에 냉장고 없을 때 오래도록 변미가 되지 않는 거야.
소엽이라는 식물은 식중독을 방지하는 약효가 있지.
이 떡의 이름은 기주떡起酒인데 오랜 세월 전해오며 기지떡으로 변해 버렸지!

한자의 풀이대로 술을 넣어 발효시켜 부풀게 한다는 뜻이지.

그건 그렇고 마늘을 보내야 할 주소를 아직 안 보내주네?

바쁜 게 아니니 조용히 하려무나. 안녕. 아비가.

## 구두

5월 20일이 의성읍 약국에 약 타러 가는 날이기에 신발장을 조사하니 네가 신었고, 그것도 참 오래되었지만 유명한 상표가 붙은 검은 구두가 뽀얀 먼지를 덮어쓰고 있었지.

먼지 털고 구두약 발라 손질하여 멋진 구두를 만들어 신고 의성읍에 잘 다녀왔지. 오다가 안평 박실 동네 앞에 송범선 씨 되 옆에 고사리가 많이 있었던 것이 기억이 나서 오토바이를 세워두고 약 20m 산으로 올라가니 고사리는 없고 잡초만 무성해서 뒤돌아 내려오려고 하는데 발바닥 촉감이 이상하여 신발을 보니 이게 웬일이냐!

구두가 양쪽 모두 밑창이 반수 이상 떨어져 나가고 없네.

하는 수 없이 조심하여 내려와서 오토바이를 타고 집까지 무사히 도착했지.

집에 도착하여 구두를 살펴보니 밑창 재료가 기가 막히게도 압축 스펀지로 만들어서 그 위에 검은 고무로 코팅한 거더군. 남성의 평균 몸무게 60kg 이상의 남성이 신는 신발 재료치고는 생각 밖이야. 포장된 길 위를 걷거나 실내에서 가만히 서 있으면 몰라도!

우리나라 기업가들의 생각이 그러하면 나라 장래는 희망적이지
는 않지!

물품을 보고 하도 어이가 없어 생각이 나는 대로 써본다. 심심
할 때 읽고, 물건 구입할 때 골고루 살펴 가며 살 것이며, 가족들
에게도 여담 삼아 이야기해서 깨우쳐 주면 좋겠다. 너의 어머니
도 그걸 보고 경탄驚歎하는구나! 안녕. 아비가.


'나이가 어리고 생각이 짧을수록 물질적이고 육체적인 삶이 최고
라고 여기는 법이며, 나이가 들고 지혜가 자랄수록 정신적인 삶을
최고로 여기는 법이다.'

'마음속에 묻어주는 것, 은근히 생각하며 행동으로 옮기는 게 더
중요함이다.'라고 러시아의 작가 톨스토이가 말했다.

# 합창에서 아버지를 만나다

출근길의 회사와 가까운 길목이었다.

연천군 장남면 주민자치센터가 그곳에 있었다.

주민자치회에서 운영하는 합창단에 가입을 했다. 그 성악聲樂 덕택에 삶이 행복했다. 마음이 풍요로워졌다. 예술을 통해 마음이 윤택해지는 것은 온전히 아버지로부터 출발했다.

아버지는 예술藝術적 재능才能이 뛰어나셨던 분이다. 나의 기억으로는 그렇다.

졸필이지만 꾸준히 글을 쓸 수 있는 유전인자는 아버지가 나에게 주셨던 것이다. 아버지로부터 물려받은 내림이구나 싶을 때가 많다.

무언가에 관심이 가고 해보고 싶다는 욕망이 생기는 것은 그 방향에 재능이 있어서일 가능성이 높다.

글 쓰는 것이 지루하지 않음은 후천적인 노력만으로는 어렵지 않을까! 그래서 아버지의 피를 물려받았다고 생각한다.

아버지는 그러한 재능이 있었음에도 억누르고, 소외疏外 시 했던 것으로 판단된다. 아버지 스스로가 자신에게 그러한 재능이 있음에도 자제自制하셨던 것이다.

이유는 간단했다. 부모님이 싫어하시니 그 뜻에 거역하시고 싶지 않으셨고, 그래도 착한 아들이라는 테두리에 들어가 있고 싶었기 때문일 것이다. 양가兩家의 네 분의 부모님으로부터 믿음 받는 아들이 되기 위해 노력하셨구나 싶다.

음악이나 글 쓰는 것에 신경을 쓰면 밥 벌어먹기 어렵고, 가장家長으로 건사하기도 어려운 놈팡이가 된다는 소리를 많이 듣고 자랐을 것이다.

그랬으니, 스스로가 자제하며 멀리하셨을 것이다.

아버지는 여러 가지 악기도 연주하실 줄 아셨다. 수준급도 있고, 초급도 있었다. 잠시 어깨너머 배웠던 악기 실력을 자식들에게 선보인 기회가 종종 있었다.


하모니카harmonica 연주는 아마도 내가 초등학교 때 들려주셨던 것 같다. 막 굴러다니던 하모니카를 들고 손바닥으로 딱딱 몇 번 털어 악기에 남아 있던 침과 이물질을 빼내시곤 불어제끼던 모습이 선하다.

소위 트로트trot 풍의 노래였는데 제목은 알 수가 없다. 내 나이가 어리기도 했거니와 오랜 시간이 지나 기억해낼 수가 없다. 어린 나이에 아버지의 하모니카 연주가 신기했던 것은 반주음伴奏音의 현란함이었다. 아직도 귓전에 쿵작쿵작하는 베이스음이 들리는 듯하다.

기타Guitar 연주는 내가 고등학교 다닐 때였다.

대구 고성동의 이 층에 있었던 삼 남매의 자취방에 들르셔서 구석에 보관 중이던 기타를 드셨다. 그리고는 책상 의자에 앉으시고 다리를 꼬시고 기타를 올려놓고 치셨다.

운지법運指法 중에서도 모든 손가락으로 연주하는 아르페지오 arpeggio 방법으로 연주하셨다. 연주곡은 가수 윤심덕이 부른 '황성옛터'라는 기억이 남아있다.

아버지가 흥얼거리면서 연주를 하셨는데 좀 슬프다는 생각이 들었고, 청소년기였지만 하필이면 자식들의 자취방에서 저런 곡을 치실까라고 의아해했던 기억이 있어 더 또렷하다. 밝고 경쾌한 곡도 많은데 굳이…….

  황성옛터에 밤이 되니
  월색만 고요해
  폐허에 설은 회포를
  말하여 주노라…….

아코디언accordion 실력은 악보가 복잡하지 않은 대중가요를 연주하시는 수준이라 기억한다.

시골 면 단위面 單位에서는 아코디언이라는 악기도 생소하거니와 딱 한 대밖에 없었다.

어깨에 메고 가슴에 붙은 사각형의 주름상자를 양손으로 자유롭게 잡아당겼다 밀었다 하여 바람을 안으로 끌어들이거나 밖으로 밀어냄으로써 금속으로 된 리드reed 판을 떨림으로 울려서 소리를 내는 원리다.

고향 안평장터에서 약방藥房을 운영하던 김 씨 성姓을 가진 사람이 가지고 있었는데, 그것을 빌려왔는지 알 수는 없지만 아버지의 직장인 우체국에서 연주하는 소리를 들었다. 초등학생 시절 선생님이 교실에서 들려주던 풍금 소리와 비슷했다.

## 최 의사와 김 의사

고향장터에
약방이 세 개가 있었다.
최 의사와 김 의사였다.
흰 가운gown에 청진기를 목에 맨
최고의 의사였다.
왜 그랬는지 알 수 없으나 나머지 한 사람은 의사라고 불리지
않았다.

밤에 편도가 아파 엄마 등에 업혀 갔을 때
씻지 않은 손가락으로
나의 목구멍 깊숙이 넣어 찔러
캑캑 토할 뻔했던 기억이다.
전깃불이 없던 시절 호야등빛 아래서 그랬다.

그리곤 약을 제조해 줬다.

면허도 없는 돌팔이, 의사도 약사도 아니었지만…….


지금은 모든 약방이 문을 닫았다.

면민面民들에게 추억만 남기고

홀연히 사라졌다. 그 의사들은.


내가 철이 들어 아버지에게 아코디언을 사드리면 기쁘고 즐거워 하실 것 같았다.

2000년 어간에 서울 낙원상가에서 저렴한 국산 악기를 사서 아버지께 선물했다. 선물로 받은 아버지는 의아해하셨다. 돈을 이런 데 사용하느냐고 탐탁지 않게 말씀하시고 그 자리에서 연주하시지 않으시고 뒤로 물리셨다.

연주해보라는 자식들의 성화 때문에 겨우 짧게 몇 마디를 연주하셨다. 중간중간 연주가 끊길 정도로 어눌했다. 아버지는 손을 떠난 지 오래되어 잘 안 된다고 하시고는 아코디언을 어깨에서 내려놓으셨다.

그 뒤 고향집을 갔을 때 내가 살고 있는 서울아파트로 되가져가라고 하셨다. 이웃에서 아버지 아코디언을 자꾸 빌려달라는 사람이 있어 성가시기도 하고, 오토바이 사고로 다친 쇄골鎖骨 때문에 통증이 와서 아코디언을 멜 수가 없다고 하셨다. 아버지 본인은 사용할 수가 없는데 아들이 사온 것이라 남 빌려주기는 아까웠을 것이다. 그 아코디언은 내가 살고 있는 서울아파트 어느 구석에 보관이 되어 있을 것이다.

아버지가 자식들에게 쓰신 다분히 감성에 젖은 글들은 아버지의 글쓰기 실력과 훌륭한 표현 능력을 보여 주었다.

감이 익으면 빠진다.

아버지로부터 핸드폰 문자가 왔다.
'감이 익으면 빠지네.
괴촌 동네의 김인규가 죽었네
금년 팔십이라네.'

이런 것들을 아울러 보면 아버지는 재능이 많으셨음을 알 수가 있다.

내가 합창단에 가입해서 단원들과 하모니의 기본 요소인 사랑, 배려, 협동심을 나누는 것도 모두 아버지의 유전인자를 받았기 때문이라는 생각이 든다.

부전자전父傳子傳 씨도둑은 못 하지 않던가! 얼굴의 모습도 그러하지만 습성이나 재능 등도 마찬가지일 거다.

나의 직장 ㈜백학음료에 거의 다다라서 임진강을 남에서 북으로 건너면 장남교가 있다. 장남교는 적성면과 장남면을 연결하고 사람이나 차량, 농기계가 주로 넘나드는 곳이다. 다른 교량과 매일반 비

숫하다. 적성면은 파주시이고, 장남면은 연천군이다. 임진강은 시市와 군郡의 경계가 되는 것이다.

그 장남교 남단에서 조금 서쪽으로 떨어진 곳에 두지나루가 있다.

선박이 임진강을 운항하거나 건너渡河는 장소다. 두지나루의 황포돛배는 파주시의 사업비로 조성이 되었다.

선착장 부지가 군부대 소유로 훈련 때 사용이 제한되면서 2014년 11월부터 운영이 중단되었다. 파주시가 9억 원을 들여 국방부 소유의 두지나루선착장 터 1,900여 평을 사들여 조성하면서 2017년 7월부터 황포돛배 운영이 재개되었다. 요금은 성인 1인당 9천 원이다.

적성면 두지리 선착장을 출발해서 거북바위, 임진강적벽, 원당리절벽, 쾌암, 호로고루성, 두지리 선착장을 잇는 6㎞ 구간이며, 3월부터 강물이 얼기 직전인 11월 말까지 계속 운항된다. 1회 운항 시간은 45분가량이다.

임진강 적벽은 화산활동에 의해 현무암 지대에 강물이 흘러 침식 현상이 나타나면서 만들어진 높이 20㎜가량의 수직 절벽으로, 낙조 때 햇빛에 반사된 절벽이 붉은빛을 띤다고 해 적벽이라고 불리고 있다.

장남교를 넘어 북쪽으로 약 1㎞ 정도를 가면 사거리가 있다. 장남교차로로 표기가 된다.

이곳에서 현수막을 만났다.

출근길에 만났다. 퇴근 후에 마땅히 할 거리를 찾고 있었고 합창단원이 되고 싶었다. 우연한 기회라고 말하고 싶지 않다. 목이 마른 나그네가 갈망했던 옹달샘을 찾았다는 게 더 맞겠다.

현수막의 내용은 '장남 하모니 합창단원 모집'이었다. 곧 장남면사무소에서 등록을 했다.

수업은 화요일과 수요일에 번갈아 가면서 성악과 우쿨렐레ukulele를 진행했다.

그곳은 전형적인 농촌마을이고 군사지역이어서 보수적이었다. 주민들의 생각이 그러했다. 다르게 표현하면 덜 도시화되었다는 것이 적절할지 모르겠다. 그랬으니 남성 단원은 아무도 없었다. 내가 초대 남성 단원이었다.

첫날 등록도 하고 수업하러 갔던 기억이 떠오른다.

주민자치센터의 문을 열고 들어서니 어떤 여성 한 사람이 피아노 의자에 앉아 있다가 깜짝 놀란다. 금남禁男의 집으로 여겨졌던 곳에 낯익지 않은 남자가 왔으니 말이다.

남자들을 못 오게 한 것이 아니라 아예 남성들이 이곳을 회피하였다는 게 더 맞는 표현이다. 그 여성분은 성악을 가르치는 선생님이었다. 그분에게 노래를 부르고 싶어서 왔다고 말했다. 놀란 기색氣色에서 반가움으로 바뀐 얼굴의 선생님은 남성 단원이 필요했는데 모집이 안 되어서 포기하고 있었다고 했다.

먼저 통성명을 위해서 나의 명함을 전했다. 선생님은 명함을 가진 게 없다며 교실 문을 열고 쪼르르 뛰어가서 승용차에 보관한 명함을 전해줬다. 소프라노 한경희라고 쓰여 있었다. 한경희 선생님.

낯설기도 했지만 처음 대하는 주민자치센터의 교실에서 두 사람만 있는 게 어색했다. 그것도 남성과 여성이 있었으니 찜찜했다. 빨리 누군가가 왔으면 좋겠다고 생각했다. 야간 교육이지만 밖에는 환한 빛이 밝혀주는 4월이었다.

선생님은 나의 성악 실력을 가늠해 봐야겠다고 했다. 노래 시험을 해봐야 지도를 할 수 있다고 했다. 쑥스러워 목소리가 나오지 않을 것 같았다. 음정이 불안정하면 창피할 텐데! 고음을 부르다가 목이 메면 어떡하지! 짧은 순간에 많은 생각이 스쳐 지나갔다.

쭈뼛쭈뼛하며 꽁무니 빼니 더 성화를 했다. 할 수 없이 평소에 좋아하는 노래 '이별의 노래'를 부르겠다고 했다. 선생님은 악보를 찾아 피아노 연주를 시작했다. 가슴이 콩닥콩닥 뛰었다. 마음속으로는 어쩌지 어쩌지 했지만 피아노 연주는 나의 마음을 헤아려주지 않고 계속되었다. 나의 불안한 마음 상태에도 아랑곳하지 않고 연주는 계속되었다.

시작 부분에 다다라서야 될 대로 되라며 마음을 고쳐먹었다. 막상 노래가 시작되니 선생님이 큰소리로 같이 노래를 불러 주셨다. 참 다행이었다. 나의 마음을 알아채고 배려의 노래를 해준 것이었다. 몇 소절을 부르니 담담해졌다. 나의 고쳐먹은 마음을 알았는지 선생님은 더 이상 목소리를 보태 주지 않았다. 교육생의 마음을 훤히 꿰뚫고 있었다.

혼자 어떻게 불렀는지도 생각이 나지 않았는데 노래가 끝나 있었다. 얼굴이 화끈거렸다.

창피했지만 어쩔 수 없었다. 내 노래가 끝날 때까지 교실로 합창 수업을 하러 오는 단원이 한 명도 없었다. 다행스러웠다. 선생님 이외의 누구라도 내 노랫소리를 들었다면 몸이 더 얼어붙어 어찌할 수 없었을 텐데 말이다.

노래가 끝나서야 마음이 풀어졌다. 어떻게 노래를 불렀지 하고 생각해 보니 고함만 질렀구나 싶었다. 다 부르고 나니 그런 생각이 들었다. 그게 나의 장남 하모니 합창단의 첫날 신고식이었다.

그 후에 한 사람 두 사람씩 단원들이 왔다. 올 때마다 새로 온 남성 단원이라고 소개를 해서 인사를 아주 많이 했던 기억이다. 그날 참석했던 단원이 한 열 명 정도였던 것으로 기억난다. 나를 많이 쑥스럽게 만든 날이었다. 스스로 생각하기에 호된 신고식이었다.

근 한 달 동안은 제자리가 아닌 듯 불편했다. 합창 수업이 그랬다.

목소리를 내는 게 부자연스러웠다. 나 스스로가 가시방석 같았다. 무엇이든 적응의 기간이 필요한 것이다. 온 가족이 같이 이사를 해도 적응 기간이 필요하지 않던가! 그런데 나는 혈혈단신孑孑單身의 남성 단원이 아닌가.

내가 장남 하모니 합창단에서 처음 부른 '이별의 노래'는 작사자 박목월 님이 1952년 제주에서 여제자와 사랑을 끝내고, 헤어지기 전날 밤 시를 지어 여제자에게 선물로 준 것이라고 한다. 1952년 피난지인 대구에서 김성태 님이 작곡하였다.

죽고 다쳐서 피 흘리는 아비규환阿鼻叫喚의 전쟁 통에도 노래는 만들어졌다. 음악이 그런 것 같다. 사막에서도 선인장은 꽃을 피우듯이 말이다.

이별의 노래 가사를 이곳으로 옮겨본다.

기러기 울어 예는

하늘 구만 리

바람이 싸늘 불어

가을은 깊었네

아~아 너도 가고

나도 가야지.

여성 단원들의 얼굴도 익혀지고, 동료로서 동화도 되어갔다.

첫술에 배부를 수 없음을 알게 해준 합창단의 생활이었다. 따스한 봄 햇살을 받으며, 성악에 눈을 떠가고 있었다. 곧 여름이 올 것 같은 기운이 이곳 장남면에 맴돌았다.

합창 단원에게 내가 쓴 책 『어머니의 자리』를 주고 싶었다.

어렵게 이름을 외우고 같이 합창을 하면서 느꼈던 분위기를 책 속지에 기록을 했다.

한 분 한 분에게 다른 단어를 기록해서 써 내려갔다. 그 내용은 이랬다.

순애純愛라는 패랭이 꽃말처럼 맑고 고운 목소리로 행복 찾기를 하는 정예채 님 심정택 님 부부, 바람에 날리지만 꼭 생명력을 잉태하는 민들레 홀씨가 떠오르는 분이자 안개꽃의 꽃말처럼 맑은 목소리를 지닌 최인순 님, 안경 너머 조용한 수평선 하나 품으시고 그 물 위에서 음音을 올려놓으시려 애쓰시는 이옥순 님, 첫 수업의 기억은 고음을 아주 잘 표현해줬습니다. 그리고 알토 음을 잘 이끌어 주시는 손태숙 님, 우아하고 고귀한 군자란 꽃처럼 몸짓으로, 표정으로, 밝게 노래하시는 원점숙 님, 청명한 소리의 플루트 연주로 단원들의 고운 소리를 묶어 천상의 화음 동산을 만드시는 최은희 님, 코스모스 꽃의 향기가 비켜 갈 고운 목소리로 행복을 노래하는 이복실 님, 쑥떡의 향기만큼이나 목소리에도 깊은 싱그러움을 주시는 이승희 님, 주경야음晝耕夜音을 받아들이시고 성악을 통해 행복지수 상승을 실천하시는 김금숙 님, 처음 참석했던 수업시간에 오솔레미오o sole mio를 멋있게 불러 주셔서 더 푸르름으로 덧보인 김숙은 님이라고 기록했다.

나 다음으로 남성 단원이 늘었다. 세 명이 더 가입을 해서 모두 네 명이 되었다. 일흔을 훌쩍 넘으신 김은택 님, 예순 중반의 심정택 님, 오십이 넘은 김덕조 님이 같은 합창단원이 되었다. 묵직한 테너tenor 음역으로 소프라노soprano와 하모니를 이루기 위해서 노력해줬다. 젊은 사람이 없는 시골의 전방前方 동네에서 그래도 깨어있고, 노래를 좋아하는 남성들이 모여들었다. 참 다행이었다.

매년 8월 말일이면 연천군 장남면의 호로고루瓠蘆古壘 성지에서 해바라기 축제가 열린다. 이때 장남 하모니 합창단이 합창 공연을 한다.

공연 때 부를 노래로 '아름다운 나라채정은 작사 한태수 작곡'와 '사랑으로이주호 작곡, 작사'를 연습해서 준비를 했다. 토요일까지 시간을 내어 강훈련을 했다.

그러나 해바라기 축제 며칠 전부터 태풍 솔릭이 폭우로 돌변하여 한반도를 강타했다.

연천에도 2, 3일간 300㎜가 넘는 큰비가 왔고, 비 피해도 여러 곳에서 생겼다. 농작물이 침수가 되고 도로도 잠겼다. 주최 측에서 고민 끝에 행사와 관련하여 공연하는 것은 피해 농민을 고려해서 전면 중지했다. 합창단 공연도 자동적으로 중지가 되었다.

어떠한 것이든 하늘이 도와주지 않으면 안 되는 것이다. 운칠기삼運七技三이라 했던가, 칠 할의 운이 삼 할의 재주나 노력보다 더 많은 결과에 영향을 주고 있음을 여실히 보여줬다. 하늘이 도와줘야 성과를 낼 수 있는 것이다.


연천 장남면에 있는 호로고루성瓠盧古壘城은 삼국시대부터 전략적으로 매우 중요한 지역이었다.

삼국사기에 보면 이 성城이 접하고 있는 임진강의 명칭은 '표천', '호로하' 또는 '표하'로 불렸으며, 이 지역을 중심으로 고구려와 신라, 신라와 당 사이에 치열하게 전개되었던 전쟁 기록이 자주 등장하고 있다.

이 지역은 임진강 하류 방면에서 배를 타지 않고 도하할 수 있는 최초의 여울목을 이루는데, 장마철을 제외하고는 물의 깊이가 무릎 정도밖에 되지 않아 말을 타거나 걸어서 건널 수 있으며, 이곳에서부터 임진강 하류 쪽으로는 강폭이 넓고 강심이 깊어진다.

봄의 잉태와 함께 시작한 장남 하모니 합창단. 여름의 폭염 속에서도 화음을 맞추었고, 가을 결실 속에 하모니도 성숙해 갔다.

합창合唱이 무엇인가?

여러 사람이 함께 노래를 부르는 것을 말한다. 이는 노래하는 사람들이 여러 패로 나누어 패마다 노래의 각기 다른 가락을 부르는 것을 말한다. 혼자서 노래 부르는 독창獨唱을 제외한 나머지는 모두 합창이다.

합창合唱은 통상 3명 이상이 파트를 나누어 노래를 부르는 것이나 일반적으로는 12명 이상으로 구성된다. 2명 이상의 인원이 파트를 나누어 노래를 부르는 중창重唱과 여러 사람이 똑같은 음으로 노래를 부르는 제창齊唱도 합창에 포함이 된다.

합창에서 가장 중요한 것이 하모니harmony다. 물론 음정과 박자도 중요하다. 하모니의 뜻은 일정한 법칙에 따라 화음을 연결하는 것이다.

곧 합창의 승패는 하모니에 의해서 결정이 된다 해도 과언이 아니다.


초등학생이 선생님께 하모니가 뭔지를 여쭈었다. 그래서 선생님이 이렇게 대답을 했다.

'하모니는 서로 사이좋게 지내는 것, 하모니는 다른 사람에게 친절하게 대해주는 것, 하모니는 조화를 이루는 것이다.'

결국 합창을 잘 하기 위해서는 나의 목소리의 음계가 같은 합창단원의 음계와 사이좋게, 친절하게, 조화로움을 이루도록 노력하는 자세가 중요하다.

길게 표현을 했지만, 합창을 잘 하기 위한 마음가짐은 같은 단원에 대한 사랑, 배려, 협동심이라 요약될 수 있다.

합창은 운동 경기에 비교를 하면 단체 운동이다. 11명이 힘을 합쳐 한 골을 넣는 축구 같은 거다. 합창은 여럿이 모여 같이 행복을 만들어가는 운명공동체다.

합창은 단수가 아닌 복수로 서로 배려하고 조화롭게 해서 희망을 만들어 가는 것이다.

혼자 걸어가는 삶의 긴 여정은 고독하지만 여럿이 힘을 합치면 어려움을 극복하며 행복하게 걸어갈 수가 있다.


여럿이 정성과 시간을 투자해서 하모니의 집을 만들고 있었다.

그 결과 2018 HI러브연천 합창페스티벌에서 대상大賞을 차지했다. 개인적으로는 처녀 출전이기 때문에 정신이 없었다. 그냥 최선을 다한다는 것밖에 없었다. 미력한 목소리를 보텐다는 심정과 우리 합창단에 피해를 주지 않아야겠다는 생각에 한 음 한 음에 최선을 다했다.

출전한 어느 팀인들 만만한 팀이 없었다. 마지막에 대상이 결정된 때의 심정은 지금까지 살아오면서 개인으로 운동해서 이룬 승리, 직장에서 얻은 승진보다 더 기분이 좋았다.

여러 사람과 같이 성취감을 얻는 것, 같이 그동안의 애씀을 격려해 주는 것, 같이 기뻐함으로써 그 기쁨이 배가되는 일은 근자에 처음이었다.

그래서 개인전보다는 단체전이 더 치열하며, 더 성취감이 있음이리라.

2018 HI러브연천 합창페스티벌대회를 준비하면서 한경희 선생님이 합창 단원을 독려하며 했던 말이 떠오른다.

"저는 아마추어amateur의 실력으로는 무대에 올리지 않습니다. 그래도 프로professional다운 실력을 갖추었든지, 아니면 프로와 비슷하게 실력을 쌓아야 무대에 올립니다. 그렇지 않으면 자존심이 허락하지 않습니다."라며 단원들을 다그친 게 귓전을 맴돈다.

비록 시골 경기도 연천 면단위面單位에서 주경야음畫耕夜音으로 합창단을 교육하지만 서울 시내의 어느 합창단과 견주어도 버금가는 수준으로 끌어올리기 위하여 혼신을 다하는 모습이 아름다웠다.

그러한 정신이 삶의 의미이며 10여 년간 이곳 연천의 장남면에서 합창단을 지도하며 자리를 지키는 바탕이 되었다고 생각했다.

그 정도 자존심으로 준비를 하였기에 합창페스티벌대회에서 대상을 차지하고, 결과에 환호하고, 합창 단원들끼리 서로 기뻐하며 자축할 수 있었다.

시골의 환경이니 합창 단원도 부족했다. 목소리를 모아야 하는 최소의 인원이 채워지지 않아 인접 파주시 법원읍 주민자치센터에서 합창 수업을 하는 단원을 지원받아 궁여지책으로 꾸려졌다. 그래서 더 짜릿했고, 더 희열을 느꼈다.

황무지를 개간하는 농부의 심정으로 사막에 씨앗을 뿌리고 물을 줘 합창단을 가꾸었다. 누가 알아주지도, 인정해 주지 않아도 10년간의 긴 시간 동안 묵묵하게 열정을 태웠다.

선생님은 대학에서 성악을 전공하고, 해외 유학까지 다녀왔으니 지금의 여건보다는 더 나은 온실 같은 환경의 합창단이 수두룩했을 것이다. 그러했음에도 선생님의 마음을 붙든 것은 단원들의 애달픈 사연이었다.

합창 단원들에게는 '우리는 한평생 끊임없이 들판에서 일만 해야 하는가, 그것이 우리들의 팔자는 아니지 않은가?'라는 항변의 마음이 있었다. 선생님 또한 10여 년간 합창단을 끌고 가면서 우여곡절과 크고 작은 불협화음으로 인해 합창단을 떠나고 싶은 경우도 있었다. 그렇지만 합창 단원의 호소가 귓전을 맴돌았다.

"일주일에 1회이지만 일을 마치고 야간에 노래를 부르니 너무 행복합니다."

"가곡이 흘러나오면 귀를 쫑긋해서 듣고 따라 부르니 자긍심이 생겨요."라고……:

선생님이 존재해서 행복한 사람들이 있다는데 매몰차게 내칠 수는 없지 않은가!

뼛속으로 파고드는 아련한 울림을 시작으로 가슴속의 끌림이 작용해서 10년이라는 긴 시간의 인연을 만들었다. 합창단이라는 인연을.


조직의 규모가 크든 작든 간에 조직관리組織管理는 쉬운 게 아니다.

내적으로 합창 단원을 관리해야 되는 것도 그러하거니와 합창단의 대외활동도 마찬가지이다. 섭외가 결정된 행사라면 선생님과 단원들이 상의를 해서 곡명을 정하고 연습을 하는 것까지 공동의 관심이다.

초청되는 행사의 청중 구성에 따라 합창단 무대의 편성과 마이크 수량이 달라져야 하고 그러한 결과가 하모니 전달에 영향을 주게 된다.

그러한 것은 최인순 단장이 애를 써주셨다.

대다수는 협조가 잘 되어 다행이었지만 삐거덕거려 애를 태울 경우도 더러 있어 속내를 자제하면서 소리 소문도 없이 행사를 추진해 줬다.

그러한 과정들을 이겨내고 이제는 연천군민과 군수까지도 인정하는 합창단으로 우뚝 섰다.

모든 것이 쉽게 이루어지는 것은 아무것도 없다.

여러 목소리를 모아 화음을 이뤄내야 하는 합창단이니 더 그러하리라.

밤잠을 설쳐가며 그 화음을 모으는 방법을 고민하고 단원들을 닦달하였으리라.

삶이 그러하듯이.

일터와 인연이 되어 생활이 되었고, 그 일터와 인접한 곳에 취미 생활 할 곳이 생겼고, 취미를 공유하는 동호회원들과 정감을 나누게 되었고, 그래서 삶의 성취감을 얻으면서 연천의 생활은 윤택해졌다.

'스치면 인연因緣이고 스미면 운명運命이다.'라는 말을 되새겨본다.

직장에서 일을 하고 그 대가로 월급을 받아 가족들의 생계를 책임지고, 나의 의식주衣食住까지 해결하는 이곳 연천은 나에게 행복을 주는 운명의 희망 공원일까!

그리고 나의 이러한 여가 활동을 하늘에서 내려다보시며 빙그레 웃어주시겠지.

우리 아버지는!

# 내리사랑과 구전교육

우리나라 속담에 효행孝行과 관련된 것이 많다. 그중에서 대표적인 것이 '내리사랑은 있어도 치사랑 없다.'라는 말이다. 곧 부모들의 자식 사랑은 조건 없는 헌신적 사랑이지만 자식들이 그처럼 부모님을 사랑하기는 어렵다는 말이다.

또 '부모가 온 효자가 되어야 자식이 반 효자다.'라는 것은 부모의 행실이 자식들에게도 영향을 줘서 자식들이 본받게 된다는 말이다.

우리 사 남매를 포함해서 외손, 친손 손주들은 부모님의 내리사랑을 유별나게 받았음은 분명하다.

그렇다면 나의 온 효자로서의 모습이 어떠했으며, 그것이 딸과 아들에게 반 효자의 모습으로 형상形象되어 가는지 궁금해진다.

### 금언金言

옳은 빛은 빛내지 않는다. 진광부휘眞光不暉

진짜 금은 빛내지 않는다. 진금부휘眞金不暉

새 발의 피라는 뜻으로, 박사의 학식에 비하여 우리네 범부凡夫
의 실력을 말할 때 표현하지. 조족지혈鳥足之血.

옛말에 이런 것도 있지?
살아 있을 때 살기가 좋은 진천에 살고, 생거진천生居鎭川
묏자리의 명당이 많아서, 죽으면 용인으로 가라는 내용이다. 사
후용인死後龍仁. 아비가.

## 말들

'말이라는 것은 내가 입 밖으로 내보낸 것이 아니라, 상대방이
귀로 듣는 것이 말이다.
그래서 청각 장애는 말을 듣지 못하기 때문에 말을 못 한다.'

이상은 방송국에 출연한 공병호 박사가 강의 중에 했던 말로 너
무 깊은 뜻이 있어 적어놓고 되씹어보는 구절이다.
아무리 읽고 생각해도 묘妙한 문구임에 틀림없다.
대표적인 사례로 장애인은 후천적인 청각 장애 외에는 100% 언
어 장애이지?
후천적으로 약물이나 열병장티푸스에 의하여 청각 장애가 되었
을 경우 병을 앓기 전까지 배운 말 이외에는 듣지 못하니 추가하
여 말하는 것은 발전이 없다. 혹 책이나 신문 따위가 약간의 도
움말이 있을 수 있지만……

'결국은 말을 함부로 입 밖으로 내보내서는 안 된다.'라고 강의를 하네.

숙달이 되어 있던 컴퓨터 자판을 잊을까 봐 몇 자 써 봤는데 방이 너무 뜨거워서 안방으로 가련다. 안녕, 아비가.


아버지께서 이메일을 통해서 자식들에게 전해주고 내면에 심어주고 싶은 것은 아주 많았다.

그러나 마음을 절제하시면서 조금씩 조금씩 내어 주셨다는 생각이 든다. 너무 많이 줘, 과식해서 배탈이 나면 아니 준 것보다 못하다는 생각을 하셨으리라. 먹잇감을 적게도 줬지만 억지로 먹기를 강요하지도 않으셨다. 밥상 위의 음식을 정성껏 먹는지, 꼭꼭 씹어서 먹는지, 그래서 자신의 몸에 이롭게 만들어 가는지를 멀찌감치 살펴보셨다.

아버지께서 편지로 전해주고 싶어 하셨던 음식은 배려, 겸손, 절약, 성실 등이라고 생각한다.

조금 명예를 얻었다고 으스대지 마라. 남을 도와주려면 쥐도 새도 모르게 해라. 도와주는 너는 알지라도 도움을 받는 사람마저도 모르게 해라. 그리고 어두운 곳에서 덕을 베풀라고 하셨다.

옳은 빛은 빛을 내지 않으니 늘 겸손을 가슴에 담으라고 전하고 싶었던 것이다.

남에게 전달하는 언어까지도 절제를 하고, 듣는 사람이 불편하지 않도록 하라는 뜻을 전하고 싶었을 것이다.

조그마한 교훈도 자식들이 살아가는 삶에 도움이 된다면 어떻게

든 전달을 해서 자식들이 그 뜻에 동의를 하고 몸소 헤아리게 하고 싶었던 아버지다.

다른 집 아버지도 심정은 마찬가지였을 것이다.

자식을 위한 길이라면 무엇인들 못 하겠는가! 사람을 해치는 것과 도둑질을 빼고는 다 할 수 있을 것이다.

생각이 다르고, 알고 있는 방법이 다르니, 자식들에게 다가서는 방식과 또 다가선 다음에 전달하는 내용이 다를 뿐이지 자식들을 위한다는 사실만은 같을 것이다.

아버지는 스스로 성실하시고 노력하시며 살아오셨다. 증거로 엿볼 수 있는 대목은 '숙달이 되어 있던 컴퓨터 자판을 잊을까 봐 몇 자 써 봤다.'라고 하신 것이다.

여든을 바라보는 시골 영감이 뭐가 아쉬워 컴퓨터 자판을 껴안으며, 또 잊지 않으려고 노력하였을까? 결국은 노력하는 아버지의 모습을 보여주려는 의도라고 생각된다.

아버지의 그런 모습을 봐 온 아들이었기에 나 역시 글쓰기에 매달려, 조금씩 쉼 없이 걸어가고 있는지 모른다. 또 이렇게 책 쓰기에 골똘히 하고 있는지도 모른다.

'자식은 부모의 등 뒤에서 배우고', '피는 물보다 진하며', '씨도둑은 못 한다.'는 격언의 의미는 가정교육 내력이 은연隱然 중에 나타난다는 뜻일 것이다.

## 대장부

대장부大丈夫를 사전에서는 늠름하고 씩씩한 남자로 기록하고
있다.

그러나 옛 어른들의 대장부는 '재산분명이 대장부요財産分明而 大
丈夫요, 사령분명이 대장부辭令分明而 大丈夫다.'라고 했다.

이때 사령이라는 것은 '남에게 응대하는 말'이라고 사전에 나와
있다.

요사이 말로 발음이 정확하고 똑똑하여 상대방이 잘 알아듣는
발음 및 표준어를 사용해야만 대장부에 속한다.

나도 옛사람은 아니지만 옛사람들의 말씀이 옳다고 생각한다.
아비가.

## 속담

우리들의 속담에서

'바쁘거든 돌아가라.'를 풀이하면 사고 없이 이르고 도착하려면
서두르지 마라.

완보당차緩步當車는 천천히 걸으면 차를 대적할 수 있다는 것으
로 풀어보면 조용히 걸으면 무사고며, 바쁠수록 깊게 생각하고
조용히 처리해라. 그래야 사고 없이 완벽한 처리가 된다. 아비
가.

## 인간人間의 대분大分

세상의 인간을 분류하면,

첫째 똥물 먹고 자란 인간으로 부모가 불의 또는 부도덕하게 번 돈으로 자식에게 투자하여 성장한 사람, 둘째는 물 먹고 자란 인간으로 보통 사람이 자기 노력의 결과를 자식에게 투자하여 성장한 자식, 셋째는 이슬 먹고 자란 인간으로 불의를 멀리하고, 정의롭게 노력한 땀방울의 대가로 성장한 자식이다. 대인관계에서 곰곰이 대입해보면 세 가지 분류 중 상대방이 어디에 해당이 되는지 가늠이 될 것이다.

또 다른 대분하는 방법은?

첫째 남의 똥 자신이 져내는 놈. 둘째는 자기 똥 본인이 져내는 놈. 셋째는 자기 똥 남에게 져내게 하는 놈으로 3등분 했단다.

내가 초등학교 1, 2학년 때 할아버지께서 귀가 아프게 말씀하셨지. 위 셋 중에 어떤 사람이 되겠느냐고?

결국 나도 자기 똥 본인이 져내는 자밖에 못 되었네. 하하하. 아비가.

## 인생의 3악재

인기와 재력을 골고루 갖춘 젊은 탤런트가 자살하고 신문에 게시된 글을 옮겨본다.

인생人生의 3악재惡災로

첫째 악재는 젊어서 과거에 급제하면 악재다. 소년등과少年登科

둘째 악재는 부부가 같이 늙지 못하고 사별을 하면 악재다. 장년

상처壯年喪妻

셋째 악재는 늙어서 의식주衣食住에 궁하면 악재다. 노년궁핍老年

窮乏

이런 뜻인 것 같구나!

그 탤런트는 소년등과를 했다. 20대에 우리나라 최고로 유명한

탤런트가 되었으니까.

그러나 너무 어린 나이에 원하는 바를 이루면 삶에 굴곡이 와

어려움에 직면했을 때, 힘든 경험을 겪지 못해서 극복하지 못하

고 주저앉으며 죽음을 택하는 경우도 있다.

장년의 상처와 노년의 궁핍도 악재라고 하는데 의미가 있네.

심심하면 음미해 보아라. 아비가.


## 철칙


옛 철인哲人의 말씀에,

'내 생에 가장 중요한 것은 선배들의 해묵은 얘기를 듣는 것이

다.'

그 이유인즉 내가 걸어갈 길을 모두 시험한 경험담이니까. 아비

가.

## 인품人品

사자성어四字成語에 이런 말이 있지

신언서판身言書判이라고 신身은 몸가짐, 즉 첫인상, 단정한 자세다. 언言은 말솜씨, 즉 대인과 대화할 때의 자세로 남을 칭찬할 줄 알아야 한다. 서書는 문필과 학식의 정도이다. 판判은 사물과 주변 환경에 대한 판단력이다.

위 4가지를 보면 그 사람의 인품을 짐작할 수 있다고 한다.

그래서 옛 어른들은 '신언서판'을 보고 그 사람의 뿌리를 혹은 가문을 짐작하고 그 사람의 장래를 점쳤지!

안중회 홈페이지에 있는 소백산 사진 중에 비로봉毘盧峰이라는 사진이 있던데, 우리나라엔 비로봉이 무척 많지.

금강산 비로봉 1,638m, 소백산 비로봉 1,439m, 속리산 비로봉 1,057m, 치악산 비로봉 1,288m, 오내산 비로봉 1,563m, 묘향산 비로봉 1,909m 이외에도 더 있겠지만 내가 아는 것은 대충 이 정도다.

그런데 비로毘盧란 말이 불교佛敎에서 많이 쓰는 말 같은데 사전에서도 잘 못 찾겠네?

아비가.

아버지가 말씀하셨던 비로毘盧라는 용어는 불교에서 사용하는 언어가 맞다.

비로毘盧라는 용어는 두루 빛을 비추는 존재라는 의미이다.

비로자나불毘盧遮那佛이라는 부처의 몸에서 나오는 빛과 지혜의 빛이 세상에 두루 비추어 가득하다는 뜻의 불교 용어로 산스크리트어에서 나왔다. 산스크리트어는 인도의 옛 언어로 고대 인도문학이 이것으로 기록되었으며, 힌두교, 대승불교, 자이나교 경전도 이 언어로 기록이 되었다.

아버지가 비로毘盧라는 용어를 찾지 못하겠다고 한 것은 혹여 시간이 되면 '아들 너도 찾아보아라?'라는 뜻이 내포되었으리라. 바쁘기도 했지만 시간이 없다는 핑계로, 또는 중요하지도 않다는 이유로, 한가하게 그런 것을 확인해야 하냐는 생각으로 여러 가지 이유를 대면서 아버지의 뜻을 등한시했다.

그렇지만 아버지는 귀찮고 하기 싫은 경우가 많아도 오직 자식들에게 다가선다는 일념으로 이메일을 쓰셨다.

겨울철이면 냉골이고, 여름이면 많이 더워 아무도 사용하지 않는 방이지만, 자식들과 소통할 수 있는 컴퓨터가 있는 방이라는 이유만으로 들락거리며 자판字板을 두들겼을 것이다.

그래서 그 글자들을 우리들에게 보내주셨다. 아버지였기에……

아버지가 궁금해하던 단어 비로毘盧를 찾는 데 10년이 걸렸다.

그것도 아버지가 저세상으로 가시고 두 해가 훨씬 지난 후에나 검색해서 찾았다.

할 수 없이 억지로 말이다. 아버지가 자식을 사랑하는 것에 비하여 자식이 아버지를 헤아리는 것은 부족했다.

나는 아버지의 아들로 태어나 아버지의 사랑을 받으며 성장했고, 아버지가 힘들게 일하신 대가로 벌어 온 봉급으로 학비를 내어 학교를 다녔고, 아버지의 돈으로 결혼식을 하고, 신혼여행을 제주도에 다녀오는 것도 돈을 대주셨다. 아마도 내가 제주도에 다녀왔을 때 아버지께서는 가보지 못했던 섬으로 기억이 된다.

아버지는 어린 나에게 돈의 가치를 퍽이나 어렵게 설명해주셨다. 어려웠기 때문에 이해할 수도 없었거니와 이해하려 애쓰지도 않았다. 그러나 시간이 지나 학생에서 사회인이 되었고, 일찍 장교 생활의 대가로 국가에서 봉급을 받으면서 그 돈을 쪼개어 생활비로 사용하고 일부는 저축을 하면서 알게 됐다.

그러나 매월 돈은 궁핍했고 부족했다. 지금도 그러하지만 그때 아버지가 돈과 관련하여 교훈이 될 말씀을 해주셔서 돈의 가치를 판단하는 데 큰 도움이 되었다.

내가 초등학생 때, 고향 집 앞 사읍들 길에 자전거 뒷자리에 태워주시면서 이렇게 말씀하셨다.

'돈은 벌기는 쉬우나 돈 쓰기는 어려운 것이다.'

초등학생이었던 나는 무슨 말인지 전혀 이해가 되지 않았다. 어린 나이에 무척 어려운 말이었다. 이어서 아버지께서 부연敷衍을 해 주셨지만 어려움은 매일반이었다.

'돈을 벌어서 모으는 것은 노력만 하면 이룰 수 있다. 그러나 돈을 요긴要緊하게, 의미가 있게 잘 쓰기는 참 어려운 것이다.'라고 하셨다.

그렇게 아버지는 초등학생인 아들에게 심오深奧한 교훈을 심어 주셨다.

결국은 가정교육이나 대가족 시대의 밥상머리 교육은 집안의 내력임을 알 수가 있다. 아버지가 딸과 아들에게 교육을 시키는 내용은 어느 날 갑자기 생각이 난 것이 아니다. 아버지의 아버지, 우리에게는 할아버지로부터 평생 들었던 것 중에서 생각나는 교훈적인 이야기와 아버지의 할아버지, 우리에게는 중조부로부터 귀가 아프도록 들었던 귀한 이야기를 다시 자식들이나 손주들에게 가정교육으로 전하는 것이다.

아버지가 손수 이메일을 통해서 할아버지로부터 초등학교 1, 2학년 때 귀가 아프도록 들었다고 하셨기에 말이다.


어떤 부모가, 더불어 할아버지, 할머니가 딸과 아들이, 손녀 손자가 나쁜 방향으로 성장하기를 바라겠는가. 예의 바르고, 정직하고, 성실하고, 근검절약하고, 건강하고, 남과 더불어 살기 위해서 배려하고, 또한 사랑하고, 친구 간에는 서로 신의를 바탕으로 친교하고, 도덕적이고, 윤리에 어긋남이 없이 이 세상을 살다가 떠나도록 바랄 것이다.

아버지 역시 여느 아버지와 비슷하게 자식 사랑을 생각하시고 고향에서 이메일이라는 수단을 통해서 자식 교육을 시키시다 이 땅에서 약 81년을 사시다가 작고하셨다.

영영 떠나셨다. 다시는 못 돌아올 곳으로 가셨다.

그렇지만 아버지가 가신 곳은 행복한 나라이거니 생각을 한다.

## 행복한 나라

직립 보행을 대신해서 날개만 있는 나라

가슴 펄떡이며 흥분이 되는 나라

두 콧구멍에 빵빵하게 산소가 공급이 되는 나라

그래서 뇌 속에 산소 바람만 주입해 주는 나라

일천고지 정상풍頂上風으로 상쾌 지수가 가득한 나라

머리 쓸 일이 없어 두통이 없는 나라

노랑 대신 초록만 있는 나라

취중의 기분처럼 구름 위에 올려주는 나라


행복한 그 나라는

맥박을 뛰게 하고

미소만 있는 나라이니라.

# 남편으로서, 아버지로서

아버지는 누나가 돌이 지나고 1개월 뒤에 군軍 입대를 하셨다.

형님은 군 생활 중 휴가를 나와서 잉태孕胎가 되어 제대 전에 출산을 하셨다. 군대 생활 중에 자녀의 출산이란 것은 지금은 상상할 수 없다.

그렇지만 1960년대 전후에는 흔했다고 한다. 조혼早婚으로 20세가 되기 전에 결혼을 했으니, 당연히 아내와 자식을 부모님께 맡겨놓고 군 입대를 하는 것이다. 그렇게 결혼을 하고 군대를 갔다.

지금 생각을 하면 참 딱하다. 신혼 신부가 가엾어진다. 어머니가 매우 힘드셨겠다는 생각이 든다. 얼굴도 익숙하지 않고, 어려운 관계인 시가 식구들만 있는 대가족 곁에 두고 홀연히 남편이 떠났으니 말이다. 그것도 군대로 가 버렸으니……

양쪽 집에 아들이 하나밖에 없으니 소중한 존재였던 아버지는 6.25전쟁이 막 휴전되어 전선戰線이 어수선한 시국에 입대하였다.

초미焦眉의 관심을 주며 두 집의 네 부모는 아들을 군대로 보냈다. 그렇게 소중한 아들이며 남편인데도 3년 동안 면회는 한 번도 가지 않았다. 아마도 후방인 마산의 통합 병원이 근무지였으며, 아버지가 간간이 휴가를 나와 군대 생활에 대하여 우호적友好的인 말씀으로 안심을 시켜서 그랬던 것 같다. 그때만 해도 군대 내에서 구타가 많았던 시절임에도……:

아버지는 서울 강남 세브란스병원에서 스텐트도관 시술을 하고 그래도 정신이 있으실 때, 손주들 앞에서 어머니의 흉을 보셨다.

항상 나에게 꼬장꼬장하게 대했다고, 푸근함이 부족했던 아내라고 평가를 하셨다. 아버지가 어머니에 대해 혹평을 했다면, 반면에 자식들 앞에서 어머니는 아버지를 참 후厚하게 평가했다.

병원에 입원하시기 전에도 어머니는 자식들 앞에서는 '너의 아버지는 나쁜 말 할 줄 모르는 사람이다. 착하신 분이다. 거짓말할 줄 모르는 분이다. 어려운 분을 도와주는 정이 많은 분이다.' 등으로 표현할 수 있는 최고의 수식어로 아버지를 칭찬하셨다.

그러나 단 한 가지, 아버지의 부족한 점은 변함없이 일관되게 말씀하셨다.

작고作故하셔서 이 세상에 존재하지 않는 분이지만 어머니께서는 아버지를 부지런하지 못했다고 하셨다. 아침에 일어나 TV를 보실망정 집 마당을 쫓아다니며 일하시는 어머니에게 도와줄 게 없느냐고 한마디 물어보지 않는 남편이었다고 주장을 하셨다.

그러나 같은 동네에서 일평생을 봐오신 할머니들의 아버지에 대한 평가는 많이 달랐다.

언젠가 의성 안평 부릿富利골이 고향인 장규화 친구와 함께 이런 저런 이야기를 나누었다. 마침 친구 어머니도 같이 계셨는데 친구의 어머니는, 우리 어머니가 아버지에 대한 평가가 한쪽으로 치우쳐 틀렸다고 하셨다. 그러면서 이렇게 말씀하셨다.

"자네의 부친은 모친을 도울 수만 있으면 정성껏 도와주신 분이다."라고 말씀하셨다.

그 말씀도 부족해서 긴 이야기로 이어 가셨다.

"오토바이를 타시고 시장의 떡집에 가서 함지박을 찾아오시고, 어머니를 오토바이에 태우시고 의성읍 5일장五日場에도 수시로 다녀오셨다."라고 반박反駁을 하셨다.

아버지에 대한 어머니의 평가와 동네 이웃분의 평가가 극명克明하게 갈리는 것은 아내로서 늘 보는 시각과 이웃 사람으로서 간간이 보는 시각의 차이일 것이다. 내 밥그릇의 밥이 적게 보이는 이치 같은 것…….

아버지는 본인이 하실 수 있는 것은 명분名分을 찾아서라도 어머니를 도와주셨고 떳떳해 하셨다. 웃어른들의 눈치를 보지 않으셨다. 그 사례가 물 펌프를 집안에 설치해 주신 것이다. 초등학교 1, 2학년 때니 1968년쯤으로 기억이 된다. 그 시절의 물 펌프는 귀하면서 선진화된 급수시설임에 틀림이 없었다.

동네에는 두 곳의 공동 우물이 있었다. 어머니를 포함한 아주머니와 처녀들은 물 항아리를 머리에 이고 물 길어 오는 것이 중요한 일과였다. 이고 가던 물이 출렁이며 넘치는 것이 다반사였다.

겨울철 넘치는 물은 고드름이 되어 머리숱에 주렁주렁 달리기도 했다. 이를 막기 위하여 박 바가지를 뒤집어서 물 항아리의 물 위에 둥둥 띄워, 물이 출렁이는 것을 방지하는 지혜를 찾아내기도 했다. 그렇게 해도 요령이 없으면 물벼락을 뒤집어쓰기가 일쑤였다.

우여곡절 끝에 머리에 이고 집까지 온 물로 밥도 하지만 온 식구들의 세숫물이며 여타의 사용처에 모두 썼다. 태어나면서부터 당연히 여자들이 해야 되는 일거리였다. 그러고 보면 여자의 삶이 참 고단한 시절이었다.


아버지는 어머니의 이런 어려움을 덜어주기 위하여 지관地官을 불러 집안 어디에 물길이 있는지를 확인하셨다. 아랫방 앞마당이 적지임을 판단하고 동네 사람에게 일당을 줘서 물구덩이를 파기 시작했다.

3일간 땅을 파도 물줄기를 찾지 못하였다. 할 수 없이 다시 흙으로 묻으려고 할 때 주먹만 한 돌을 뚫고 나온 물줄기를 만날 수 있었다.

깊은 땅속에서 품어지는 지하수는 겨울철에는 따스하고, 여름에는 차가웠다. 여름철 수박을 식히려고 물속에 담가 두면 수박 표면에 이슬방울이 맺혀 흘렀다. 손이 시려 오래 담아 두지 못할 지경이었다.

건너 동네 과원 집에서는 두 되짜리 알루미늄 주전자로 얼음같이 시원한 물을 받아가 더위를 식히곤 했다. 굉장히 좋은 지하수를 찾아낸 것이다. 아버지가 어머니께 해 드린 최고 선물임에 틀림이 없었다.

아버지가 병원에 계셨지만 그래도 정신이 있으실 때 어머니가 잘 하셨던 것은 무엇인가를 여쭈어본 적이 있었다.

아버지는 어머니가 판단력이 정확한 사람이라고 칭찬하셨다. 그렇다. 우리 자식들이 볼 때도 어머니는 긴 안목으로 정확한 판단을 하셨다. 그 정확한 판단력은 우리 사 남매의 양육에도 큰 영향을 미쳤다고 생각한다.

그 판단을 성공적으로 이루어 내기 위해서 모진 어려움을 이겨 내신 것을 아버지도 알고 계셨다는 거다. 왜 모르시겠나! 부부로 평생 사셨는데……

대신에 어머니의 단점은 잔소리가 많다고 말씀하셨다.

자식들이 어머니에게 듣는 잔소리는 무덤덤하게 넘길 수 있을지라도, 남편으로서 아내에게 듣는 잔소리는 그 강도와 듣는 이의 극복력에 차이가 있었을 것이다.

그러므로 자식들이 옳다, 그르다고 논하는 것은 잘못이 있을 수 있다는 생각이다.

아버지는 어머니를 정확히 아시고 객관적으로 느낀 사실을 자식들에게 전했다고 생각이 된다. 그것도 생을 마치면서 마지막으로 하셨던 말씀이라 더욱 가슴이 메어지고 저려온다. 그렇게 부부는 서로 참으면서, 한편으로는 이해하면서 평생을 같이 한집에서 살아가는 것 같다. 가슴으로 감당하면서……

아버지가 이 세상을 마감하면서 어머니의 장단점을 그래도 객관적으로 말씀하신 것 같아 이런 글을 인용하고 싶다.

제대로 아는 사람은 말을 함부로 하지 않고, 안다고 말을 마구 뱉는 자는 변변히 아는 것이 없다는 고사성어故事成語 지자불언知者不言이면 언자부지言者不知라는 글이 우리 아버지의 성품과 꼭 맞는 글이라고 생각해 본다.


### 감당堪當


따스한 볕을 눈알 속에 넣는 것도
어깨 위에 내린 단풍잎을 지탱하는 것도
결국은 나의 몫,

아픔도
부족함도
풍족함의 절제까지도
다
땅속까지 가지고 가야 할
나의 살갗인 것을.


아버지는 1971년쯤 양봉養蜂을 하셨다.

처음에는 1통으로 시작을 해서 약 70여 통으로 늘어났다. 분봉分蜂을 해서 벌통 수가 늘어난 것이다. 벌들은 방어용 침針을 보유하고 있어 침입자가 발생하면 공격을 하고 이때 특이한 향으로 동료들을 끌어모으는 습성이 있다.

떼거리로 덤비기 때문에 더운 여름이라도 긴팔에 모기장 모자를 쓰고 중무장을 해서 벌을 관리하셨다. 일을 끝마치시고 옷을 벗으시면 땀으로 홍건하게 젖어 있었다.

양봉養蜂의 수확원은 크게 세 가지이다. 꿀을 수확할 것인가, 아니면 왕유王乳royal jelly를 수확할 것인가, 그렇지 않으면 화분花粉을 수확할 것인가에 따라서 벌을 관리하는 방법이 다르다. 그때 아버지는 꿀 수확하는 것이 목표였다.

양봉 농가에서 날아간 벌은 과수원의 꽃들을 오가며 암술과 수술을 수정해서 과일을 맺게 만든다.

부지런하게 아침저녁으로 매일 벌들을 들여다보고, 관리를 해줘야 한다. 세상을 살아가면서 그냥 이루어지는 것은 하나도 없다. 잡초는 그냥 둬도 잘 자라지만 그 잡초마저도 사람들이 필요하다고 재배를 하면 죽거나 병이 들겠구나 싶다. 그런 게 살아가는 이치인 것 같다.


한 10여 년 이상 벌을 관리하셨고 꿀도 많이 수확을 했었다.

봄에는 주로 아카시아 꿀을, 가을에는 칡과 싸리나무 꿀을 채취했다. 그러다가 어느 날 벌에 병病이 들어 모두 죽었다. 물론 병을 예방하려고 부단하게 애를 쓰셨다.

그 벌들이 모두 죽고 난 뒤 아버지께서 후련하다고 하셨다.

살아있는 생물이니 내던져둘 수는 없어 무더운 여름이지만 서늘

한 새벽이나 저녁을 이용해서 관리를 했지만 힘에 많이 부치셨던 모양이다. 힘이 드셨는가 보다. 그렇지 않으면 양봉 관리에 이골이 나고 벌들과 정도 들고 했음에도 후련하다고 하셨을까!

아직도 집안 곳곳에 양봉과 관련된 흔적들이 있다. 아버지의 손때가 묻은 것들이다.

목재로 된 벌통이며, 꿀을 채취하는 채밀기, 목재의 소광巢光틀에 소초巢礎를 붙이기 위한 매선기埋線器며, 완성이 된 소비巢脾 등이다. 모두 아버지의 소유물이었다.

꿀은 주로 겨울에 판로가 생긴다. 춥고, 감기 환자가 생기면 쏠쏠히 구매자가 생겼다.

모두들 알음알음으로 소개를 받아서 꿀을 사서 갔다. 그렇지 않으면 우리 집을 훤히 꿰고 있는 사람들이 대량으로 사서 갔다. 아버지가 고생하셔서 수확한 꿀을 곳간에 보관을 하시고, 꿀을 판매하는 것과 돈 관리는 어머니가 하셨다. 여느 집과 마찬가지로 가계 경제의 책임자는 어머니였다.

나는 양봉의 왕유王乳royal jelly를 많이 먹고 자랐다. 로열젤리 말이다.

왕유란? 여왕이 될 왕대王臺 속의 유충이 성장하도록 주는 벌의 우유이다. 이는 일벌의 포유선哺乳腺에서 발달하는 유상流觴물질이다. 효능으로 노화방지, 고혈압 및 저혈압 조절, 간 염증 및 간염치료, 소화 촉진, 성 호르몬 촉진, 당뇨완화 등이다. 소위 정력제로 유명하다. 그때가 초, 중학생 시절이니 나와는 전혀 상관이 없는 관심거리였다.

사 남매 중에 혼자 일찍 눈을 떠서 방 밖에 나오면 벌써 아버지는 긴팔의 윗옷을 입으시고 모기장으로 얼굴을 가리고는 양봉 관리에 여념餘念이 없으셨다. 그러다 내가 사랑 툇마루에 걸터앉아 흥얼거리고 있으면, 왕유가 들어있는 왕대를 떼어서는 나에게 먹으라고 주셨다.

손가락 한두 마디 크기의 왕대를 입으로 넣고 혓바닥으로 가볍게 힘을 가해서 터뜨린 후, 미세한 힘을 줘서 흡입해 먹으라고 일러주셨다. 너무 세게 흡입을 하면 유충幼蟲까지 흡입하게 되니 주의하라고 일러주셨다. 유충도 식용으로 쓰긴 하지만 살아서 꿈틀거리니 유의하라고 가르쳐 주셨다.

처음에만 주의를 하고 몇 번 반복하면 적응이 되어 왕유를 분리해서 먹기는 쉬웠다. 약간 시큼하다는 생각이 드는 맛이었다.

왕유를 빨아 먹고는 남아있는 왕대의 유충을 제거하고 밀랍蜜蠟으로 사용하기 위하여 뭉치로 만들어 별도로 보관을 했다. 밀랍은 양초의 원료가 되어 명주실을 여러 가닥 합쳐서 심지를 넣으면 양초로 쓸 수 있었다.

왕대를 제거하지 않으면 새로운 여왕벌이 탄생하고, 새로 태어난 여왕벌은 일벌들을 데리고 이사를 나가는 분봉分蜂을 하게 된다. 분봉 때 데리고 나간 일벌의 숫자만큼 세력이 약해지니 들어오는 꿀의 양이 적은 것 또한 뻔한 이치다. 일벌의 세력 약화를 방지하기 위하여 왕유가 들어 있는 왕대를 제거하는 것이다.

아버지가 그 작업을 하실 때 턱밑에서 흥얼거렸으니, 왕유가 들어있는 왕대는 자연적으로 나의 입으로 들어간 것이다. 바로 옆에 있는 나를 제쳐두고 방에서 잠자고 있는 형님이나 동생을 깨워서 일부러 줄 일이 있겠는가!

천만의 말씀이다. 부지런해야 왕유를 얻어먹는 법이다.

벌들을 관리하시기도 바쁘신데, 모자며, 모기장을 벗기도 귀찮을 판에 주변에서 노닥거리는 나에게 주시는 것이 당연했다. 근처에서 알짱거리는 자식이 먼저였다.

왕대는 생김새가 꽤 먹음직스러운 모습은 아니었다. 그러나 로열젤리를 품고 있으니 뭐, 생김새가 문제가 되겠는가!

지혜로운 것도 좋지만 부지런하고 성실한 것을 당할 수 없음은 새벽에 아버지로부터 왕유를 얻어먹은 자식이냐, 그렇지 않으냐의 차이를 통해 입증된다.

왕왕 양봉을 하는 곳을 보면 참 많은 것을 떠올리게 된다.

아버지가 땀 흘리시며 벌 관리에 열중하시는 모습이 연상되고, 벌통을 개방했을 때 수만 마리의 벌들이 윙윙거리며 날고 있는 모습은 경이驚異롭기도 하다.

살아있다, 생동감이 있다는 것을 실감하는 현장이 되기도 하고 지긋이 눈감으면 아버지가 나에게 건네주시던 왕유의 향취와 고향 집 안마당 모습이 찡하게 떠오른다.

아카시아 연가

아카시아 꽃향기가 주변을 진동하면
아버지가 떠오른다.


고향 집 변소 채 앞에다
양봉 통을 두고
낡은 군복을 갈아입고 모기장으로 얼굴을 가리셨다.
해뜨기 전 무더위를 피해서
이른 새벽에 벌을 치시니
그래도 일찍 눈을 떠
아버지 곁을 지킨 덕에
왕유王乳 royal jelly 번번이 주셨다.


대구 봉산동 동아양봉원에서
조립형 목재 벌통과
소비며, 소광 틀이며 양봉의 자재를
고등학생 시절 완행버스 편으로
사다 나른 기억이다.


아버지가 입원하신 안동병원을 지척에 둔
낙동강 북단에는
아버지의 향이 나를 눈감게 하고

병실을 지킨다는 것에
손수건을 둔 주머니에 손이 자주 가게 했다.
4월 말의 아카시아 향이
안동병원 896호실로 소리 없이 스며들어
고통 속에 계시는 아버지의 신장과 혈관에
신선한 로열젤리가 흐르길 바라본다.

자상하시고, 합리적이시고, 온화하셨던 아버지는 2016년 6월 16일 우리 곁을 영원히 떠나가셨다. 자식들을, 손주들을, 이웃들까지도 한없이 아껴주시고, 소소한 감정으로 녹여주셨던 분이기에 더 가슴이 아프다.

그리고 현재의 핵가족核家族 시대에 지키기가 어려운 가정의례 등을 아버지기 먼저 합리적으로 고쳐 주셨고, 본인이 생각하시지 못했던 것조차 합당한 이유를 들어 말씀드리면 흔쾌欣快히 받아주셨던 소통이 되는 현대인이셨다.

아버지는 양자養子로 가서서 부모님이 양兩쪽 집 네 분이었으며 외아들이었다.
양가養家 할아버지 할머니 두 분이 돌아가시고 5년 뒤 안평 창길동에서 따로 사셨던 친가親家의 할아버지마저 1982년에 작고作故하셨다.

그때까지 생존해 계셨던 어른은 친가의 할머니밖에 계시지 않으셔서 안평 박곡동 아랫양지 집으로 모셔서 한집에 같이 살았다. 할머니를 모셔서 한집에 사시면서 아버지께서 어머니께 말씀하셨다.

"내가 왜 이렇게 왜소矮小하게 살이 안 찌는지 아느냐? 어른들이 많아 어떻게 모셔야 될지 신경을 너무 써서 그렇다."라고 하셨다.

친가의 할머니를 모셔온 이후로 체중도 느셨으며, 배도 조금씩 나왔다. 아버지는 마지막으로 살아계시는 어머니, 우리들에게는 할머니를 모시면서 마음이 편하셨던 게 맞았다. 그때가 아버지 연세 사십 대 후반이셨다.


아버지는 체신 공무원으로 34년간 봉직奉職하셨다.

그 34년 중에 두 번의 사직서辭職書를 내셨다. 한 번은 누나가 중학교 시절이니까 1970년쯤이라고 추측이 된다. 그때 우체국보험이 상품으로 처음 나와 대구체신청에서 적임자로 선정이 되어 전근 명령을 받았으나 사직서를 내셨다.

또 한 번은 연도를 알 수 없으나 경주로 명령을 받고 사직서를 냈다가 반려가 되고, 전근명령도 취소가 되었다. 아버지의 가정사를 아셨던 인사권자가 사정을 봐줘서 계속 근무할 수 있었다.

근무지 변경은 고향 의성 안평을 떠나야 되는 것이고, 고향에 계시는 두 가정의 네 분의 부모님을 가까이에서 보살필 수 없는 지경에 이르는 것이다.

그 당시 선택할 수 있는 방법은 직장을 관두는 게 최선이었다.

양쪽 집에 오로지 하나밖에 없는 아들이기 때문이었다.

아버지는 혼인하여 어머니의 첫 근친覲親 중에, 서울에 있는 미군 부대에 취직을 하셨다. 미군 측에서 아버지에게 일본으로 가서 주일미군부대駐日美軍部隊에 근무해 줄 것을 요청했다. 아마도 일본으로 같이 가서 근무하고 싶은 성실한 직원이라고 판단했던 것 같다.

결국은 미군 부대조차도 사직하고 고향 의성 안평으로 낙향을 하셨다. 이 모든 것이 고향에 계시는 네 분의 부모님을 모시는 것이 가장 중요했고, 으뜸이었기 때문이라고 생전에 말씀하셨다.

그때 주일미군부대駐日美軍部隊로 근무지를 옮겼다면, 아버지의 인생도 그러하지만 자식들인 우리 사 남매의 인생도 많은 변화가 있었으리라.

그런 것들이 운명 아니겠는가! 팔자소관 말이다. 내일을 알 수 없는 인간들의 삶 말이다.

아버지가 네 분의 부모님 등을 긁어 드린다든지 밤을 새워 조곤조곤 이야기를 나누는 모습은 보지 못했다.

그렇다고 부모님에게 불편한 언행을 하는 것도 보지 못했다.

직장에서 몇 번의 사직서를 제출하시고, 일본으로 가야 하는 근무지 변경을 거부하셨던 이력은 네 분의 부모님을 모셔야 한다는 깊은 효심에서 출발한 것이 분명하다.

그러한 효심은 곧 강한 책임감으로 사생결단死生決斷하게 만들었다. 직장을 그만두면 성장하고 있는 네 명의 자식은 미래가 불투명해질 것이 뻔한 사실임에도 부모님의 봉양을 위해서 한 생각, 한 방향으로 밀고 나가서 사직서를 제출한다는 게 결코 쉬운 결정은 아니라고 생각이 된다.

직장이 없으면 꼬박꼬박 받던 월급은 당연히 들어오지 않을 것이며, 그러하면 사 남매의 학비며, 책값이며, 학용품값 등 소소하게 드는 돈을 어떻게 감당하겠는가!

많은 세월이 지났음에도 나의 동창들은 생전 아버지의 자상한 모습을 종종 전해 준다.

이런 이야기다.

"아주 예전에 의성 안평 우체국에 들렀을 때, 처음 보는 수동식 검정 전화기 앞에서 막막해하는 나에게 너희 아버지는 다정다감多情多感하게 사용법을 가르쳐 주셨다."

"지금도 그 정감을 잊을 수가 없다."라는 추억담追憶談은 나의 가슴을 요동치게 만들었다.

그렇다, 우리 아버지는 따스한 분이었다. 가르쳐 주는 방법에도 여러 가지가 있을 것이다. 무덤덤하게 가르쳐 주는 사람과 화가 난 듯이, 아니면 정감 있게 알아듣기 쉽도록…….

아버지는 정감이 있게 알아듣기 쉽도록 가르쳐주신 분이었다. 확신할 수 있다.

서울 근교에서 산행을 하면서 어떤 동창이 해 주었던 이야기다. 1970년도 전후를 돌아보면, 참 어처구니없었음을 느낀다며 이렇게 말했다.

"부질없는 시골 동네에서, 서푼 벼슬에 감당을 못해 군림君臨하고 주체를 못 하는 분들이 많았다. 그런데 너희 아버지는 그렇지 않으셨다. 정이 많으셨고, 어린아이들조차도 막 대하지 않으신 분이었다."라고……:

여기에서 서푼 벼슬이라는 것은, 아주 보잘것없는 벼슬이라는 뜻으로 표현한 것이리라. 서푼 벼슬은 몇 살 나이가 더 많은 선배부터, 동네의 반장, 동장, 면사무소 직원, 선생님 등 본인보다 어느 한 부분이라도 위라고 생각했던 고향 사람들을 총칭總稱했던 것으로 생각이 된다. 하잘것없는 것에 위세威勢를 부리고, 잘난 체하고, 남을 무시하고, 업신여기는 행동을 한 사람들 말이다.

꽃의 향기는 백 리를 가고,　　　　　화향백리花香百里요.
술의 향기는 천 리를 가며,　　　　　주향천리酒香千里요.
사람의 향기는 만 리를 간다고 했던가!　인향은 만리人香은 萬里.

아버지는 향기香氣가 있었던 분이다.

남의 안타까운 모습을 보고 그냥 지나치는 분이 아니었다. 관심關心을 가지고 물어보고, 도울 수 있는 방법이 뭔지를 고민苦悶하셨던 분이시다. 스스로 도울 수 있는 범위라면 흔쾌欣快히 도와 드리고, 그렇지 못할 경우라면 다른 방도를 찾아보겠다고 말씀을 하셨을 분이다. 사람의 향기를 지닌 분이 아버지였다. 꽃향기보다 더 아름다운 인향人香 말이다.

만리萬里의 거리는 4,000㎞이다.

곧 사람의 향기는 국경國境을 초월超越해서 불특정인不特定人의 가슴을 뜀박질을 시키고, 매료魅了시키는 것이다.

누구인지 잘 모르는 사람의 가슴을 따스하게 데워서 이 나라 저 나라를 떠돌며 희망의 행보行步를 하는 데 밑거름이 될 수 있다. 사람의 향기를 받은 사람은 가슴이 뜨거워지고 행복해하면서 열정과 희망을 품고 일할 수 있다. 또 다른 사람에게 향기를 전파해서 온 지구를 행복 동산으로 만들 수도 있음이다.

그렇게 하여 알 수 없는 사람의 가슴에 녹아, 은은한 감동의 강江이 되어 흐를 수도 있으리라.

아버지께서 보내준 글이다.

## 금언金言

덕을 캄캄한 가운데 쌓아야
뒤 세상의 자손이 만대에 번영하니라.
적덕어積德於 명명지중冥冥之中해야
후세자손後世子孫 만대영萬代榮이니라.


요사이 흔히들 많이 하는 장학금이나
불우이웃돕기나 성금은 온 누리가 다 아는 일이니
덕德이 되긴 하나 쌓는 덕은 못 된다.
한자로 明명은 밝을 명이며, 冥명은 어두울 명이다.

그래서 남몰래 어두운 곳에서 베풀어야 덕德이 된다는 말이다.

이 시간까지도 열대야는 계속되네.

잠을 청해야겠다. 안녕. 아비가.


아버지는 어린 사 남매의 자식들이 입학할 시기가 되자 한해에 두 자식이 동시에 입학하는 것을 피避하기 위해서 초등학교 입학 시기를 조절調節했다.

한 자식은 중학생으로 또 다른 자식은 고등학교로 같은 해에 입학을 하게 되면 입학금과 교복, 새 교과서 값 등으로 목돈이 두 배가 드는 것을 막자는 생각이었다.

그러다 보니 정상적으로 8살에 입학을 한 자식도 있고, 한해 먼저 7살에 입학한 아들도 있었다. 나는 동시 입학을 피하려 1년 일찍 입학한 자식 중의 하나였다.

키도 왜소하고 똘똘하지도 못하여 유급을 염두에 뒀으나, 한글도 깨치고, 덧셈, 뺄셈도 그런대로 해서 2학년으로 승급이 되도록 놔두었다고 했다. 이렇듯 아버지는 매사에 논리적이며, 치밀하게 따져보시고 시행하시는 분이었다.


우리 증조부의 휘자諱字는 영주寧周 님이다.

세 번이나 결혼하셨다. 첫째 할머니는 진보 이씨에서 혼인하셨으나 신행 때 병환으로 돌아가시고, 둘째 할머니는 홍해 배씨 집안에서 오셨는데 딸 하나를 낳으시고 또 일찍 돌아가시고, 셋째 할머니는 영양 남씨 집안에서 오셨는데 할아버지가 먼저 돌아가시고 할머니가 20대에 혼자가 되어 일흔까지 사셨다.

아내 세 사람에 딸 하나만 두셨으니 자식이 굉장히 귀했던 분이었다. 아버지는 네 분의 증조부모님의 산소가 세 곳으로 나누어진 것을 한 곳으로 모아 주셨다. 각각 안동 낙동강 변에, 안동 일직의 장사리에, 의성 안평 부릿골 운암사 절 아래 산자락에 있어, 묘 관리에 어려움이 많았다.

벌초며 성묘까지, 해야 하는 일들을 하루에 끝내기가 어려웠다. 아버지는 본인까지만 관리하신다고 네 분 증조부모님 산소 봉峯의 흙을 가져왔다. 그 산소 흙으로 안평 석탑동 막닥골 선산에 단壇을 조성해서 관리하는 범위도 줄이고, 돌아가신 어른들도 보살피는 일석이조一石二鳥의 개선 방안으로 산소 관리를 쉽게 해주셨다.

생전에 최고 어른의 위치에 있을 때 조치하여야 자식들의 부담을 줄인다며, 제도를 바꾸어 주셨다. 자식들 삶이 윤택하도록 기꺼이 도와주셨다.

아버지는 차남인 내가 첫돌이 지났을 때 체신공무원으로 채용되셨다. 첫 출근 날이 정해졌을 때 어머니와 고향집 뒷마루에서 상의를 하셨다. 출근을 해서 봉급 2만 원을 받으면 양가와 친가의 두 분 할머니들이 200만 원어치 싸움을 하실 텐데 어떡하면 좋겠냐고 물으셨다.

어머니는 성장하고 있는 네 명의 자식을 학교에 보내서 현대적 인간으로 만들어야 하는데 앞뒤 생각하지 말고 출근을 해서, 봉급을 벌어야 한다고 강하게 말씀하셨다.


## 아들 그리고 팔자


증조할아버지는 할아버지에게 갓난 아들을 형에게 줘라 하신다.
아버지는 아무것도 모르고 큰아버지 큰어머니를 부모님으로 알
고 자란다.
대들보 같은 맏아들에게 아들이 없으니 혈통을 잇는 자구책이다.
둘째 아들은 아들자식을 낳으면 될 줄 아셨다.

하늘의 뜻은 녹록치 않았다. 할아버지에게는 내리 딸만 넷을 주
셨다 하늘은!
아버지는 양兩부모님의 독자 아들이 되었다.
안동 와룡의 산골에서 하늘이 내린 배필로 알고 어머니는 아버
지를 만난다.
양兩쪽 집의 달랑 혼자인 며느리가 되신다. 그냥 되셨다.
모두가 하늘의 뜻으로 알았다. 자식도 그저 팔자라니 여기고 사
남매를 낳았다.

두 할머니는 아들 하나를 두고 평생토록, 돌아가실 때까지
낳은 어머니와 기른 어머니의 기싸움을 해뜨기가 바쁘게 하신다.
싸움이 후련하지 않으면 두 할머니의 화풀이는 모두가 어머니
의 몫이 된다.

그래도 어머니는 팔자로 돌려 놓으셨다. 평생토록……

아흔 가까이가 된 어머니가 간혹 이야기하신다.
"내 고생은 말도 하지 마라. 도망을 안 가고 살아온 내가 신통하다."

오래전에 어머니가 해주신 이야기다. 시골에서 고등학생도 귀했던 시절이라고 했다.
윗동네의 고등학생이 지나가면 끝없이 지켜보았다.
쑥색 바지의 교복을 입고 한자漢字로 된 고高자의 모표가 달린 모자를 쓰고 신작로新作路를 활보闊步하는 모습을, 사라질 때까지 지켜보았다.
내 자식도 저 학생처럼 학교에는 보낼 수는 있을지 늘 고민이었다. 자식들의 성장과 미래가 늘 간절했다.

독일의 정치가 비스마르크는 운명에 대하여 이렇게 이야기했다.
'자기 앞에 어떠한 운명이 가로놓여 있는가를
생각하지 말고 앞으로 나아가라.
그리고 대담하게 자기의 운명에 도전하라.
이것은 옛말이지만 거기에는 인생의 풍파를
헤쳐나가는 묘법이 있다.
운명을 두려워하는 사람은 운명에 먹히고,
운명에 도전하는 사람은 운명이 길을 비킨다.'

퇴직하신 후 아버지는 매월 공무원 연금을 타셨다. 그 날이면 손자들의 은행 통장계좌로 용돈을 넣어주셨다.

그리고 전화를 해서 공부를 열심히 하라는 말씀은 단 한마디도 하지 않았다. 시간 날 때마다 운동을 열심히 해서 건강하기를 종용慫慂하셨지만······.

아버지가 자식 교육에 인용한 교훈적 내용에는 증조부님, 아버지의 할아버지 말씀을 기억했다가 자식들과 손주에게 전해 주신 게 많았다. 물론 삶의 경험이거나 또는 책을 읽으시고 전하신 내용도 많이 있었다고 생각한다. 구전口傳으로 들으시고 또 그 내용을 아들 교육에 인용하셨다. 가정교육의 대물림이다.

서울에서 손주들이 고향 의성 안평을 오면 농촌 체험으로 새끼 꼬기, 제기 만들기, 연 만들기 등을 가르쳐 주면서 소소한 추억 만들기를 같이 해주셨던 정 많은 할아버지였다.

손주들이 모여드는 날이면 고향집 안마당 뜰에서 숯에 불을 붙이셨다.

화로에 숯불이 달아오르면 석쇠를 이용해서 노릿하게 고기를 굽고 채 썬 양파와 함께 할아버지의 사랑을 입에다 넣어주셨다.

셋째 손자 용빈이는 의성 안평의 부릿골 저수지에서 할아버지에게 낚시를 배워 손맛을 단단히 깨달은 손자가 되기도 했다.


아버지가 저세상으로 아주 가실 때 손주들은 더 참담慘憺했을 것이다.

따스한 정감을 주셨던 할아버지를 영원히 볼 수 없는 심정을 눈물로 표현했을 것이다. 아버지는 틈만 나면 사랑방 아궁이에 땔 장작을 수북이 해놓으셨다. 방학 때 손주들이 고향집에 와서 아궁이에 장작불을 마음껏 때라고 그러셨다.

그 땔감의 이름을 '방학나무'라고 지었다. 방학을 이용해서 고향집 땔감으로 사용하는 나무라는 뜻이다. 그렇게 땔감을 만들어놓고 손주들을 기다렸던 할아버지였다.

저세상으로 아버지는 떠나셨지만 아버님의 삶은 계속 사람들의 마음속에서 전이轉移되어 이 땅과 저 하늘에 맴돌 것이다. 아버지 삶의 열매는 이곳저곳에서 움을 틔워 꽃을 피우고, 또 열매를 맺어 영원히 이 땅에 존재할 것이다.

오래전 아버지를 생각하며 써 놓았던 글이다.

우리 아버지

여든의 연세에도 우일신又日新을 같이 하시며
나 홀로 시간을 쓰실 줄 아시는 아버지!
그 마음 그 지혜를 어디서 얻으셨는지를
그려 봅니다.

젊음이 있으실 제 따사한 춘풍春風과 함께
도회지 네온불의 유혹도 있었을 것이고 가을의 황량한 낙엽을 따라

도심의 아스팔트 길을 배회하고도 싶었겠지요!

부모와 고향 모든 것 버리시고
무거운 어깨 짐 다 내려놓으시고 훌쩍 떠나고 싶었을 것이라고
이 나이가 되니 이제사 짐작이 갑니다.

그러나 초심初心을 잃지 않으시고
모진 폭풍우의 시련을 물리치시고 인고의 시간을 소화하시며
평생 고향 안평을 지키셨습니다.

지금은 연로하시지만
편하게 만날 수 있는 벗이 있고 잘 길들여진 바람이 있으며
눈 감고 찾아갈 수 있는 낚시터가 있고 해마다 기다려 주는 고
사리밭이며,
둥굴레 미소가 반기니 이 얼마나 행복합니까!

아버지 삶의 교훈을 제 나이 예순에 바라보니
땀 흘려 뛰어가 아버지 뒤를 따르고 싶습니다.
그리고 존경합니다.
우리 아버지!

# 바람과 햇빛과 별빛이 되시다

아버지는 응급실에 입원하셨다.

그때가 2015년 10월 16일로 서울 강남 세브란스병원 응급실이었다.

가벼운 채뇨, 채혈 검사로 시작해서 X-ray, CT 검사 등 알 수 없는 여러 가지의 검사를 했다.

검사 결과를 분석해서 내린 진단은 첫째, 심장과 신장콩팥 수치가 기준보다 많이 올라가 있다.

둘째, 복부흉부대동맥류 기준 지름이 2㎝인데, 7㎝로 확장이 되어 위험하다. 수술을 진행해야 하지만 심장질환과 신장기능이 떨어져 두 개 이상의 진료과 교수와 협의 중이라고 했다.

아버지의 체내 혈관계통은 심각한 상태로 현재까지 유지하는 데만 급급하였고, 크고 작은 통증은 선물로 받은 한약 공진단拱辰丹으로 잠재우는 선에서 유지되었던 게 사실이었다.

그날 밤 11시경 중환자실로 옮기면서 아침과 저녁으로 2회만 면회할 수 있도록 통제가 되었다. 그것도 한 번에 두 사람만 면회가 되어 자식들과의 소통이 차단되었다. 면회를 통제하는 이유에

는 병균의 감염을 차단하는 예방적인 조치도 있었으리라 생각이
된다.

중환자실에서 통제된 20분이라는 짧은 면회 시간에 할아버지 병
환에 대하여 걱정하고 우려하는 손녀에게 하신 말씀이 고작 "괜찮
으니 걱정하지 마라, 너희 할머니 잔소리 안 들어서 좋다."라는 것
이었다.

한편으로는 앞으로 닥쳐올 중병에 대한 위급함을 몰라서 여유로
운 말씀을 하셨던 것일 수도 있고, 다른 한편으로는 육신의 아픔보
다도 아내의 잔소리를 피할 수 있는 중환자실이 더 마음 편안했을
수도 있었겠다. 대다수의 환자들은 진료가 어떻게 진행이 되고, 담
당 교수는 어떻게 판단하는지를 궁금해하며 솔깃해하는 것에 비
하여…….

어머니와 아버지 역시 부부의 인연으로, 길고 긴 인생길을 같이
걸어오면서 쉽지만은 않았을 것이다. 부부가 함께하면서 어떨 때는
서로 이해하며, 동조하며, 애틋하였겠지만, 더 많은 시간은 갈등하
며, 번민하는 것을 반복했을 것이다. 그래서 더 많은 시간 동안 듣
기 싫어하는 말로 상처를 주었을 것으로 추측해 본다.

심지어는 어머니가 시집와서 고생하신 모든 일들을 아버지의 잘
못으로 돌렸을 것이고, 힘겨운 길을 헤쳐 나오느라 애쓴 억울함을
잔소리로 했을 것이다.

우리 어머니는 목소리가 보통 크신 분이 아니다. 화가 날 때 노려

보는 눈동자는 불이 날 정도이다. 큰 목소리로 불이 난 눈으로 노려보면서 잔소리를 했을 것이다. 아버지에게.

아버지에게 험상궂은 표정을 지으며, 아름답지 않은 단어를 동원해서 몰아붙일 때는 갈 곳이 없이 막막했을 것이다.

이 여자를 만나 행복하고, 고마우며 대견할 때도 많았지만, 이 여자가 아닌 다른 여자를 만나 살았더라면 이렇게 듣기 싫은 잔소리도 듣지 않아도 될 텐데, 큰소리로 쉴 새 없이 다그치는 것을 당하지는 않았을 텐데, 피할 수 없는 막다른 길로 몰아넣지는 않았을 텐데 하고 몇 번은 생각했으리라 짐작해 본다.

어머니는 양가養家와 생가生家의 할아버지와 할머니 네 분을 봉양奉養하면서 그분들에게 모든 생각과 의견을 맞추어야 했다.

특히 양가 김양교 할머니는 안동 김씨 가문에서 배운 법도를 쉴 새 없이 어머니에게 요구하며 간여干與하였다.

그럴 때 곁에서 아버지가 슬쩍 도와드리면 힘도 적게 들거니와 정신적으로도 얼마나 위안이 되었겠는가! 그렇지만 그런 생각을 할 수 없었다.

시골에서 대대로 내려오는 가부장적家父長的인 법도法度를 외면하고 층층시하層層侍下의 어른들의 눈을 피해서 어머니를 도와드리기에는 한계가 있었을 것이다.

공무원 생활을 하시면서 시간적으로 직장에 매여 있기도 했지만, 쉽게 어머니의 편에 서서 말 한마디로 도와줄 수가 없었던 게 현실이었다. 마음속으로는 소소한 정감을 주면서, 짬짬이 어른들 몰래 무거운 부엌살림이라도 들어드렸으면 좋았겠지만, 사정은 그리 녹록하지가 않았을 것이다.

마음속으로는 마땅히 도와주고 싶은 현실 앞에서 눈길을 외면한 채 매몰차게 모르는 척해야 했던 가정 분위기 속에서 남편이기 이전에 한 인간으로서 아버지는 갈등하셨으리라. 받아들일 수 없는 눈앞의 사정이, 가슴 아픈 일이 되고, 한스러움이 되어 두고두고 어머니의 잔소리 대상이 되었을 것이다.

누가 시키지 않아도 자연스러운 며느리의 몫으로, 어머니에게는 집안에서 밥하고, 자식을 키우고, 증조할머니와 시어른들을 봉양하는 것까지 배분配分되었으리라.

자식들은 커가는 데다가 들판의 일거리가 많았고, 심지어는 땔나무까지 책임지지 않으면 안 되었다. 그러한 일들이 산적하여 감당하기 힘든 태산만큼의 가징시를 해결한 어머니는 퇴근 후 피곤해하는 아버지에게 이불속에서 잔소리로 일관하셨겠지. 불편한 심기가 담긴 속내를 끝없는 잔소리로 드러내었을 것이다.

바가지가 뭔가! 아름다운 소리인가, 사랑을 주고 기운을 주는 말인가!

아버지가 간혹 복용하셨던 한약 공진단拱辰丹은 원나라 때 명의인 위역림이 황제에게 진상해 올린 보약이라고 한다.

우리나라 동의보감에 음양기陰陽氣가 부족한 양허증兩虛證에 쓰이는 약제로 허로虛勞를 다스리는 처방으로 기록이 되어있다.

사향麝香, 녹용, 당귀, 산수유를 재료로 만들며, 사향이 바로 막힌 기운을 열어주는 약제라고 한다.

혈액이 전신에 전달이 잘 안 되어 몸 기능이 감퇴되고 노폐물이 쌓이며, 근육의 피로는 육체적 및 정신적 피로로 퍼져, 집중력이 떨어지는 경우에 효능이 있으며, 심장을 튼튼하게 만드는 것에 도움을 주는 약이라고 한다.

사향麝香은 사향노루의 수컷의 복부에 있는 향낭, 혹은 이 향낭 속에 있는 분비물을 부르는 말로 값비싼 약품인 동시에 고급 향료로 사용된다.

사향의 사麝자는 사슴 록鹿자와 쏠 사射자를 결합한 것으로 중국 명나라의 본초강목에 따르면, 사정射精은 사향의 향기가 매우 먼 곳까지 확산성을 갖는 것을 나타내고 있다고 한다.

예전에 사향은 수컷 사향 사슴을 죽이고 그 복부의 향낭을 잘라 건조하여 얻었으나, 현재 중국에서는 사육한 사향노루를 죽이지 않고도 지속적으로 사향 채취가 이루어지고 있다. 향낭 내부에는 암모니아 냄새와 유사한 악취가 나는 빨간 젤리 모양의 사향이 들어있고, 하나의 향낭에서 사향 30g 정도를 얻을 수 있다.

한약 공진단拱辰丹은 서울 종로6가 덕성한의원 이상호 원장님이 20여 년 가까이 잊지 않고 명절 때만 되면 부모님께 어긋남이 없이 보내주셨다.

2015년 10월 22일경, 첫 시술 후 3일이 지났을 무렵이다. 아버지에게 사위인 자형姊兄 허규許圭를 보고 싶은지를 여쭈었다.

"얼굴도 보고 싶고 궁금한 것도 많지만, 대구에서 승용차로 올라와야 하는 교통의 번거로움과 서울에서 잠자리며, 여러 불편함을 생각하면 어찌 보고 싶다고 이야기할 수 있겠냐"고, 말씀하셨다.

인생을 살아오신 연세에 걸맞게 한없이 녹여 생각하시는 아버지의 인품을 엿볼 수 있는 대목이었다.

병원에 입원해 생명이 위급한 상황에서 보고 싶은 사람이 있으면 보고 싶다고 하시면 될 텐데 말이다. 아버지는 그런 분이었다.

아버지는 병원 식사를 마치시면 식당의 건의서 메모지에 꼭 감사의 글을 써주시면서 식판 여백에 올려놓으라고 하셨다. 그 글에는 "고맙습니다. 감사히 잘 먹었습니다."라고 쓰셨다. 오른팔의 시술 후유증 때문에 왼손으로 진정을 담아서 정성껏 밥 한 그릇의 고마움을 전하셨다.

아들의 입장이 아니라 한 인간으로서 아버지의 인품은 배워야 할 부분이 많다.

2015년 10월 26일, 서울 강남 세브란스병원에 입원 열흘째 되는 날, 고향 의성 안평 윗양지에 사는 이웃 임종식 님이 어머니에게 전화를 하셨다.

긴사리밭에서 쳐다보면 고향집 대문이 닫혀있어 아버지가 서울 병원에 입원하신 모습이 떠올라 굉장히 마음이 울적하다고……

전화 내용을 아버지께 전하니, 흐느끼시며 슬프게 우셨다. 주변에 있던 자식들과 어머니도 같이 울었다.

갑자기 아버지의 병상은 눈물의 바다가 되었다. 울음을 멈춘 뒤에 연유緣由를 물어보니 그냥 많이 슬펐다고 하셨다. 아버지 스스로도 본인이 이 땅에서 떠나야 할 운명殞命임을 예측하셨을까!

그랬으니 슬픔이 몰려왔으리라. 아버지의 가슴으로……

회진을 다녀간 이병권 교수께서, 콩팥의 기능이 좋지 않아서 심장내과心臟內科에서 신장내과腎臟內科로 진료과를 변경하기 위하여 협의 중에 있다고 했다. 여태까지는 복부대동맥확장증腹部大動脈擴張症이 더 위중하다는 판단을 했는데, 3개 파트의 담당 교수들이 각종 검사자료와 의학적인 전문지식으로 판단할 때 아버지의 다음 치료는 콩팥에 대한 진료라고 판단했다.

스텐트도관 삽입술 후에 우측 팔에 피멍이 들고 붓기가 심해서 팔을 높이 매달아 놓고 계셨다. 그렇게 편찮고 힘든 가운데 또 어머니의 흉을 보셨다.

너희 어머니는 나를 평생토록 꼬장꼬장하게 쳐다보고 잔소리했다고 하셨다.

한 가정의 남편 역할을 하면서 화목을 위해 아내의 잔소리를 참아내며 많은 애를 쓰셨던 것 같다. 그렇지 않고서야 시술 후에, 참을 수 없을 정도의 통증 속에서 어머니의 잔소리하심을 원망怨望하셨을까……


한번은 병실에서 아버지에게 내가 여쭈었다. 어머니도 사람이니 많은 단점이 있겠지만 그래도 꼭 한 가지만 말씀하시면 뭐가 있는지요? 라고…….

아버지가 짧게 답을 하셨다.

"목소리가 큰 것과 잔소리하는 것이다."

이어서 또 여쭈었다. 어머니 장점이 뭔가 있지요?

아버지는 답을 하셨다.

"정확한 판단력을 가진 사람이다. 너희들 어머니는……"라고.

어머니가 아버지에게 듣기가 싫을 정도로 잔소리를 많이 하셨던 것은 분명하다. 아버지도 들으셨고, 자식들도 옆에서 들었으니까.

80 평생을 같이 살아오시면서 어머니께서는 아버지도 판단하지 못하는 미래의 불투명한 결정을 내려, 저돌적豬突的으로 밀고 나가셨고, 그 결정이 모두에게 성공적인 결과를 안겨주었던 것도 사실인 것 같다.

부모님의 자식으로서 아버지가 말씀하신 어머니에 대한 평가를 생각해 봤다. 우연한 일치이지만 서로 다른 각각 한 가지의 장, 단점이 연관성聯關性이 있는 것을 알 수 있었다.

사람 관계에서 생길 수 있는 연관성, 특히 부부 관계로 살아오시면서 얽힌 삶의 한 과정이라는 것을 알 수 있었다.

아버지조차도 결정 내릴 수 없는 불확실한 일들을 과감하게 결정을 하고, 결정된 목표를 달성하기 위해 부부가 힘을 합쳐야 된다고 요구하면서 의기투합意氣投合하기도 했다.

81세의 연세로 만신창이가 된 육신으로 병상에 누워 되돌아봤을 때, 아내의 판단이 모두 맞는 결정임을 높이 평가를 하셨다면, 어머니의 많았던 잔소리는 당연하였다고 생각이 되었다. 호락호락 이루어지는 삶이 어디 있을까! 부모님의 말다툼을 써놓았던 글을 옮겨본다.

## 어머니의 묵은 바가지

여든의 부모님 사이를 보면서
우리 부부를 견주어 본다.

불현듯 아버지께 버럭 화를 내신다.
입가에 묻은 잡티며 조금 자란 턱수염까지 어머니의 성화가 된다.
아버지는 느긋하셨다. 빙그레 웃고는
"네 엄마가 왜 저렇지?"가 고작이다.
한발 물러나신 여유에서 경륜이 보인다.

감나무에 달린 홍시 가지를 흔드는 것 같아 떨어질 듯한 홍시가
걱정이 되지만
자식들 앞이라 급 화해로 돌아서신다.
"너희 아버지는 검소하신 분이다."
"자식들 사랑이 한결같다."
"마음이 따스한 사람이다."라고…….
아버지는 또 소리 없는 웃음만 짓는다.

아내와 불편해질 때 부모님의 다툼을 그려본다.
여든이 된 아내의 묵은 바가지를
여든의 남편이 받아들이는 포용을 본다.

아버지가 어머니를 평가한 정확한 판단력이란 무엇일까?

먼저 네 분 부모님을 모시는 것, 대가족의 살림을 꾸려나가는 것, 그 속에서 크고 작은 가정사를 추슬러야 했던 과정들, 네 자녀의 출산과 양육과 교육을 하는 것, 그 자녀들이 성인이 되어서는 혼례를 치러 분가를 시키는 일 등을 진행하며 전장의 지휘관 같이 돌진하였을 것이다. 굽이굽이 과정 속에서 흐트러짐 없이 추진하고 종결지은 것들이 정확한 판단력이었다고 추측이 된다.

지난 시간이지만, 아버지는 큰 병치레가 없으실 것으로 생각했다.

늘 건강하게 우리 사 남매를 지켜주실 것으로 믿었다. 아니 강건너 불구경하듯이 아버지에 대해서 깊이 생각하지 않았다는 게 더 정확할 수도 있다.

병원 응급실을 통해서 입원하실 것을 상상조차 해보지 않았다. 자식으로 해야 할 일에 내하여 깊이 생각해 본 적이 없었던 것이 사실이다.

자식으로서 부모님 간병看病은 남의 집에서나 생길 수 있는 막연漠然함으로 대수롭지 않게 생각했던 것이다. 우리들은 영영 피해가는 일……

기껏 생각하고 들어본 것이 격언 하나, '긴 병에 효자 없다.'가 전부였다.

처음 서울 강남 세브란스병원의 응급실에 2일간 계실 때 단조로운 의자에 몸을 기댄 채 밤을 새워 간병을 했다.

밤과 새벽 시간에 불규칙적으로 의사와 간호사가 회진을 했다. 아버지 몸의 변화에 대한 질문에 대응을 하고, 여의치 않은 자식들은 잠시 눈을 붙이고 다음 날 아침에 각자 일터로 향했다.

아버지의 병원 치료가 길어지고, 1차 시술 후에는 아들 삼 형제, 며느리와 손자, 손녀까지 개인 일정을 조정해도 간병하는 데 소요되는 시간과 체력은 부족했다.

그렇게 약 2주간을 지탱支撐하다가 할 수 없이 전문 간병인을 채용하기로 했다. 병원 생활은 모든 게 낯설고 처음 닥치는 일들로 채워졌다. 시간이 갈수록 피로가 누적이 되고 직장생활에 영향을 줬다. 그렇지만 어려운 일이 생길수록 형제간에 힘을 합쳐 의지하게 되었다.


다행多幸


사막과 같은
서울이지만


형님과
동생과 함께


서울강남세브란스병원 응급실에서
아버지 간병을 위해
굳건한 시선을 교환하면서

내일을 기다리는 게

천만다행입니다.


   용변이 급하시다는 아버지를 휠체어에 태워 화장실에 다녀왔다.

   몸의 기능이 떨어져 빨리 조치하지 않으면 옷에다 지릴 수 있다. 시술을 하신 후 얼마 지나지 않아서 체력도 약해지셨고, 대변 후 신속하고 청결하게 닦아드려야 했다. 서 계시는 힘도 없기 때문이다. 긴장되고 신경이 쓰였다. 화장실을 다녀와서 아버지에게 긴박했던 나의 마음을 말씀드렸다.

   "아버지? 용을 썼더니 목이 마릅니다."라고…….

   아버지께서 골똘히 생각하시며 나에게 이야기하셨다.

   "너희 할아버지가 편찮으실 때, 겨울철이라 안펑 사급들 보洑 안에 얼음을 깨어 속옷을 빨아 냇가 둑에 널어놓고 내가 출근을 했는데, 네가 그 대물림을 하고 있구나. 애쓴다."라고 표정 없이 이야기하셨다.

   아마도 시술 직후라 힘이 없어서 무표정하셨으리라 생각했다.

   아버지가 작고作故하시니 모시고 화장실 갈 일도 없을뿐더러 대화조차 나눌 기회가 사라져 허무할 뿐이다. 그냥 멍할 뿐이다.


   시작


중환자실에서

배웠네.

먹고

잠들고

똥 싸는 것이

행복의 시작임을…….

 

퇴근 후 저녁때 병원에 갔다. 고향 동네의 재종숙再從叔이 병문
안을 와서, 아버지께 말씀드렸다.

"빨리 퇴원하셔서 저희 어머니와 이야기를 나누시고 떠드셔야지
요."라고.

그 말을 듣고는 아버지가 슬퍼서 많이 우셨다. 이때가 2015년 11
월 10일경으로 입원 1개월이 되어 병원 생활에 싫증도 나고, 정신
적으로도 약해지고, 생의 종착에 와 있는 듯해서 힘이 많이 드셨으
리라 생각이 되었다.

 

어느 날 아버지에게 이 세상을 사시면서 무엇이 가장 후회스럽냐
고 여쭈었다.

아버지께서는 첫째는 종교를 선택하지 않았던 것이고, 둘째는 운
전면허를 따지 못한 것이라고 단출하게 답을 하셨다.

종교를 갖지 않은 이유는 할머니가 시도 때도 없이 굿을 하시고
점占 보는 것에 식겁食怯을 해서 종교를 멀리했다고 하셨다.

아마도 병원 생활 중에 종교라도 믿었다면 정신적으로 의지도 하
고 매달려 봤을 텐데 하고 후회하시는 것 같았다.

아버지가 공무원을 퇴직하시고 운전면허증을 따려고 하셨다. 누

나가 극구 반대를 했다. 이유는 아버지가 차를 운전해서 도로에 나가시면 자식들이 걱정이 되어 잠 못 이룬다고 반대를 해서 관두었는데 지금 많이 후회가 된다고 하셨다.

삶을 뒤돌아보면 후회되는 것이 많은데 두 가지만 말씀하셨던 단조로우신 아버지였다.

우리 아버지는!

요사이는 재력財力이 명예名譽나 학위學位보다 우선시되는 경향이 간혹 있다.

돈의 가치를 다른 것보다 첫 번째로 여기는 경우가 종종 있다. 병원에서 고령의 부모가 편찮으시면 자식들이 간병하는 정도에 따라 부모의 재산 척도를 가늠하는 풍속이 있는 듯했다.

어느 날 간병인이 동생에게 이런 이야기를 꺼냈다.

병실 내에서 회자膾炙되기를, 아버지가 시골 영감이지만 돈이 많은 분이라고 쑥덕거린다고 했다. 우리 형제들이 그래도 정성껏 아버지 병을 간호하고 있으니 주변에서 그런 눈으로 우리 형제를 평가했다고 했다. 유산 분배 때문에……

아버지가 부자인 것은 맞다. 4부자父子, 아버지에 아들이 셋인, 4부자 말이다.

오른팔에 혈액투석관 시술을 하시고는 퇴원이 거론되었다. 병원을 옮겨 혈액투석 연고지 병원으로 경북대학병원이 적절하겠다는 판단을 했다. 고향집에서 가깝기도 하고, 의료진도 믿을 수 있으며, 대구에 누나가 살고 있기 때문이었다.

아버지가 서울 세브란스병원에서 그렇게 넘고 싶어 하시던 경부 고속도로의 추풍령 고갯길을 비켜서 퇴원하는 길을 선택했다.

거리가 단축되어 아버지의 피로를 줄일 수 있는 평택-제천 간 고속도로를 이용해서 고향 의성 안평으로 잠시 퇴원을 하셨다. 복부대동맥확장증腹部大動脈擴張症 수술은 체력이 향상이 되면 그때 다시 서울 강남세브란스병원에서 하기로 하고……

신장콩팥계통의 환자는 혈액에 미치는 영향 때문에 먹으면 안 되는 음식이 많다.

의사의 소견으로 복숭아 통조림 반쪽은 드셔도 된다고 했다. 고향집에 거의 다다라 안동 일직에 있는 마트에서 황도 통조림을 구입한 후에 운산역 인접도로를 거쳐 고향집 안평으로 산을 넘어 조심스럽게 승용차를 운전해 갔다. 형님과 나, 형제가 아버지를 모시고 갔다. 아버지가 불편하지 않도록 정성을 다해서 모시고 갔다.

아버지가 혼인하시러 어머니를 처음 만나러 갔던 길, 처가 안동 와룡을 가려면 꼭 거쳐야 되는 길, 평팔을 거쳐 두역으로 창길을 거쳐 그렇게 그렇게 불완전한 몸으로 고향집으로 가시고 계셨다. 이 길이 아버지 살아생전 마지막 길인지 모르시고……

말없이 먼 고향집으로 가시고 계셨다.

그날이 2015년 11월 11일이었다.

## 추풍령 고개

바람을 목에 걸고 햇살을 어깨에 지고
아버지가 그렇게 넘고 싶었던
염원念願의 고개

아내와 딸과 아들이 함께 떠들며
경부고속도로를 타고 내려가다 콧구멍에 와 닿는 다른 냄새로
창문을 내려 심호흡하고 싶은 호서湖西와 영남嶺南을 가르는
산봉우리

서울 강남의 세브란스병원에서 주렁주렁 매단
이름 모를 투명액체의 관을 떼어 낸 후
추풍령의 묘함산 허리 길을 돌아 남으로 남쪽으로 고향 안평安平
으로
아버지와 함께 힘차게 걷고 싶은 고갯길
그 추풍령.


　경북대학교 병원에 계시다가 2차로 서울 강남세브란스에 입원을
하셨다.
　그때가 2016년 3월 초, 병실의 아버지 곁에서 고향에 계시는 어
머니와 통화를 했다. 통화 내용에서 어머니가 집 뜰의 채소밭菜田
에 사용할 비료 3포를 사서 시장에서 집까지 손끌차로 끌고 오셨다

고 하셨다. 그 통화 내용을 병상에서 아버지께서 들으셨다. 그리고
는 역정을 내고 우시면서 말씀하셨다.

"그래서 네 어머니를 싫어한다. 그렇게 일하지 말라고 했는데 고
생스럽게 그게 뭐 하는 거냐?" 하고 눈물을 흘리셨다.

평생 억척스럽게 일하신 어머니에 대한 회한悔恨, 남편으로 도움
을 주지 못함에 대한 죄罪스러움이 녹아 있다고 생각이 들었다.

섬망이 종종 있는 시기였는데 정상적으로 정신이 확 돌아왔었나
보다. 그리고 억척같이 삶의 노예가 된 어머니에게 건강을 위해 간
절하게 몸을 아끼라고 조언했는데 효과가 없음에 대한 애증愛憎과
실망이 교차된 듯했다. 상태가 중한 환자의 몸이지만 아내에 대한
소중한 마음은 변함이 없음을 보여줘, 옆에서 지켜본 모두가 같이
눈물을 훔쳐야 했다.


섬망譫妄


큰 수술을 한 뒤
후유증으로
헛소리를 하고
밤낮이 뒤바뀌는 것


아버지가
그러하시네.
얼마나 힘이 드셨으면······.

수술 후 1개월이 경과되어 감성이 되살아나셨다. 아침에 주사를 놓아준 간호사 보고 '고맙습니다.'라고 하는 표현력이 살아나셨다. 어휘력도 많이 좋아지셨다. 큰 수술 후 2~3개월까지는 정신이 없으시고, 섬망도 이어진다고 했는데, 모두에게 기대감을 줄 정도로 회복의 시간이 빨리지는 느낌이었다.

2016년 3월 중순경 병원비에 관해서 아버지께 여쭈었다.

아버지께서 어렵게 모아서 저축해 뒀던 돈을 병원비로 써도 되는 지를 물었다. 된다고 고개를 끄덕이시면서 감정이 살아나시는지, 얼굴이 일그러지시며, 울컥 눈물을 쏟아내신다.

그때 아버지의 눈물과 표정은 지금도 생생한데 그까짓 병원비가 무슨 대수이며, 이렇게 생을 마감할 것인데 자신이 왜 그렇게 절약을 하며 살아왔나 하는, 작은 존재인 사람으로서 허무함의 표현이라고 생각이 되었다.

나는 아버지의 눈물 앞에 같이 눈물을 흘리면서 억장億丈이 무너졌다.

고향 집은 대문이 2개가 있다. 큰 대문 안쪽에 매실나무를 아버지가 심고, 잘 키워 놓았는데 가지에서 새싹이 움을 틔우고 있다고 말씀드리니 사진 한 장 찍어오지 하시며, 궁금해하셨다. 병상에 있으면 하잘것없는 것도 중요하고, 궁금하고, 애착이 가는 것이지.

봄날의 따스함까지도……:

행복

누나가 보내준
짧은 글이다.


병상의 아버지를 뵈면서
노쇠한 삶이라도
타인의 힘에 의탁하지 않고
끝까지
혼자
화장실 가는 게
바라는 행복이라고…….


　2016년 4월경에 어머니와 함께 큰고모 숙임과 누나가 안동병원
으로 아버지께 갔다.

　그때가 작고하시기 2개월 전이지만 아버지와 최상의 말투로 대
화를 나누었다. 누나가 박목월 시詩 '나그네'를 읊어드리니 우시고,
또 읊으니 지루하다, 그만하라고 하셨다.

　이어서 큰고모가 '까마귀 검다 하고 백로야 웃지 마라.' 한 수 읊
으니 또 우시고, 이어서 아버지도 한 수 하시라니 뭐라고 읊으셨는
데 알아듣지는 못했다. 누나가 나그네 시를 몇 번 읊으니 "너는 목
월을 참 좋아하네!"라고 말씀하셨으니, 정신이 많이 또렷해진 상태
라고 여겨졌다.

그렇게 정신이 맑았다 흐리다 하시고는 2개월 뒤 허무하게 작고 하셨다.

## 나그네

박목월

강江나루 건너서
밀밭 길을
길은 외줄기
남도南道 삼백리三百里
술 익는 마을마다
타는 저녁놀
구름에 달 가듯이
가는 나그네.

그때 고모 숙임의 연세가 일흔 후반이었다.

고모가 정치에 뜻이 있어, 아니면 인간으로서 삶의 방향 등에 대한 심오한 뜻을 나타내려고 시조를 읊지는 않았을 것이다. 고모 자신의 오빠가 혼미昏迷해진 정신을 조금이라도 되돌려 놓았으면 하는 심정이었을 것이다. 이 시조는 이성계가 조선을 건국하자, 죽음으로 저항한 고려 유신遺臣들을 빗대어 조선의 개국공신開國功臣 이직李稷 1362~1431년이 지었다.

까마귀 검다하고 백로야 웃지 마라

겉이 검은들 속조차 검을소냐

겉 희고 속 검은 이는 너뿐인가 하노라.


2016년 6월 16일 10시 03분에 작고作故하셨다. 아버지는.

투병의 기간은 8개월 하고도 1일이었다. 경북대학병원 5867호실은 아버지가 이 땅에서 마지막으로 계신 곳이다.

참, 아버지는 원통冤痛하고 애통哀痛하시다. 7번이나 병원을 옮겨 다니셨으니 말이다.

서울 강남세브란스병원 두 번, 경북대학교병원 두 번, 칠곡 경북대학교병원, 안동병원, 대구 대현첨단요양병원에 치료차 계셨다.

사망진단서에는 '환자 성명 권혁근, 주민등록번호 351126-1773313, 주소 경상북도 의성군 안평면 안평의성로 69, 사망 장소 대구시 중구 동덕로 130 의료기관, 사망의 원인 직접사인 폐렴肺炎, 사망의 종류 병사病死, 의사 성명 황지용'으로 기재가 되어 있었다.


운명運命


귀 기울일 줄 몰랐다. 때로는 성가셔 했다.

후회의 운명 앞에 휑한 바람이 쓸고 지나갔다.

구멍 뚫린 가슴을 지닌 채…….


나보다 더 오랜 시간 동안 한 꺼풀씩 지혜를 꺼내 주실 것으로 믿었는데 아버지의 운명殞命 뒤에 후회를 한다.


앞서 아버지를 보낸 친구의 말처럼 문득문득 서러움이 목을 친다.
동공은 뻐근해진다.
다 떠난 시간인 것을,
다 운명運命인 것을…….


아버지는 수십 년 전부터 본인의 육신을 화장火葬하여 이승을 마
감하시겠다고 하셨다. 평소 아버지의 뜻에 따라 화장을 해서 유골
은 선영先塋에 모시기로 하였다. 선영은 의성군 안평면 석탑리 산
24번지 막닥골이다.


### 이별색離別色

수의壽衣가 모두 노란색이라는 걸
물든 은행잎을 보면서 알게 되었네!


아버지를 마지막으로 보내시는 어머니의 뜻은 화려하게도 하지
말며, 더욱이 초라하게는 절대로 하지 말기를 원하신 것이다.
아버지의 장례葬禮를 준비하면서 혹여 아버지의 뜻에 어긋나서
노여움을 사는 경우는 없을 것이라고 확신을 했다. 그 이유는 아버
지는 정신이 깨어 있는 현대인이기 때문이다.
아버지는 일흔의 연세에 컴퓨터 공부를 하셔서 이메일로 자식들

과 손자 손녀들과 소통을 하셨던 분이다. 또한 도시화 시대에 살고 있는 본인의 자식들에게 도움을 주도록 여러 가지 문화와 제도를 바꾸시는 데 노력하셨던 분이었다.

그 예로 이메일을 통해서 자식들에게 보내주신 글을 소개한다. 장례葬禮에 관하여 아버지의 소신을 밝힌 글이었다.

"내가 조상이 많아서, 남들은 3년 탈상脫喪을 하던 시절에, 앞서서 100일 탈상을 했다. 대소가 및 지인들은 욕을 했다. 그렇게 욕을 했던 사람들이 지금은 먼저 3일 탈상을 솔선수범率先垂範을 하고 있다."라고 보내주셨다.

그리고 추석 성묘를 추석 연휴 1주 전 토요일에 하도록 일자를 변경해 주셨다.

교통이 혼잡한 때를 피해서 1주 전 토요일에 성묘를 하면 운전해서 오는 자식이나 고향집에서 기다리시는 부모님도 애를 덜 쓴다는 판단을 하시고 바꾸어 주셨다.

명절 때 고향 집에 가기 위해서 운전을 하면 교통이 체증되어 7~9시간씩 걸렸다.

평상시 운행 시간의 배 이상이 걸렸다. 온 차량이 도로에서 움직이지 못하고 서 있으니 인력으로는 어쩔 수 없는 일이었다. 이것은 아닌데라고 되뇌었지만 뾰족한 수가 없었다. 우리나라 전체가 그러한데 나 혼자 어떡하겠는가!

고향집에서 기다리는 부모님은 혹시 사고나 나지 않았는지 조바심을 갖게 되고 그래서 자꾸 전화로 확인하게 된다.

아버지는 의례儀禮에 관하여 말씀하시기를 "옛말에 예禮는 가가
례家家禮라 하였다. 그 뜻은 집집마다 방식이 다르다는 말이다. 그
집안의 형편대로 정성껏 준비하고 지내면 된다."고 하셨다.

마음의 자세가 중요하다고 하셨다. 관혼상제冠婚喪祭가 뭔가? 관
례冠禮는 정해진 나이가 되면 성인식을 치르는 의식이며, 혼례婚禮
는 결혼식으로 남자와 여자가 부부가 되는 맹세를 하고 약속하는
의식이며, 상례喪禮는 사람이 죽었을 때 치르는 예식, 제례祭禮는
돌아가신 조상을 위로하기 위하여 치르는 예식으로 제사라고도 한
다. 이는 유교에 입각한 통치질서統治秩序가 완강했던 조선시대의
의례儀禮가 아닌가.

모두가 나쁜 제도는 아니지만 길게는 600년 짧게는 110년 전의
관습에 얽매여 일하는 것에 골똘해야 할 젊은 사람이 시달리고 있
음은 시대에 뒤쳐진다고 볼 수가 있다.


아버지의 빈소를 다녀갔던 사람들에 의하면 할아비지를 보내는
순간순간에 손자 손녀들이 슬퍼하고, 애통哀痛에 빠져 있었다.

손자 손녀들의 눈물에서 생전에 할아버지로서 따스하고 자상하
셨던 모습이 그려졌다고 전했다. 그렇다. 아버지는 10월의 단풍잎
같은 감수성이 녹아 있는 따스한 분이었다. 손자 손녀를 친구같이
대해 주셨던 분이다.

# 가족家族

하늘이 내려줘

이미 끼워진 인연

내가 선택할 수 없는 인연

버리지 못하는 인연

저버리면 벌 받는 인연

너무나 모진 인연

사람의 몫을 해야 하는 인연

마음이 아파져 와도 끝까지 챙겨야 하는 인연

하늘로 보내고도 아련한 인연


어머니는 고인이 되신 아버지를 지금도 종종 원망怨望하신다.

그래도 63년을 같이 살아온 부부였는데 저세상으로 가기 전에 정리하는 말 한마디가 없었다고······.

"당신이 내 같은 남편을 만나 어른들도 많고 요구하는 법도法度도 까다로운데 모두 극복하느라고 고생이 많았다. 남편인 내가 도와주지 못해서 참 미안했다."라는 말은 바라지도 않는다.

그렇지만 "앞으로 어떻게 이 세상을 살아가겠느냐? 혼자 먼저 저세상으로 가서 미안하다."라고 말 한마디도 없는 사람이다. 참 매몰차다고······.

어머니는 조용한 시간에 아버지의 생각에 눈물이 난다고 하셨다.

살아오면서 고생한 것을 생각하면 참 불쌍한 생각이 든다고 하셨다. 어른들의 틈바구니에서 속내를 드러내지 못하고 속으로 삼키느라 속병이 났을 것이라고 했다. 말로도 표현도 다 못하시고 끙끙 앓으시다 영영 올 수 없는 곳을 갔을 것이라 말씀하셨다.

어머니는 아버지가 작고作故하신 이후에 많은 것을 느꼈다.

사람이 살아 있고, 죽은 것에 이렇게 많은 차이가 있다는 것이 실감이 났다. 병원에 입원해 계실 때는 그래도 보고 싶다는 이야기라도 할 수가 있는데 이제는 그리움밖에 없다는 게 참 허탈하다.

연세가 드셔도 어머니는 여자임에 틀림이 없다. 한 남자의 아내로 인정받고 싶은 분이다. 아버지 명의로 된 통장에 돈이 얼마가 남아있는지 볼 수도 없고 삶이 참 허망하다고 몇 번이고 말하셨다. 60년을 의지하고 사셨으니 그리움이 없다면 그 또한 말이 안 되리라.

그러나 아버지는 그렇게 매정하신 분은 아니었다.

어머니에 대하여 정감과 관심이 많으신 분이었다. 두 번째 서울 강남 세브란스병원에 입원하시고 어머니는 아버지의 병환을 골똘히 걱정하시다 병이 나셨다. 보름 정도 크게 편찮으셨다. 늦게 그 사실을 아셨던 아버지는 본인의 위중함 속에서도 어머니의 건강을 크게 걱정하셨던 분이었다.

어머니 역시 억센 시골 할머니같이 보여도 속마음까지 강철 같은 분은 아니다.

표현도 여리시고, 마음을 전하실 때는 한 편의 시를 읽는 것 같이 감성이 묻어나는 것을 느낄 수 있었다.

아버지가 생각이 난다는 것을 '그립다'라고 표현을 한 것도 시골의 할머니가 쉽게 입으로 흘러내는 단어가 아니지 않은가!

# 봄비

옛날 고향 집 대청에서
내리는 봄비를 보며
집 앞 사금들의 파릇파릇한 보리에게
어머니가 하신 말씀이 생각이 난다.
"봄비를 맞은 보리가 펄쩍 뛰었다."라고…….

그래도 건강하실 때 자식들과 동승해서 이동 중인 승용차 안에서 자연스럽게 대화했던 녹음으로 들었다.

아버지의 말씀보다도 어머니의 목소리가 더 컸다. 아버지의 목소리를 더 듣고 싶었는데 더 이상 말씀이 없이 녹음이 끝나버려 아쉬웠다. 녹음 속에서조차 회환이 되어 가슴을 아프게 한 아버지다.

자식들과 승용차편으로 여행을 할 때는 선글라스를 받쳐 끼시고, 어울리는 분위기를 연출하실 줄 아시는 시골 영감이셨다.

환갑環甲이 지난 사위가 세배를 해도 꼭 빳빳한 신권新券을 미리 바꿔 세뱃돈을 주셔서 자형姊兄 허규許圭는 친구들에게 환갑, 진갑이 지난 나이지만 장인에게 세뱃돈을 받는 사위라고 자랑을 했던 멋있는 장인丈人이었다. 우리 아버지는!

아메리칸 인디언의 기도 내용이다.

내 무덤가에 서서 울지 마세요.

나는 거기 없고 잠들지 않았습니다.
나는 이리저리 부는 바람이며
무르익은 곡식을 비추는 햇빛이며
밤에 부드럽게 빛나는 별입니다.


아버지는
바람이며,
햇빛이며,
별빛으로 우리들 주변을 맴돌 것이다.
지금도 그러할 것이다.


나는
아내가 바라는 남편상男便像으로 살아오는 것이 부족했다.
다정하고 더 챙겨주는 아버지 역할마저도 부족했다.
그러나
저세상으로 떠나가신 아버지의 삶에 이어서,
우리 아버지만큼의 할아버지,
우리 아버지만큼의 시아버지,
우리 아버지만큼의 장인이 되어야겠다고 다짐해 본다.


나는 우리 아버지의 아들이니까.

## 인쇄가 들어가기 전에

졸필, 두 번째 책 『어머니의 자리』를 출간하고 공허했다.

그즈음에 아버지를 저세상으로 보내 드리고 허겁지겁 걸어온 탓도 있었으리라.

이런 것이 우울증인가 싶은 생각이 엄습했다.

누가 봐도 씩씩한데 정신은 병이 들락거렸다. 작고하신 아버지가 더 그리웠다. 그리고 더 자주 곁에 오셨다. 새벽길을 걸으면서 어둠 속에서 혼자 많이 울었다.

그래서 정신을 어디든지 얽매고 싶어 아버지에 관한 글을 쓰기 시작했다.

그래서 책 『나는 아버지의 아들입니다』가 나왔다.

내가 쓴 아버지의 이야기지만 곧, 아버지 스스로 쓰셨다는 생각이 든다.

이 책을 출간하고 나면 또 뭘 할까! 또 의지할 것을 찾아봐야겠다.

마음이 건강하고, 정신이 온전해야 되니 뭘 찾아봐야 한다.


원고를 마감하고 출판사로 보내고 난 뒤, 후련해야 할 텐데 아쉬움이 많았다. 몇 년을 쓴 글을 마감했는데도 말이다. 더 챙길 걸 하는 부족함을 느꼈다.

아마도 저세상에 가 계신 아버지에 관한 글이기 때문에 더 그러 했으리라.

이른 새벽 조용한 시간에 마감이 된 원고를 바라보니, '아버지의 부부간의 삶'을 별도로 뽑아내어 소상하게 글을 썼으면 더 좋았을 텐데 하는 아쉬움이 생겼다. 아버지의 부부간의 삶이라면 우리 어머니와 아버지의 부부로서 삶이 아닌가? 천상이 배필이 되어 고인이 되기까지 삶을 지켜본 대로 기록했으면 좋았을 텐데 하는 아쉬움이 생겼다. 원고의 곳곳에 그 내용이 녹아있지만 더 적나라하게 조명된 내용이 있었으면 하는 아쉬움이 생겼다.

그러나 '잔을 비워둬야 채울 수 있다.'라는 진리를 선택하려 한다.

아버지는 감성적인 분이고 어머니는 이성적인 분이다.

아버지는 객관적이시고, 어머니는 주관적 성향이 많으시다. 아버지는 논리적이시며 남을 배려하시는 분이지만 어머니는 급하신 성격으로 추진력이 대단하시고, 가족의 이익을 대변하는 것을 우선하시는 분이다.

부부로서 여러 가지 맞지 않은 정황 속에서 불협화음이나 큰 소리로 다툼 없이 화목한 가정으로 영위할 수 있었던 것은 아버지의 역할이 컸다.

아버지가 희생하셨다고 기록하려니 그것이 어머니께는 가혹한 말이라는 생각이 들어 정제된 단어를 찾다가 역할이라는 단어로 바꿔서 썼다.

아버지가 살아오시면서 어머니의 강한 의지로 대치될 때면 한편으로는 맞춰서 양보도 해주고, 한편으로는 회유도 하시고, 그래도 안 될 때면 더 강한 어조로 본인의 의견을 주문하셨다. 그렇게 해서 둥글게 둥글게 부부의 삶이 흘러가도록 노력하면서 사셨다.

어머니와 아버지의 아들로서 한 60년을 살며 봐 온 것이 그랬다.

나의 결혼 생활 30여 년을 되돌아 비교해서 아버지의 부부의 삶을 그려보니 그런 생각이 들었다.


참 아려온다.

아버지로서의 무한한 책임감!

아내의 희로애락을 추슬러야 하는 남편으로서의 삶!

독자獨子로서 평생 부모를 모셔야 하는 선택의 여지가 없는 운명!

터질 것 같은 긴 인생을 가슴으로 삭혔을 아버지의 속을 들여다보고 싶었다.


인쇄가 들어가기 전에 몇 자 기록에 보태려고 한다.

경기 연천 일터에서 인연이 되었고, 그 인연으로 글 쓰도록 후원해 주신 ㈜백학음료의 임일환 공장장, 강중석, 장기두, 김형율, 천우철 팀장을 이곳 지면에 기록하고 싶다.

같이했던 이강희 님과 윤다혜 과장님, 최명희 님, 신순점 님, 김명순 님, 조미영 님, 정효숙 님의 인연도 소중하게 간직하리다.

살면서 회의감이 들 때가 더러 있다.

이 책을 쓰는 도중에도 그만둘까 하고 고민할 때가 있었다. 그 때, 누군가 나의 두 번째 책『어머니의 자리』를 두 번씩이나 읽고, 서러움으로 공감했다고 용기를 줬다. 그 말에 다시 힘을 얻어 글쓰기를 계속했다.

다시 글 쓰도록 힘을 실어주신 ㈜백학음료 대표이사 김찬수 님께도 고마움을 표하며, 롯데칠성음료의 임승석, 우태식 팀장과 그 외 여러 직원들과의 인연도 가슴으로 품고 싶다.

아흔 줄의 어머니 이차교次嬌 여사님의 만수무강萬壽無疆을 염원하는 마음을 이곳에 기록하고 싶다.

부족한 저를 대신해서 지혜와 알뜰함으로 화목한 가정을 굳건하게 키워준 아내 오광희 여사, 건강하게 성장해 준 딸 가람과 아들 용현에게도 따스한 기운을 전하고 싶다. 우리 아버지처럼.

원고 교정할 때 인터넷 '숨은 고수'에서 인연이 된 하윤정 님, 장남면 주민자치센터에서 합창을 가르쳤던 한경희 선생님, 경찰공무원으로 재직 중인 딸 가람에게도 고마움을 전한다.

책 제목 선정할 때『나는 아버지의 아들입니다』를 조언을 해준 문산읍사무소 행복센터 이현주 선생님께도 감사하다고 전하고 싶다.

꼼꼼하게 교정을 봐 주신 하윤정 님이 교정 말미에 보내주신 편지를 이곳으로 옮긴다.

"길지 않은 시간이었지만 권대순 님의 글을 읽으며 작가님을 비롯한 가족분들의 이야기를 들을 수 있어 즐거웠고 많이 배웠습니다.

그리고, 저 또한 가장 가까운 누군가를 하늘나라로 보내 본 입장으로서 아버님에 관한 글을 읽으며 울기도 하고, 공감하며 추억을 떠올리기도 했습니다. 권대순 님만큼 연륜이 있는 것은 아니지만, 제 경험으로는 고인과 나음 생에 더 좋은 인연으로 만날 거라는 바람이 조금은 위로가 되었던 것 같습니다.

글을 읽기만 해도 권대순 님의 아버지께서 얼마나 훌륭한 분이셨는지 알 수 있었습니다. 분명 좋은 곳에서 평안히 쉬고 계실 것이라 감히 생각해 보며 삼가 명복을 빕니다.

원고 교정을 의뢰받고 일을 한 것이지만, 한 명의 독자로서 글을 읽으며 감동과 즐거움을 느꼈습니다. 하윤정 드림"

책이 나오기까지 정성을 기울여 주신 ㈜북랩의 관계자님과 교정과 교열을 해주신 김경무 님과 김민하 님께 감사를 드린다.

2019년 5월 어버이의 날을 맞으면서
연천과 파주 문산을 오며 가며 권대순 쓰다